ΤΟ Δ'ΕΝΤΡΟ ΤΗΣ ΔΩΡΕΆΣ

ΣΑΡΛΌΤ ΝΤΗΝ ΒΙΒΛΊΟ ΜΥΣΤΗΡΊΟΥ 5

PHILLIPA NEFRI CLARK

Μεταφράστηκε από
NIKOLETTA SAMOILI

Στον Νικ και τον Άλεξ που κάνουν κάθε Χριστούγεννα υπέροχα και μου δίνουν το μεγαλύτερο δώρο αγάπης

ΚΕΦΆΛΑΙΟ 1

Η ΣΆΡΛΟΤ ΣΤΑΜΆΤΗΣΕ ΑΠΈΝΑΝΤΙ ΑΠΌ ΤΟ ΒΙΒΛΙΟΠΩΛΕΊΟ ΓΙΑ ΝΑ ΒΡΕΙ ΤΑ ΓΥΑΛΙΆ ΗΛΊΟΥ ΤΗΣ. Η υπερμεγέθης τσάντα της ήταν γεμάτη χάρη στο φάκελο και το λάπτοπ που είχε μέσα και όταν δεν τα βρήκε, έριξε μια ματιά στο διαμέρισμα. Είχε χρόνο να γυρίσει πίσω; *Να πάρει.*

Έκλεισε μισοκλείνοντας τα μάτια της για να αποφύγει το χειρότερο φως και έσπευσε προς την πλατεία. Η καθυστέρηση δεν ήταν το φόρτε της και η υπόλοιπη ομάδα βασιζόταν σε εκείνη για να ξεδιπλώσει το σχέδιο.

Η αρχή του καλοκαιριού σήμαινε την έναρξη της εορταστικής περιόδου και αυτή η περίοδος έδειχνε να είναι η καλύτερη της Ζόις της. Όχι ότι είχε πολλά να συγκρίνει. Πέρυσι, εκτός από τους κλέφτες που τριγυρνούσαν κρυφά και έκλεβαν τα χριστουγεννιάτικα δέντρα, είχε πάρει την πρώτη γεύση του να είναι μέλος μιας οικογένειας την περίοδο των Χριστουγέννων και τώρα ήθελε περισσότερα.

Στο σιντριβάνι σταμάτησε αρκετά για να περάσει τα δάχτυλά της από τον καταρράκτη. Χάρη στον Νταγκ που ήταν στο συμβούλιο, μερικές απαραίτητες αλλαγές λάμπρυναν τους καταρράκτες του Κινγκφίσερ. Πρώτα το σιντριβάνι που

1

επανασυνδέθηκε με την παροχή νερού, μετά οι διακοσμήσεις, οι οποίες είχαν ήδη ξεκινήσει. Υπήρχε ένα μεγάλο δέντρο στην πλατεία και ένα άλλο στον κυκλικό κόμβο. Αυτή τη φορά, όμως, ήταν αληθινά πεύκα από τη Φάρμα Χριστουγεννιάτικων Δέντρων και ήταν ασφαλώς ριζωμένα στο έδαφος.

Έφτασε στο Ιταλία ακριβώς στις δώδεκα και έσπρωξε την πόρτα. Το απολαυστικό άρωμα ψωμιού, βασιλικού και σκόρδου έβγαινε από την κουζίνα και το στόμα της είχε γεμίσει από σάλια.

Από ένα στρογγυλό τραπέζι κοντά στον πιο απομακρυσμένο τοίχο, η Ρόζι χαιρέτησε. Όλοι οι υπόλοιποι ήταν εκεί και κοίταξαν χαμογελώντας. Ο Λιούις κάθισε δίπλα στη Ρόζι, κρατώντας το άλλο της χέρι. Κάθε φορά που τους έβλεπε μαζί, κρατούσαν τα χέρια τους, ακόμα και μήνες μετά το γάμο τους. Τόσο γλυκό.

Η Έσθερ και ο Νταγκ Οακ ήταν οι επόμενοι. Ο Νταγκ φορούσε τα λευκά του σεφ, οπότε πιθανότατα θα παρακολουθούσε τη συνάντηση μόνο όσο μπορούσε. Παρόλο που είχε έναν υπέροχο σεφ που δούλευε μαζί του, ο Νταγκ δεν ήταν ο άνθρωπος που θα καθόταν αν τον χρειάζονταν οι πελάτες του. Τελευταία ήταν η Χάρπριτ, η φίλη της που είχε το κατάστημα φωτογραφιών και κορνιζών στην πόλη. Οι γονείς της Χάρπριτ ήταν ιδιοκτήτες του India Gate House, του εστιατορίου στην άλλη άκρη του δρόμου.

Η Σαρλότ βυθίστηκε στο υπόλοιπο κάθισμα. "Συγγνώμη, άργησα!"

"Καθόλου, αγάπη μου. Ο Νταγκ πρότεινε μια πιατέλα με αντιπάστο". Η Ρόζι κοίταξε τον Λούις. "Ίσως λίγο υπέροχο σκορδόψωμο;"

Ο Νταγκ σηκώθηκε. "Αφήστε με να δώσω την παραγγελία και θα επιστρέψω σε πέντε λεπτά".

"Η Ζόι δεν θα ερχόταν μαζί μας;" ρώτησε η Έσθερ.

"Είναι απασχολημένη και στέλνει τη συγγνώμη της. Με το ζόρι τη βλέπω με τις ώρες που κάνει για να ετοιμάσει την γκαλερί".

2

"Για τα εγκαίνια; Δεν μπορούμε να περιμένουμε. Ώρα να ντυθούμε καλά και να ανακατευτούμε με τους πλούσιους και διάσημους!" Η Ρόζι χτύπησε τα μαλλιά της σαν να ετοιμαζόταν αυτή τη στιγμή και η Σάρλοτ γέλασε.

"Δεν είμαι σίγουρη για τους πλούσιους και διάσημους, οπότε δεν θα ενθουσιαζόμουν πολύ. Ίσως κάποιοι από το καλλιτεχνικό κοινό της πόλης, αλλά η Ζόι θέλει να είναι μια χαλαρή βραδιά για να επιδείξει τη δουλειά της καθώς και τα μαθήματα που διοργανώνει".

"Ο Λού και εγώ έχουμε ήδη εγγραφεί για το μάθημα αγγειοπλαστικής για αρχάριους και τα βασικά μαθήματα γλυπτικής. Ανυπομονώ να δω τι μπορούμε να φτιάξουμε!" Η Σαρλότ έκρυψε ένα χαμόγελο. Έχοντας μια αδελφή που δημιουργούσε μοναδικά και εξαιρετικά κομμάτια, είχε πολλές ιδέες για χριστουγεννιάτικα δώρα. Και γενέθλια και εγκαίνια σπιτιών. Αργά ή γρήγορα ο Τρεβ θα αγόραζε σπίτι και ήξερε ήδη τι ήθελε να του αγοράσει από την τεράστια συλλογή της Ζόι.

Έβγαλε ό,τι χρειαζόταν από την τσάντα της και έστησε τον φορητό υπολογιστή, όταν ο Νταγκ επέστρεψε κουβαλώντας πιάτα με ντιπ.

"Ξεκινήστε με αυτά και μπορούμε να ρίξουμε μια ματιά στην παρουσίαση της Τσάρλι". Άφησε τα πιάτα στο τραπέζι και πήρε και πάλι τη θέση του.

"Η παρουσίαση ακούγεται λίγο φανταχτερή". Η Σαρλότ έστρεψε το φορητό υπολογιστή ώστε να το βλέπουν όλοι. "Έχω φτιάξει μερικές διαφημίσεις και αν συμφωνείτε, θα τις βάλω να τρέξουν στα τοπικά μέσα κοινωνικής δικτύωσης". Έκανε κλικ σε διάφορες χριστουγεννιάτικες εικόνες με το "Η προσφορά είναι το αληθινό πνεύμα των Χριστουγέννων" σε κάθε μία. "Υπάρχουν και άλλα φυσικά. Κάθε έμπορος που συμμετέχει έχει συνεισφέρει τις δικές του εικόνες με κάποια από τα υπέροχα προϊόντα του ή το κατάστημά του. Έτσι, παρόλο που θα είναι μια κοινή προώθηση, όλοι θα έχουν πολλή επισκεψιμότητα προς το μέρος τους".

3

"Η κίνηση σημαίνει πελάτες;" ρώτησε ο Λούις.

" Πράγματι. Λοιπόν, αν το καταλάβω σωστά, ναι. Τι λέτε όλοι σας να στείλω ένα δελτίο τύπου στις τοπικές εφημερίδες; Να δούμε αν μπορούμε να πάρουμε και λίγη δωρεάν διαφήμιση;" Η Χάρπριτ έβγαλε λίγο τυρί. "Το δωρεάν είναι καλό." Δίπλα της ήταν ένα κουτί.

Ο Νταγκ σηκώθηκε όρθιος όταν έφτασε ένας σερβιτόρος με έναν μεγάλο δίσκο και βοήθησε να μεταφερθούν στο τραπέζι οι πιατέλες με τα ορεκτικά. Όταν κάθισε ξανά, έγνεψε. "Παρακαλώ. Κερασμένο από μας με τις ευχαριστίες μου για το έργο που γίνεται εδώ για την πόλη μας. Τσάρλι, έχω εμπλακεί ελάχιστα σε αυτό, οπότε μπορείς να μου το αναλύσεις με απλά λόγια;".

Όλοι άρχισαν να στοιβάζουν στο πιάτο τους πλούσια ημι-αποξηραμένη ντομάτα, ελιές, τυριά και κρέατα, ενώ η Σάρλοτ έβαλε το λάπτοπ της στην άκρη και έβγαλε το φάκελο. Από αυτόν, έβγαλε ένα φυλλάδιο.

"Πέρυσι συνάντησα έναν Άγιο Βασίλη στην πλατεία, ο οποίος μοίραζε δωροκάρτες από ένα πολυκατάστημα στο Σάνμπουρι. Με ενόχλησε πολύ. Να έρχονται εδώ και να μας παίρνουν τις τοπικές επιχειρήσεις και όλα αυτά επειδή οι έμποροι του Κινγκφίσερ Φολς δεν έκαναν τίποτα για να κρατήσουν τους πελάτες εδώ. Θυμάσαι που το βιβλιοπωλείο είχε ένα κουτί δώρων;".

Η Ρόζι ακτινοβόλησε. "Ήταν τόσο υπέροχο! Σχεδόν όλοι αγόρασαν ένα δώρο γι' αυτό και μπορέσαμε να δώσουμε κάποια χρήματα στους Φόρεστ, μερικά βιβλία στον Λάτσι και περισσότερα βιβλία στην κοινότητα χάρη στην επιτροπή της εκκλησίας".

"Ακριβώς! Η προσφορά μας κάνει να αισθανόμαστε καλά. Κάνει τους πελάτες να αισθάνονται καλά. Και τα Χριστούγεννα έχουν να κάνουν με την προσφορά... ή θα έπρεπε να έχουν. Έτσι, αντί για το κουτί προσφοράς, κάθε κατάστημα που συμμετέχει έχει ένα δέντρο -ένα κανονικό χριστουγεννιάτικο δέντρο- αλλά αντί για στολίδια θα έχουν αυτά για να προσθέσουν".

Η Χάρπριτ έσκυψε προς τα εμπρός, κρατώντας μια κάρτα σε σχήμα χριστουγεννιάτικου δέντρου από το κουτί. "Αυτές εκτυπώθηκαν ωραία, νομίζω. Υπάρχουν μερικά σε κόκκινο, μερικά σε κίτρινο και μερικά σε πράσινο. Στη μία πλευρά υπάρχει χώρος για το όνομα του παραλήπτη και του δωρητή. Τώρα, ο παραλήπτης πιθανότατα θα είναι άγνωστος, οπότε μια περιγραφή είναι μια χαρά".

"Όπως μια ηλικιακή ομάδα για τα παιδικά βιβλία", είπε η Σάρλοτ, "ή μια κορνίζα για την οικογενειακή φωτογραφία".

"Στο εστιατόριο εδώ, λοιπόν, θα ήταν δείπνο για έναν, ή παράδοση κατ' οίκον για δύο, ή σαμπάνια για ειδικούς καλεσμένους; Καταλαβαίνω καλά;" ρώτησε ο Ντάγκ.

" Ακριβώς. Ή απλά ένα ποσό σε δολάρια είναι μια χαρά. Στο κάτω μέρος υπάρχει ένα μικρό κλιπ για να κρατάτε τις πλαστικές δωροκάρτες. Ορίστε μία", η Σάρλοτ έβγαλε μια πλαστική κάρτα σε μέγεθος πιστωτικής κάρτας και την κράτησε ψηλά. "Φωτογραφία χάρη στο τηλέφωνό μου και την έξυπνη επεξεργασία της Χάρπριτ". Στη μία πλευρά ήταν μια φωτογραφία της πόλης με τα στολίδια της αλλά και το χιόνι. Όλοι γέλασαν. "Τώρα, στην κενή πλευρά, απλά χρησιμοποιήστε έναν ανεξίτηλο μαρκαδόρο για να γράψετε το ποσό του δολαρίου με λέξεις αλλά και αριθμούς. Είμαι σίγουρη ότι κανένας πελάτης δεν θα το έκανε, αλλά για κάθε ενδεχόμενο, δεν θέλουμε να προσθέσει κανείς τις δικές του τιμές. Και βάλτε και τα αρχικά σας".

"Και θα πρέπει να παρακολουθούμε κάθε δωρεά", πρόσθεσε η Χάρπριτ. "Αν το σύστημα του σημείου πώλησης σας το επιτρέπει, τότε κάντε το εκεί, αλλιώς γράψτε κάθε συναλλαγή και φυλάξτε την".

"Αφού το κάνετε αυτό, απλά κουμπώστε το στο στολίδι του δέντρου. Υπάρχει ένα ενημερωτικό δελτίο για όλους και είναι πραγματικά απλό, αλλά αν υπάρχουν ερωτήσεις, ενημερώστε με". Η Σάρλοτ μοίρασε τα φύλλα. "Έχω φτιάξει ένα πακέτο για κάθε συμμετέχοντα".

Ο Νταγκ σηκώθηκε. "Συγγνώμη, νομίζω ότι με χρειάζονται. Αλλά σε ευχαριστώ, Τσάρλι. Αυτό είναι πολύ καλό για την πόλη". Εξαφανίστηκε στην κουζίνα.

"Η πόλη χρειάζεται μια τόνωση του ηθικού." Η Σαρλότ έβαλε στην άκρη το λάπτοπ της, περισσότερο από έτοιμη να φάει. "Όλη η εγκληματικότητα και η αναταραχή σήμαινε πτώση των πωλήσεων σε σχέση με τις συνήθεις πωλήσεις για εμάς, ούτως ή άλλως. Και οι περισσότεροι από τους άλλους εμπλεκόμενους μου έχουν πει το ίδιο πράγμα. Είκοσι, τριάντα τοις εκατό λιγότεροι άνθρωποι έρχονται".

Καθώς έτρωγαν επικρατούσε μια επίσημη σιωπή. Ποιος θα μπορούσε να κατηγορήσει τους ανθρώπους που απέφευγαν τα ψώνια εκεί όπου το ένα έγκλημα διαδέχονταν το άλλο σχεδόν όλο το χρόνο; Φόνοι, πυρκαγιά, κλοπές. Αν αυτή η χριστουγεννιάτικη ιδέα δεν απογειωνόταν και δεν ενθάρρυνε τους αγοραστές να επιστρέψουν, πού θα βρισκόταν το Κινγκφίσερ Φολς σε ένα χρόνο;

"Γιατί είσαι τόσο ήσυχη, γλυκιά μου; Δεν έχεις μιλήσει σχεδόν καθόλου από τότε που σε πήρα από το Ιταλία". Ο Τρεβ τους έβγαλε έξω από την πόλη, παίρνοντας τη διαδρομή προς τη φάρμα με τα χριστουγεννιάτικα δέντρα. "Υπήρξε κάποιο πρόβλημα με τη συνάντηση;"

Η Σαρλότ δεν είχε σκοπό να μεταφέρει την προηγούμενη ανησυχία της. Έβαλε ένα χαμόγελο στο πρόσωπό της. "Ούτε ένα! Όλοι λάτρεψαν τις διαφημίσεις που έφτιαξα και η Χάρπριτ έκανε εξαιρετική δουλειά στις κάρτες με το χριστουγεννιάτικο δέντρο. Είναι μια περίπτωση που πρέπει να καθίσουμε και να περιμένουμε Χωρίς βιασύνη"

Ο Τρεβ έριξε μια ματιά και σήκωσε το φρύδι του. "Ανησυχείς για την πόλη".

" Ναι."

"Πόσες επιχειρήσεις καταφέρατε τελικά να πάρουν μέρος στο πρόγραμμα Δέντρο Δωρεάς;"

Τώρα, το χαμόγελό της ήταν γνήσιο. "Δώδεκα. Τέλεια για τα Χριστούγεννα. Αυτό περιλαμβάνει το Ιταλία και το India Gate House, τη γκαλερί της Ζόι και τη φάρμα με τα χριστουγεννιάτικα δέντρα. Έχουμε είδη δώρων, μόδα, ομορφιά, παπούτσια. Και ένα βιβλιοπωλείο".

"Έκανες καταπληκτική δουλειά, Τσάρλι. Αυτό θα δημιουργήσει ένα θόρυβο στην πόλη και σίγουρα θα φέρει λίγο εξωτερικό εμπόριο. Υπάρχει κάτι που μπορώ να κάνω για να βοηθήσω;" Ο Τρεβ έστριψε στον χωματόδρομο. "Ευχαρίστως να το διαδώσω".

"Απλά να συλλαμβάνεις όποιον προσπαθεί να κάνει το λάθος, παρακαλώ; Να κρατάς το έγκλημα μακριά, τουλάχιστον για την εορταστική περίοδο".

Γέλασε. "Αυτός είναι ο στόχος."

Πέρασαν από την είσοδο του ακινήτου της Γκλένις Λέην, όπου μια πινακίδα έγραφε "Πωλείται".

"Ω, κοίτα! Αναρωτιέμαι ποιος άραγε το αγόρασε;" είπε η Σάρλοτ. "Ελπίζω να μην ήσουν εσύ. Πραγματικά το ελπίζω."

Η μοναδική επίσκεψη της Σαρλότ στο κτήμα της Γκλένις ήταν μία επίσκεψη παραπάνω από μία. Το εξοχικό σπίτι που ήταν κρυμμένο πίσω από ένα κατάφυτο οικόπεδο ήταν μικρό, ετοιμόρροπο και εξέπεμπε μια ανατριχιαστική ατμόσφαιρα που δεν μπορούσε να εξηγήσει. Αν και ο λάκκος φωτιάς που σιγόκαιγε πίσω από την κατοικία ίσως είχε κάποια σχέση με αυτό. Και ότι η Γκλένις σκότωνε ανθρώπους που ισχυριζόταν ότι αγαπούσε.

"Υπόσχομαι ότι δεν το έκανα. Όχι, έχω στο μυαλό μου κάτι με έναν όμορφο κήπο γεμάτο με σκιερά δέντρα και χώρους για παρτέρια λαχανικών. Χώρο για να κινείσαι. Να παίξουμε ένα παιχνίδι κρίκετ στην πίσω αυλή. Και ένα σπίτι με καρδιά".

Ένα φτερούγισμα από κάτι... κάτι ευχάριστο και ζεστό και συναρπαστικό, γέμισε την καρδιά της Σάρλοτ. Τα είχε

7

σχεδιάσει όλα. Ή τουλάχιστον, τη δική του εκδοχή για το μέλλον του και ήταν αρκετά σίγουρη ότι περιλάμβανε και εκείνη. Όχι ότι είχε συμφωνηθεί κάτι επίσημο.

Το αυτοκίνητο πέρασε τις πύλες της φάρμας χριστουγεννιάτικων δέντρων και ο Τρεβ βρήκε μια θέση στάθμευσης στην πλευρά που βρισκόταν πιο μακριά από το υπόστεγο πωλήσεων. Αυτοκίνητα και ρυμουλκούμενα ήταν παρατεταγμένα στο χώρο στάθμευσης και γύρω τους συνωστίζονταν άνθρωποι, άλλοι κουβαλούσαν δέντρα και άλλοι πήγαιναν να διαλέξουν ένα. Πέρυσι, η Σάρλοτ είχε έρθει εδώ μόνη της και χωρίς να ξέρει γιατί είχε έρθει. Η ανάγκη να έχει το δικό της μικρό χριστουγεννιάτικο δέντρο ήταν παράξενη στην αρχή, αλλά μόλις γνώρισε την οικογένεια που βρισκόταν πίσω από το αγρόκτημα, όλα άλλαξαν.

Κατέβηκαν και κατευθύνθηκαν προς το υπόστεγο πώλησης, με τον Τρεβ να κρατάει ένα από τα πακέτα πληροφοριών της Σάρλοτ για το Δέντρο της Δωρεάς.

"Σάρλοτ! Σάρλοτ είσαι εδώ!"

Ο Λάτσι Φόρεστ εμφανίστηκε από το πουθενά και έπεσε πάνω στη Σάρλοτ. Εκείνη κρατήθηκε εγκαίρως και ακόμα και τότε, χρειάστηκε να πάρει ανάσα. "Θεέ μου, έχεις ψηλώσει τόσο πολύ, που σε λίγο θα σε κοιτάω από ψηλά!"

"Μπα. Όχι για χρόνια. Επιστημονικά, τα αγόρια μεγαλώνουν γρήγορα και μετά επιβραδύνονται, αλλά συνεχίζουν να μεγαλώνουν μέχρι τα είκοσί τους χρόνια. Και εγώ είμαι μόνο εννιά χρονών. Όχι είκοσι. Οπότε θα είσαι ακόμα ψηλότερη για αιώνες".

"Φυσικά. Λοιπόν, χαίρομαι που σε βλέπω". Χαμογέλασε στον Τρεβ πάνω από το κεφάλι του Λάτσι. "Είναι η μαμά στο υπόστεγο;"

Ο Λάτσι έκανε πίσω. "Πού αλλού θα βρισκόταν η κυρία Φόρεστ κατά τη διάρκεια της εορταστικής περιόδου; Έλα, έχω ήδη διαλέξει ένα δέντρο για σένα".

Με αυτό εξαφανίστηκε και πάλι, περνώντας με ζιγκ-ζαγκ ανάμεσα από τα σταθμευμένα αυτοκίνητα και εξαφανιζόμενος μέσα στο ανοιχτό υπόστεγο. Η Σαρλότ χαχάνισε. Δεν μπορούσε να κρατηθεί. Ο Λάτσι ήταν το πρώτο παιδί που είχε γνωρίσει ποτέ και τον λάτρευε και την ιδιόρρυθμη άποψή του για τον κόσμο.

"Ακόμα αποκαλεί τη μητέρα του κυρία Φόρεστ όταν εργάζονται. Τόσο χαριτωμένο." Ο Τρεβ χαμογέλασε και έπιασε το χέρι της Σάρλοτ. "Σε αγαπάει".

"Τον αγαπώ κι εγώ." Ο Τρεβ της έριξε ένα βλέμμα που δεν κατάλαβε. Βαθύ και στοχαστικό. Από τον γάμο της Ρόζι και του Λιούις, είχε πάρει αυτό το βλέμμα μερικές φορές. Αν και δεν της είχε κάνει πρόταση γάμου, ουσιαστικά της είχε πει ότι σκόπευε να το κάνει πριν από λίγο καιρό, αλλά δεν είχε θέσει ξανά το ερώτημα. Ίσως δεν ήταν πια σίγουρος. Αλλά τότε τη φίλησε γρήγορα. "Και σ' αγαπώ".

Πώς στάθηκα τόσο τυχερή;

Με ελαφρύτερη καρδιά, η Σάρλοτ χαιρέτησε την Άμπι που βρισκόταν πίσω από έναν νέο πάγκο στο υπόστεγο. ΟΝτάρσι είχε αφιερώσει πολλή δουλειά για να δημιουργήσει ένα φιλόξενο κατάστημα, φτιάχνοντας ράφια κατά μήκος των δύο πλευρών και μια σειρά από μεγάλα καλάθια γεμάτα με στολίδια όλων των ειδών. Η χριστουγεννιάτικη μουσική είχε χαρίσει χαμόγελα στα πρόσωπα των μισής ντουζίνας περίπου πελατών που έκαναν περιήγηση. Και στο κέντρο του καταστήματος υπήρχε το δικό τους δέντρο, ψηλό και σκουροπράσινο, που έλαμπε από εκατοντάδες μικροσκοπικά φωτάκια γύρω από τον κορμό του.

"Όλα έτοιμα για να γίνουν το δέντρο της δωρεάς μας". Ο Ντάρσι Φόρεστ έσπευσε να περάσει χαμογελώντας, πετώντας πευκοβελόνες από τα κοντά, κόκκινα μαλλιά του. Άφησε ένα πωλητήριο με την Άμπι και επέστρεψε για να τους συναντήσει.

"Ο Λάτσι διάλεξε ένα δέντρο για σένα, Τσάρλι, αλλά μην αισθάνεσαι υποχρεωμένη να το πάρεις".

"Κύριε Φόρεστ, αν και ο πελάτης έχει πάντα δίκιο, σε αυτή την περίπτωση πιστεύω ότι η Σάρλοτ θα δεχτεί τις ανώτερες γνώσεις μου πάνω στο θέμα". Ο Λάτσι σταύρωσε τα χέρια του και έστρεψε ένα βλέμμα χωρίς επιχειρήματα στον πατέρα του, ο οποίος κράτησε ίσιο πρόσωπο.

"Σε αυτή την περίπτωση, ίσως θα πρέπει να δείξεις αυτό το δέντρο στη Σάρλοτ και ο Τρεβ και εγώ θα πάμε να βοηθήσουμε τους άλλους πελάτες με τις επιλογές τους".

"Εδώ είναι το πακέτο πληροφοριών", είπε η Σάρλοτ. "Τηλεφωνήστε αν έχετε ερωτήσεις."

"Ευχαριστώ γι' αυτό. Ανυπομονώ να το βάλω σε λειτουργία". Ο Ντάρσι το πήρε από τον Τρεβ και κατευθύνθηκε προς τον πάγκο, όπου το τοποθέτησε στο πάτωμα πίσω από την Άμπι.

Ο Λάτσι άρπαξε το χέρι της Σάρλοτ. "Έλα να δεις."

Τους οδήγησε έξω από το υπόστεγο των πωλήσεων και κατά μήκος ενός φαρδιού μονοπατιού που ήταν γεμάτο με προκομμένα και δικτυωμένα δέντρα. Ένα μικρότερο μονοπάτι ελίσσεται πίσω από το κατάστημα. Η Σάρλοτ είχε βρει εκεί το τελευταίο της δέντρο, που ήταν στα τελευταία του πόδια μέχρι που του έριξε αγάπη και πολύ νερό. Το μικρό πεύκο φυτεύτηκε τώρα εδώ στο αγρόκτημα.

"Μόλις ο μπαμπάς, εννοώ ο κύριος Φόρεστ, βρήκε αυτό το δέντρο ακριβώς δίπλα στον φράχτη, του είπα ότι θα ήσουν η τέλεια ιδιοκτήτης του, οπότε το ξέθαψε αντί να το κόψει". Ο Λάτσι έκανε ένα βήμα στην άκρη και έκανε μια χειρονομία. "Είναι διαφορετικό και ιδιαίτερο. Όπως εσύ, Σάρλοτ".

Ένας μικρός κόμπος σχηματίστηκε στο λαιμό της. Τα πάντα με τον Λάτσι ήταν όπως τα έβλεπε. Δεν έβγαζε πράγματα από το μυαλό του ούτε αστειευόταν πολύ. Η προσέγγισή του ήταν άμεση, αν και του άρεσαν τα μεγάλα λόγια και η παροχή ανεπιθύμητων συμβουλών. Αν έβλεπε τη Σάρλοτ διαφορετική και ξεχωριστή, το εννοούσε ως κομπλιμέντο. Ο Τρεβ της έσφιξε το χέρι.

Το δέντρο ήταν πανέμορφο. Είχε περίπου το ίδιο ύψος με τη Σάρλοτ, οι βελόνες του ήταν γαλαζωπές-ασημί και μαλακές. "Ο κ. Φόρεστ πιστεύει ότι δεν θα μεγαλώσει πολύ περισσότερο, οπότε αν θέλεις να το φυτέψεις μετά, μπορείς να το φυτέψεις, ακόμα και στον μικροσκοπικό σου κήπο".

Η Σαρλότ γέλασε τώρα.

"Γελάς με το δέντρο;"

"Όχι, Λάτσι. Μόνο με την περιγραφή σου για τον κήπο μου. Η οποία είναι αλήθεια, αλλά ακούγεται αστεία".

Ο Λάτσι σήκωσε και τα δύο φρύδια του και τα κράτησε εκεί. "Οι ενήλικες είναι παράξενοι".

"Πράγματι είμαστε." προσφέρθηκε ο Τρεβ. "Αυτό είναι ένα ωραίο δέντρο, Λάτσι".

"Είναι. Θα σας αφήσω να το γνωρίσετε καλύτερα". Έφυγε ξανά και σε ένα λεπτό είχε εξαφανιστεί από τα μάτια μας.

Απλώνοντας το χέρι της, η Σαρλότ άγγιξε το δέντρο. "Γεια σου, θα ήθελες να έρθεις να ζήσεις μαζί μου;"

"Νομίζω ότι θα ήθελε " Ο Τρεβ το σήκωσε. "Ναι;"

"Ναι. Δεν είναι το πιο στοχαστικό παιδί που υπήρξε ποτέ;"

Η Σάρλοτ ακολούθησε τον Τρεβ πίσω στο κεντρικό μονοπάτι.

"Αναρωτιέμαι αν μπορώ να του ξαναφτιάξω το μυαλό."

"Συγγνώμη;"

"Ω. Το όλο θέμα με το εξωγήινο δέντρο το ξεκίνησα εγώ και δεν θυμάμαι καν τι το έκανε να συμβεί. Κάτι για μένα που έκανα ερωτήσεις στο δέντρο και τον Λάτσι που είπε ότι τα δέντρα δεν μιλάνε. Πρέπει να του είπα ότι ήταν εξωγήινο και όχι δέντρο και ότι ήθελα επιστροφή χρημάτων ή κάτι τέτοιο".

Έφτασαν στο τέλος της ουράς των πελατών και ο Τρεβ κατέβασε το ποτ. "Εντάξει."

Γέλασε με την έκφρασή του. "Αυτό σημαίνει ότι δεν θέλεις πια να κάνεις παρέα μαζί μου; Σε περίπτωση που το δικό μου είδος παραξενιάς πιάσει τόπο;"

Έσκυψε έτσι ώστε μόνο εκείνη να μπορεί να ακούσει. "Χρειάζονται πολύ περισσότερα από μια μικρή παραξενιά για να με διώξεις, γλυκιά μου". Τη φίλησε στο μάγουλο. "Δεν πάω πουθενά".

"Λοιπόν, θα ήθελες να έρθεις μαζί μου και με τη Ζόι για δείπνο απόψε;"

"Δεν μπορώ." Καθώς η γραμμή μετακινούνταν, ο Τρεβ σήκωσε ξανά το δέντρο. "Η νυχτερινή βάρδια δείχνει στον νεαρό Κόμπι τα σχοινιά".

Ο αστυφύλακας Κόμπι Μάστερσον ήταν νέος στην πόλη και στο αστυνομικό σώμα. Η Σάρλοτ δεν τον είχε γνωρίσει ακόμα, αλλά το γεγονός ότι ο Τρεβ είχε κάποια βοήθεια την έκανε ευτυχισμένη. Αντί να είναι ο μόνος διαθέσιμος σε σύντομο χρονικό διάστημα, είχε τώρα κάποιον να μοιραστεί το φορτίο μαζί του. Μπορεί να την έκανε εγωίστρια, αλλά το να περνάει περισσότερο χρόνο με τον Τρεβ ήταν κάτι που ήθελε πολύ.

"Μπροστά μας έχουμε μερικές πολυάσχολες μέρες και νύχτες, αλλά όσο πιο γρήγορα είναι έτοιμος τόσο το καλύτερο. Μπορούμε να μιλάμε περισσότερο στο τηλέφωνο κατά τη διάρκεια της εβδομάδας;"

"Μπορούμε. Θέλεις καφέ πριν φύγεις;"

"Αυτό μπορώ να το κάνω. Αφού κουβαλήσω αυτό το ιδιαίτερο και διαφορετικό δέντρο στις σκάλες σου !"

ΚΕΦΆΛΑΙΟ 2

ΑΡΚΕΤΉ ΏΡΑ ΑΦΌΤΟΥ Ο ΤΡΕΒ ΈΦΥΓΕ ΓΙΑ ΤΟ ΣΠΊΤΙ ΓΙΑ ΝΑ ΕΤΟΙΜΑΣΤΕΊ ΓΙΑ ΤΗ ΔΟΥΛΕΙΆ, η Σαρλότ κάθισε στο μπαλκόνι.

Παρόλο που ο φορητός υπολογιστής της ήταν ανοιχτός, έτοιμος για να δημιουργήσει διαφημίσεις και να συνεχίσει να σχεδιάζει την προώθηση του προγράμματος Δέντρο Δωρεάς, δυσκολευόταν να πάρει τα μάτια της από τη νέα προσθήκη. Τοποθετημένο στη γωνία όπου ο τοίχος του μπαλκονιού συναντούσε το κιγκλίδωμα, το πεύκο άλλαζε χρώμα καθώς το φως άλλαζε. Από τον ασημένιο μπλε τόνο του στο έντονο φως του ήλιου, καθώς οι σκιές επιμηκύνθηκαν, το ίδιο συνέβη και με τις αποχρώσεις του. Με το σούρουπο να απέχει περίπου μια ώρα, το χριστουγεννιάτικο δέντρο ήταν θαλασσί. Καθώς ένα μικρό αεράκι θρόιζε τα κλαδιά του, οι ασημένιοι υπότιτλοι ήταν σαν τα κύματα στον ωκεανό. Το μόνο που χρειαζόταν ήταν η μυρωδιά της θάλασσας...

Η Σαρλότ μάζεψε ένα κουτί από μέσα. Στάλθηκε από τη φίλη της, Κρίστι Μπλέηκ, και ήταν ένα κερί φτιαγμένο για μια τέτοια στιγμή. Έβγαλε ένα απλό λευκό κερί σε ένα ασορτί βάζο και το άρωμα της θάλασσας ανέβηκε. Αφού το τοποθέτησε κοντά στο λάπτοπ, άναψε το κερί και έκλεισε τα μάτια της. Μετά από λίγο, το άρωμα άλλαξε. Στρώματα γιασεμιού

13

συμπλήρωναν το αλμυρό άρωμα των κυμάτων. Η παραλία του Ρίβερς Εντς γέμισε τις αισθήσεις της Σάρλοτ σαν να βρισκόταν ξανά εκεί.

"Τι είναι αυτή η υπέροχη μυρωδιά;"

Ξαφνιασμένη, τα μάτια της Σαρλότ άνοιξαν. Η Ζόι ήταν στη συρόμενη πόρτα.

"Δεν σε άκουσα καν να μπαίνεις!"

"Συγγνώμη που σε έκανα να ξαφνιαστείς". Η Ζόι βγήκε έξω. "Κοίτα αυτό το δέντρο!"

"Σου αρέσει;"

"Πολύ."

"Ο Λάτσι το επέλεξε για μένα. Και τα χρώματα αλλάζουν συνεχώς με το φως και την κίνηση".

"Το βλέπω. Γι' αυτό κάθεσαι με κλειστά μάτια, εισπνέοντας το άρωμα της θάλασσας και του γιασεμιού; Επειδή το δέντρο μοιάζει με ωκεανό;" Η Ζόι κάθισε στο τραπέζι με ένα χαμόγελο.

"Αυτό είναι το κερί που σου έδωσαν στον γάμο της Ρόζι και του Λιούις".

"Είναι. Και ναι, έχεις δίκιο. Πώς πάει η γκαλερί;"

Η Ζόι γούρλωσε τα μάτια της. "Να φέρω ένα μπουκάλι κρασί;"

Η Σάρλοτ ακολούθησε τη Ζόι μέσα και καθώς η αδελφή της άνοιξε ένα μπουκάλι κόκκινο κρασί, έριξε μερικά τυριά και μπισκότα σε ένα πιάτο.

Πίσω στο μπαλκόνι, έκαναν πρόποση για το δέντρο.

"Η γκαλερί είναι σχεδόν έτοιμη. Ξέρω ότι χρειάστηκαν μήνες, αλλά είμαι αρκετά... σχολαστική σχετικά με το πώς πρέπει να φαίνεται. Και για ένα άνοιγμα -και αυτό είναι το τρίτο μου- υπάρχουν ορισμένα έργα που απαιτούν καλύτερο φωτισμό ή περισσότερο φόντο". Η Ζόι ήπιε το κρασί της και κάθισε πίσω, βάζοντας το ποτήρι ανάμεσα στα χέρια της. Είχε μακριά δάχτυλα σε μυώδη χέρια από δεκαετίες γλυπτικής και αγγειοπλαστικής. "Μου τηλεφώνησε σήμερα ο διευθυντής μιας γκαλερί της Μελβούρνης, την οποία μάλλον θαυμάζω. Μου ζήτησε μια πρόσκληση".

"Αυτό είναι καλό. Έτσι δεν είναι;"

"Και λίγο αγχωτικό. Επίσης, παρευρίσκονται δύο διαφορετικοί δημοσιογράφοι, οπότε παραδέχομαι ότι αισθάνομαι λίγη πίεση".

"Είμαι εδώ για να σε βοηθήσω όσο χρειάζεσαι". Η Σαρλότ δάγκωσε ένα κομμάτι τυρί σε μπισκότο και μικροσκοπικά ψίχουλα πήγαν παντού. "Ίσως όχι με κέτερινγκ. " Η Ζόι χαμογέλασε.

Ένα ζεστό αεράκι ανακάτεψε τις βαριές ανεμοδούρες και τίναξε τα κλαδιά του δέντρου. Το να κάθεται εδώ στο σκοτάδι μαζί με την αδελφή της, με την οποία είχε επανενωθεί τόσο πρόσφατα, ήταν σουρεαλιστικό. Πάνω από το χείλος του ποτηριού με το κρασί της, η Σάρλοτ κράτησε τη στιγμή στη μνήμη της. Το άρωμα από το κερί. Τα μάτια της Ζόις να ατενίζουν τον ουρανό που σκοτείνιαζε. Το πρόσωπο της αδελφής της ήταν κουρασμένο, με γραμμές εξάντλησης. Αλλά υπήρχε μια ικανοποίηση πάνω της.

"Αυτό είναι ωραίο." Τα μάτια της Ζόις επέστρεψαν στη Σαρλότ. "Θα έρθει ο Τρεβ απόψε;"

"Έχει νυχτερινή βάρδια. Εκπαιδεύει τον νέο αστυνόμο".

"Να φτιάξω μια σαλάτα για μας;" ρώτησε η Ζόι.

"Θα βοηθήσω. Τελείωσες με τη δουλειά για απόψε;"

"Μακάρι. Έχω ακόμη να συμπληρώσω τη γραφειοκρατία και να γράψω μια λίστα ελέγχου, αλλά αυτά μπορώ να τα κάνω εδώ. Αν δουλεύεις κι εσύ, τότε ας δουλέψουμε εδώ μαζί".

Η Σαρλότ ένευψε. "Ξεκινάω την καμπάνια για το Δέντρο της Δωρεάς το πρωί, οπότε θα ξεκινήσω τις διαφημίσεις απόψε. Αργότερα. Αλλά όπως είπες, αυτό είναι ωραίο".

Το κελάηδισμα των πουλιών συνόδευε τους χαμηλούς ήχους των καμπάνων, καθώς οι παπαγάλοι, οι καρακάξες και τα κακατού ξεκινούσαν το νυχτερινό τους τελετουργικό. Ένα αυτοκίνητο περνούσε από τον δρόμο από κάτω, με ένα χριστουγεννιάτικο τραγούδι να ακούγεται και τους επιβάτες να τραγουδούν, γεγονός που έκανε και τις δύο γυναίκες να γελάσουν.

15

"Δεν μπορώ να πιστέψω ότι είμαστε πάλι μαζί τα Χριστούγεννα". Η Ζόι έπαιξε με ένα κομμάτι τυρί. "Όχι από τότε που ήσουν μικρό κορίτσι. Τα μάτια σου μεγάλωναν τόσο πολύ με τα στολίδια στο δέντρο. Παρόλο που ήσουν μόλις νήπιο, προσπαθούσες να σκαρφαλώσεις στο δέντρο για να τα φτάσεις".

Δεν θυμάμαι.

"Μόλις έφυγε ο μπαμπάς, δεν ξαναστήσαμε δέντρο". Η καρδιά της Σάρλοτ ήταν βαριά. "Η Αντζέλικα τα μισούσε. Σπατάλη χρημάτων και χρόνου. Δεν της άρεσαν τα δώρα ή οι κάρτες".

"Αλλά κράτησε όλες τις κάρτες που έφτιαξα και σου έστειλα".

Ήταν παράξενο. Λίγο καιρό μετά τη μετακόμιση στο διαμέρισμα, έφτασε ένα κουτί από το Λέηκβιου έαρ, όπου η μητέρα τους βρισκόταν σε ίδρυμα. Η Σάρλοτ δεν μπόρεσε να το ψάξει για μήνες, αλλά η χούφτα καρτών στην κορυφή του έπεσε στο μάτι της. Εννέα μοναδικές χριστουγεννιάτικες κάρτες, η καθεμία χειροποίητη με φροντίδα και ταλέντο, και μέσα το ίδιο αινιγματικό σχόλιο.

Σε αγαπούν. Ζ.

"Δόξα τω Θεώ, αλλιώς μπορεί να μην ήξερα ποτέ ότι υπάρχεις. Χωρίς το μυστήριο για το ποιος ήταν ο "Ζ" και γιατί ο "Ζ" μου έστελνε κάρτες, δεν θα πίεζα ποτέ την Αντζέλικα αρκετά ώστε να μου το πει". Τα δάκρυα ξεπήδησαν από το πουθενά και η Σάρλοτ έστρεψε το κεφάλι της μακριά.

Σε μια στιγμή η Ζόι σηκώθηκε στα πόδια της και στη συνέχεια τα χέρια της αγκάλιασαν τη Σαρλότ. "Γλυκιά μου αδελφούλα, πάντα επρόκειτο να με ξαναδείς. Έπρεπε να ήμουν εκεί για σένα. Να σε αφήσω να ξέρεις ότι ήμουν κοντά σου. Λυπάμαι πολύ".

Η Σαρλότ ακούμπησε το κεφάλι της στον ώμο της Ζόις. "Δεν έχεις... τίποτα για να απολογηθείς". Τα ανόητα δάκρυα έτρεξαν στα μάγουλά της.

"Αν ήμουν εκεί για σένα", έσπασε η φωνή της Ζόις και πήρε

μια βαθιά ανάσα. "Έπρεπε να σε είχα ενημερώσει για το πού βρισκόμουν… αλλά νόμιζα ότι ο μπαμπάς θα σου το έλεγε. Δεν μπορώ να πιστέψω ότι δεν το έκανε".

Το τηλέφωνο χτύπησε. Ο ήχος κλήσης της Ρόζι.

Αυτό διέσπασε το χάος των συναισθημάτων και η Σάρλοτ μισογέλασε καθώς ισορρόπησε. "Καλύτερα να απαντήσεις πριν στείλει τον Τρεβ να δει αν είμαστε ακόμα ζωντανοί". Φίλησε το μάγουλο της Ζόις. "Σ' αγαπώ και πάντα θα σ' αγαπώ".

Η Ζόι άγγιξε το μπουκάλι κρασί, καθώς η Σαρλότ άρπαξε το τηλέφωνο και πέρασε το άλλο της χέρι πάνω από τα μάτια της. "Γεια σου Ρόζι".

"Συγγνώμη αν διέκοψα. Ήθελα να σε ρωτήσω το μεσημέρι, αλλά ο γιος μου σε πήρε μαζί του".

"Απλώς συζητώ με τη Ζόι. Τι ήθελες να ρωτήσεις;" Χαμογέλασε καθώς η Ζόι γέμισε ξανά το ποτήρι της.

"Λοιπόν, ο ΛούΛούις και εγώ μιλούσαμε για τα Χριστούγεννα και αναρωτηθήκαμε αν εσύ και η Ζόι θα θέλατε να έρθετε εδώ; Ή μήπως εσύ και ο Τρεβ έχετε… σχέδια;"

Α, ξέρω γιατί τηλεφώνησες.

"Σε αυτό το στάδιο δεν έχω προγραμματίσει τίποτα, εκτός από μια αόριστη ιδέα για να κοιμηθώ μέσα. Η παραμονή των Χριστουγέννων πέρυσι ήταν τόσο πολυάσχολη στο κατάστημα και αν αυτό το μικρό πρότζεκτ πετύχει, μπορεί να θελήσουμε όλοι να κοιμηθούμε τη μέρα".

"Ανοησίες. Σκοπεύω να περάσω τη μέρα μου τρώγοντας τηγανίτες για πρωινό και στη συνέχεια δύο ακόμη πλήρη χριστουγεννιάτικα γεύματα".

Η Σαρλότ έκλεισε το μάτι στη Ζόι. "Γιατί δεν το συζητάμε το πρωί με μερικά μίνι γλυκά;"

Υπήρξε μια παύση.

"Είσαι ακόμα εκεί, Ρόζι; Ή μήπως έχεις ξεμείνει από εκλέρ;"

"Καθόλου. Μπορεί να αργήσω λίγο αύριο, αν είσαι εντάξει για να ξεκινήσουν τα πράγματα. Ξέρω ότι δεν είναι η καλύτερη μέρα για να σε αφήσω μόνη σου...". Υπήρχε ένας περίεργος τόνος στη φωνή της Ρόζι.

"Τα πρωινά της Δευτέρας είναι απασχολημένα μόνο όταν κάνουμε παραγγελίες και νομίζω ότι μπορώ να καταφέρω να τις κάνω. Είναι όλα εντάξει;" "Έτσι νομίζω. Απλά έχω ένα ραντεβού με τον Λούις. Θα είμαι εκεί όμως μόλις επιστρέψουμε στην πόλη. Και σε παρακαλώ, σκέψου τα Χριστούγεννα, γιατί όταν τα πράγματα θα είναι απασχολημένα με το πρόγραμμα του Δέντρου της Δωρεάς, θα ξεχάσουμε να κάνουμε σχέδια".

"Απλά να προσέχεις. Και οι δυο σας."

Αποχαιρετήθηκαν και η Σαρλότ κατέβασε το τηλέφωνο.

"Τι συμβαίνει;"

"Δεν είμαι σίγουρη. Η Ρόζι είπε ότι αυτή και ο Λιούις έχουν ένα ραντεβού το πρωί εκτός πόλης. Ακουγόταν λίγο ανήσυχη".

Ακουγόταν πολύ ανήσυχη.

"Μήπως θα έπρεπε να τηλεφωνήσεις στον Τρεβ και να δεις αν ξέρει τι συμβαίνει;"

Η Σαρλότ κούνησε το κεφάλι της. "Το σκέφτομαι υπερβολικά. Ο Τρεβ είναι απασχολημένος και τίποτα δεν τρέχει, εκτός από το ότι τώρα πρέπει να διαφωνήσω αύριο με τη Ρόζι για το πού θα φάμε το χριστουγεννιάτικο δείπνο".

Η Ζόι σηκώθηκε. "Λοιπόν, είναι ένα καλό πρόβλημα και το να μιλάμε για φαγητό με κάνει να πεινάω".

———

"Τι ώρα τρώμε;"

Ο Τρεβ αναστέναξε. Αυτή ήταν η τρίτη φορά που ο αστυνόμος Κόμπι Μάστερσον έκανε την ίδια ερώτηση και η απάντησή του ήταν η ίδια. "Σύντομα. Εκτός αν ρωτήσεις ξανά, οπότε θα γίνει αφού σε πάω σπίτι".

"Συγγνώμη." Ο Κόμπι άπλωσε τα πόδια του στο κάθισμα του συνοδηγού. "Τρώω όταν βαριέμαι".

"Είτε έχεις γρήγορο μεταβολισμό είτε δεν βαριέσαι συχνά".

Ο Τρεβ έριξε μια ματιά στη λεπτή σωματική διάπλαση του Κόμπι. "Γιατί είναι βαρετό;"

Επέστρεφαν στο Κινγκφίσερ Φολς μετά από μια περιήγηση στα περίχωρα. Η περιοχή που κάλυψε ο Τρεβ ήταν μικρότερη από την προηγούμενη θέση του, αλλά πιο πυκνοκατοικημένη.

"Είδες μια αγελάδα ή μια πύλη φάρμας και τις έχεις δει όλες".

Ο Τρεβ έστριψε από τον κεντρικό δρόμο. "Δεν είσαι επαρχιώτης, λοιπόν;"

"Προτιμώ την πόλη. Εκεί συμβαίνουν περισσότερα πράγματα".

"Έχουμε αρκετά να κάνουμε εδώ πάνω για να σας κρατήσουμε απασχολημένους". Ο Τρεβ οδήγησε σε ένα άδειο πάρκινγκ που περιβαλλόταν από ψηλά δέντρα και έσβησε τη μηχανή. "Ώρα να περπατήσουμε".

Οπλισμένοι με μακριούς φακούς, οι αστυνομικοί ακολούθησαν ένα μονοπάτι ανάμεσα σε θάμνους.

"Εδώ συχνάζουν τα παιδιά της περιοχής;"

"Πού και πού. Οι περισσότεροι από αυτούς είναι πολύ έξυπνοι για να περιπλανηθούν πολύ μακριά εδώ κάτω τη νύχτα".

"Τι; Υπάρχουν κουνελάκια εδώ γύρω;" Ο Κόμπι έστρεψε το φακό του στους θάμνους. "Γεια σου... κρύβονται τίποτα τρομακτικά τέρατα;"

"Αλήθεια;" Ο Τρεβ κούνησε το κεφάλι του. "Λίγο λιγότερη χρήση σαρκασμού και λίγο περισσότερο να έχεις τα μάτια σου ανοιχτά και θα τα καταφέρεις. Πήγαινε εσύ. Δοκίμασε χωρίς το φως σου". Σταμάτησε και έκανε νόημα στον Κόμπι να πάει πρώτος.

Ο νεαρός ανασήκωσε τους ώμους και προχώρησε μπροστά, αλλά κράτησε τον φακό του αναμμένο. Σε ένα λεπτό είχε εξαφανιστεί από τα μάτια του Τρεβ. Όταν ο Τρεβ έφτασε στον πίνακα πληροφοριών, ο Κόμπι δεν φαινόταν πουθενά. "Προς τα πού κατευθύνθηκες;" Φώναξε. Χωρίς απάντηση, πήρε το μονοπάτι προς το παρατηρητήριο. Και βέβαια, ο Κόμπι ήταν εκεί, κοιτάζοντας πάνω από το κιγκλίδωμα.

"Αυτό είναι ωραίο."

"Είναι. Και περισσότεροι από ένας άνθρωποι έχουν χάσει τη ζωή τους κάνοντας λάθη εδώ πάνω".

Ο Κόμπι ισορρόπησε. "Λάθη ή άλματα; Τίποτα δεν εμποδίζει κάποιον να σκαρφαλώσει από μέσα".

"Τουλάχιστον είσαι παρατηρητικός. Εδώ και η κορυφή των καταρρακτών είναι περιοχές υψηλού κινδύνου. Αν κάποιος εξαφανιστεί, ελέγχεις αυτή την περιοχή. Θα επιστρέψουμε με το φως της ημέρας και θα πάμε στον πάτο, αλλά θέλω να γνωρίζεις τους κινδύνους".

"Τι είναι στον πάτο; Μπορώ να δω ένα ποτάμι από εκεί που κατεβαίνει ο καταρράκτης".

"Πολλοί πυκνοί θάμνοι. Μια λίμνη που είναι ως επί το πλείστον ήρεμη αλλά γίνεται ύπουλη μετά από βροχή. Και δεν υπάρχουν αξιοπρεπή μονοπάτια για περπάτημα. Το σήμα του τηλεφώνου είναι αναξιόπιστο μόλις περάσεις αυτό το σημείο".

"Πάμε παρακάτω;"

Ο Τρεβ απομακρύνθηκε. "Πάμε πίσω. Νόμιζα ότι ήθελες φαγητό".

Ο Κόμπι βρέθηκε στο πλευρό του σε μια στιγμή. "Ξέρεις κανέναν που να έχει πέσει;"

"Τι είδους ερώτηση είναι αυτή;"

"Περίεργο. Έχουν όντως πληγωθεί άνθρωποι ή όλα αυτά είναι φήμες για να κρατήσουν τον κόσμο μακριά;"

Είχε δίκιο. Με την κακή κατάσταση των σκαλοπατιών κοντά στον καταρράκτη, ο Τρεβ θα ήθελε να περιοριστεί η περιοχή. Τουλάχιστον υπήρχε φως μπροστά του με το συμβούλιο να διαθέτει κάποια κονδύλια για τη βελτίωση της κεντρικής πίστας το επόμενο έτος. Βοήθησε με τον Ντάγκ να συμμετέχει και τον Τζόνας να αγωνίζεται να ακουστεί τόσο πολύ, παρόλο που κατά κάποιο τρόπο κατείχε τη θέση του δημάρχου.

"Πριν από μερικούς μήνες μια νεαρή γυναίκα έπεσε στην

πισίνα μετά από μέρες βροχής. Παρασύρθηκε τόσο γρήγορα που χρειάστηκε ένας έμπειρος ντετέκτιβ και οι τοπικές υπηρεσίες έκτακτης ανάγκης για να τη σώσουν. Και μόλις λίγες εβδομάδες πριν από αυτό ένας άνδρας έπεσε νεκρός από την κορυφή των καταρρακτών. Αυτά είναι δύο ατυχήματα μόνο φέτος".

Το ατύχημα δεν ήταν η σωστή λέξη, αλλά θα ήταν μια χαρά.

Ο Κόμπι σιώπησε μέχρι να φτάσουν στο περιπολικό.

"Λοιπόν, ποιες υποθέσεις είναι ανοιχτές;"

"Πόσο καιρό είσαι στην πόλη… τρεις μέρες;" Ο Τρεβ έβαλε μπροστά το αυτοκίνητο. "Θα προτιμούσα να αποκτήσεις μια καλή εικόνα της περιοχής και του ποιος είναι ποιος, προτού ξανασυμβεί κάποιο έγκλημα".

"Δεν υπάρχει τίποτα; Φίλε." Κοίταξε έξω από το παράθυρο.

"Μάλλον είναι μια επαρχιακή πόλη."

"Αρκετά, αστυφύλακα. Ζήτησες τη μετάθεση και είσαι ευπρόσδεκτος εδώ. Η πόλη χρειάζεται έναν δεύτερο αξιωματικό και αν αφιερώσεις χρόνο και προσπάθεια θα πάρεις μια αξιοπρεπή βάση στην αστυνομική δουλειά. Αλλά με τη στάση σου δεν θα κερδίσεις φίλους. Πρόκειται για μια στενή κοινότητα και οι κάτοικοι αγαπούν το Κινγκφίσερ Φολς".

"Συγγνώμη." Ο Κόμπι κοίταξε τον Τρεβ. "Θα το βουλώσω και θα περιμένω. Αργά ή γρήγορα θα υπάρξει κάποια εγκληματική δραστηριότητα".

"Αργότερα. Οι καλοί άνθρωποι αυτής της πόλης έχουν βαρεθεί αρκετά και χρειάζονται μια ευκαιρία να απολαύσουν την προετοιμασία των Χριστουγέννων. Έχεις όρεξη για μπιφτέκια;"

ΚΕΦΑΛΑΙΟ 3

Η ΣΑΡΛΟΤ ΧΑΣΜΟΥΡΗΘΗΚΕ ΚΑΘΩΣ ΕΤΟΙΜΑΖΕ ΤΟ βιβλιοπωλείο για το πρωί και ευχήθηκε να είχε πέσει για ύπνο λίγο νωρίτερα. Το αν θα είχε κάνει τη διαφορά, δεν μπορούσε να το φανταστεί κανείς, γιατί με το ζόρι είχε κοιμηθεί ανάμεσα στην παρουσίαση του Δέντρο Δωρεάς και την ανησυχία της για τη Ρόζι. Απ' όσο ήξερε, ο Λούις και η Ρόζι δεν έκαναν τίποτα πιο σκοτεινό από το να συναντηθούν με έναν ταξιδιωτικό πράκτορα για να κανονίσουν διακοπές. Είχαν πει ότι θα πήγαιναν στη Χαβάη. Και αυτό ήταν μια καλύτερη εικασία από τις άλλες σκέψεις που τριγυρνούσαν στο κεφάλι της. Η Ζόι έφυγε πριν σηκωθεί η Σαρλότ. Είχαν δουλέψει μέχρι αργά στο μπαλκόνι πάνω από το δείπνο και το κρασί, και μετά τον καφέ, καθώς η εξάντληση είχε αρχίσει. Η Σάρλοτ είχε ολοκληρώσει όλες τις διαφημίσεις στα μέσα κοινωνικής δικτύωσης καθώς και την ανάρτηση στις σελίδες του βιβλιοπωλείου και στη συνέχεια είχε στείλει ένα ενημερωτικό δελτίο στους συνδρομητές τους. Η τελευταία δουλειά της βραδιάς ήταν ένα μήνυμα ηλεκτρονικού ταχυδρομείου σε κάθε έναν από τους συμμετέχοντες εμπόρους με έναν τελικό κατάλογο ελέγχου και περισσότερες εικόνες που θα μπορούσαν να χρησιμοποιήσουν για τους δικούς τους πελάτες.

Δεν υπήρχε τίποτα άλλο να κάνουμε τώρα εκτός από το να τοποθετήσουμε την επιγραφή και να τοποθετήσουμε τις κάρτες στον πάγκο. Λίγα λεπτά πριν από το άνοιγμα, έκανε ένα σπριντ προς το γωνιακό καφέ, αφού πρώτα τηλεφώνησε για την παραγγελία της.

"Σχεδόν έτοιμο." Ο Βίνι, ιδιοκτήτης του καφέ, έγνεψε πίσω από τον πάγκο. "Όχι πρωινό;"

"Όχι σήμερα, λυπάμαι. Κοιμήθηκα αργά το βράδυ, οπότε έχω μείνει πίσω".

"Αχ." Χαμογέλασε.

"Δεν υπάρχει κανένα "αχ" γι' αυτό. Υπήρχε ένας τόνος δουλειάς που έπρεπε να τελειώσει για το έργο Δέντρο Δωρεάς. Πήρες το ημεηλ σου;" Είχε αφήσει το κουτί με τα καλούδια του στο δρόμο για το Ιταλία χθες.

Ο Βίνι έδειξε το μικρό δέντρο στο τέλος του πάγκου. Δεν υπήρχε χώρος μέσα στο καφέ για ένα κανονικό δέντρο, γι' αυτό είχε φτιάξει μια βιτρίνα με μια από τις πινακίδες της Σάρλοτ και μια λίστα με προτάσεις.

"Ωραία. Ο καφές, λοιπόν, είναι δεδομένος. Πρωινό για έναν, δύο ή περισσότερους. Πρωινό τσάι με παράδοση. Γεύμα με επιδόρπιο." Η Σάρλοτ πήρε τον καφέ της. "Ευχαριστώ. Ας ελπίσουμε ότι αυτό θα απογειωθεί".

"Με εσένα από πίσω, Τσάρλι, έχω κάθε εμπιστοσύνη. Είναι η συζήτηση της πόλης."

Χαμογέλασε σε όλη τη διαδρομή μέχρι το βιβλιοπωλείο. Αυτή η πόλη την είχε -ως επί το πλείστον- αποδεχτεί ως μια από τους δικούς της ανθρώπους και το να ανταποδίδει κάτι βοηθώντας τους καταστηματάρχες να έχουν έναν καλό Δεκέμβριο σήμαινε πολλά. Υπήρχε μια αίσθηση στην πόλη ότι όλοι κρατούσαν την αναπνοή τους. Περιμένοντας το επόμενο κακό γεγονός. Περισσότερο έγκλημα. Και παρόλο που από τότε που συνελήφθη ο Σιντ Μπράουν και η μικρή του ομάδα ταραχοποιών δεν είχε δοθεί τίποτα περισσότερο από μια κλήση για υπερβολική ταχύτητα, το ηθικό των ντόπιων χρειαζόταν χρόνο για να αποκατασταθεί.

Ακόμη πιο ανησυχητική ήταν η απότομη μείωση των επισκεπτών στους καταρράκτες Κινγκφίσερ. Καθ' όλη τη διάρκεια του Νοεμβρίου οι έμποροι μιλούσαν για την ανησυχητική τάση απομάκρυνσης από τις παραδοσιακές αυξημένες πωλήσεις καθώς έκλεινε το έτος. Οι περιφερειακές εφημερίδες κατηγόρησαν τη μετάβαση στις διαδικτυακές αγορές, αλλά αυτό απομάκρυνε την προσοχή από το ρόλο τους στην εντυπωσιακή προβολή των γεγονότων νωρίτερα μέσα στο έτος. Τα μέσα ενημέρωσης είχαν λατρέψει τους φόνους, τις πυρκαγιές και τις συλλήψεις.

"Ακόμα ένας λόγος για να υποστηρίξουν αυτή την προσπάθεια". μουρμούρισε η Σάρλοτ καθώς επέστρεφε στο βιβλιοπωλείο. Αργότερα σήμερα, ή απόψε, αν το μαγαζί ήταν πολύ απασχολημένο, θα έγραφε και θα έστελνε ένα δελτίο Τύπου και θα έβλεπε τι δωρεάν διαφήμιση μπορούσε να προσφέρει.

Η πρώτη ώρα ήταν αρκετά ήσυχη για να μπορέσει η Σαρλότ να δώσει τις εντολές της. Οι παραγγελίες για τα Χριστούγεννα ήταν πιο περίπλοκες από τις υπόλοιπες του έτους, καθώς έπρεπε να λάβει υπόψη της το κλείσιμο των προμηθευτών και να παραγγείλει αρκετά -αλλά όχι υπερβολικά- βιβλία με εορταστικό θέμα. Αυτά ήταν μόλις τα δεύτερά της Χριστούγεννα στο βιβλιοπωλείο και πέρυσι, η Ρόζι έκανε όλες τις παραγγελίες, αφήνοντας τη Σάρλοτ να παρακολουθεί πάνω από τον ώμο της.

Είχε αφήσει το μάνταλο της πόρτας ανοιχτό με τόσο ευχάριστο καιρό και δεν άργησε να την ειδοποιήσει το κουδούνι της πόρτας για τον πρώτο πελάτη. Σηκώθηκε για να τους χαιρετήσει.

"Καλημέρα... ω." Καθόλου πελάτης. Το χαμόγελό της έπεσε.

Ο Τζόνας Καρμάικλ πλησίασε στον πάγκο και πήρε μια από τις κάρτες σε σχήμα χριστουγεννιάτικου δέντρου. "Αυτή είναι μια από τις φανταχτερές σας προσπάθειες να αυξήσετε τις δουλειές σας;"

"Ποιο δώρο θα θέλατε να δωρίσετε; Έχω μερικά υπέροχα παιδικά βιβλία και κάποιες συλλογές σε κουτιά… τι θα λέγατε για ένα βιβλίο για το περιβάλλον;"

Η έκφρασή του παρέμεινε η συνήθης ψεύτικη φιλικότητά του, αλλά τα μάτια του ήταν παγωμένα.

"Όχι; Τότε γιατί είσαι εδώ;" Η Σαρλότ σπάνια ήταν αγενής με τους ανθρώπους. Ούτε ως παιδί, ούτε ως ψυχίατρος και σίγουρα όχι σε περιβάλλον λιανικής πώλησης. Αλλά αυτός ο άνθρωπος ήταν πίσω από σχεδόν όλα όσα πήγαιναν στραβά στο Κινγκφίσερ Φολς και με κάποιο τρόπο κατάφερνε να αποφεύγει τη δικαιοσύνη. Ο Τζόνας εξυπηρετούσε μόνο τις δικές του ανάγκες και όχι εκείνες της κοινότητας που ισχυριζόταν ότι υποστήριζε από το ρόλο του στο συμβούλιο.

"Χαίρομαι που είσαι μόνη σου. Πρέπει να συζητήσουμε τις αντιρρήσεις σου για την ανάπτυξη των κατοικιών".

"Δεν υπάρχει τίποτα να συζητήσουμε. Διαφωνώ με την ανάπτυξη για όλους τους λόγους που περιγράφονται στην ένστασή μου. Μαζί με όλες τις άλλες απαντήσεις, το συμβούλιο θα συζητήσει και θα ψηφίσει εν ευθέτω χρόνω. Για το θέμα αυτό, δεν παραβιάζεται κάποιος νόμος με την προσπάθεια να επηρεαστεί η αντίρρησή μου;"

Ο Τζόνας μάζεψε περισσότερα από τα χαρτιά. "Αυτή η μικρή σου προώθηση δεν θα κάνει καμία διαφορά αν η πόλη δεν αναπτυχθεί. Καταλαβαίνω τους δεινόσαυρους όπως ο Λιούις και η Ρόζι που αντιστέκονται στις αλλαγές, αλλά εσύ είσαι νέος. Και εσύ είσαι νέος εδώ. Γιατί να εμποδίσεις άλλους ανθρώπους να έρθουν εδώ;"

Αναστεναγμός.

Η Σάρλοτ πήρε τα χαρτιά από τα χέρια του Τζόνας και τα αντικατέστησε στο δοχείο τους. "Υπάρχουν πολλά άδεια σπίτια σε αυτή την πόλη. Και καλύτερα μέρη για να χτιστούν αρχοντικές κατοικίες από το να βρίσκονται στη μέση μιας καθιερωμένης θαμνώδους περιοχής με ενεργή άγρια Ζόι. Φαντάζομαι ότι το πρόβλημά σας δεν έχει καμία σχέση με το

25

ότι θέλετε περισσότερους ανθρώπους εδώ. Μόνο με το εισόδημα που θα σας αποφέρει προσωπικά αυτή η ανάπτυξη".

Το πρόσωπό του σκλήρυνε και ακόμη και το αναγκαστικό χαμόγελο μετατράπηκε σε ειρωνεία. Ο Τζόνας έβαλε το χέρι του σε μια τσέπη και έβγαλε έναν φάκελο, τον οποίο έριξε στον πάγκο. "Τιμολόγιο για τη συνδρομή στο κόστος της λειτουργίας των Χριστουγέννων στην κεντρική επιχειρηματική περιοχή. Πληρωτέο εντός επτά ημερών".

"Πάλι αυτό;"

"Καιρός να αρχίσετε να πληρώνετε τα χρέη σας". Άρπαξε το δοχείο και πέταξε τα χαρτιά στο πάτωμα. "Εκεί θα είστε εσείς και το πολύτιμο βιβλιοπωλείο σας σε λίγες εβδομάδες, αν δεν αρχίσετε να αντιμετωπίζετε τα γεγονότα".

"Σήκωσέ τα."

"Απέσυρε τις αντιρρήσεις σου και θα κάνω ό,τι θέλεις, Σάρλοτ".

"Αντίο, Τζόνας."

Έφυγε πριν εκείνη προλάβει να του πει τι να κάνει με το τιμολόγιό του. Κοίταξε επίμονα την οπισθοχώρησή του και μετά το χάος στο πάτωμα.

Η Σαρλότ μάζευε τις τελευταίες κάρτες όταν έφτασε η Ρόζι. Μια γρήγορη εξήγηση αργότερα, η Ρόζι ήταν στο τηλέφωνο. "Δεν χρειάζεται να αγχώνεσαι γι' αυτόν". Η Σάρλοτ ακούμπησε στον πάγκο.

"Πρόκειται για απροκάλυπτο εκφοβισμό και, ω, γεια σας; Ναι, είμαι η Ρόζι Σίμπριτ από το βιβλιοπωλείο του Κινγκφίσερ Φολς. Είμαι μια χαρά, ευχαριστώ." Χαιρέτησε τη Σάρλοτ για να φύγει, αλλά η Σάρλοτ απλώς χαμογέλασε. "Επιθυμώ να υποβάλω επίσημη καταγγελία κατά του Τζόνας Καρμάικλ και θα ήθελα να μάθω τη σωστή διαδικασία".

"Ρόζι. Είναι εντάξει."

Η Ρόζι αγνόησε τη Σάρλοτ καθώς συνέχισε. "Μόλις

προσπάθησε να εκφοβίσει τη συνεργάτιδά μου υπονοώντας ότι η επιχείρησή μας θα αποτύχει αν δεν άρει τις νομικές μας αντιρρήσεις για την ανάπτυξη της αστικής κατοικίας. Ναι, αυτό είναι σωστό. Και επιπλέον, πέταξε επίτηδες την περιουσία μας στο πάτωμα σε ένα παιδαριώδες ξέσπασμα θυμού!"

Ένας πελάτης μπήκε μέσα και η Σαρλότ τους πήγε στην άλλη άκρη του καταστήματος και τους κράτησε απασχολημένους μέχρι να κλείσει το τηλέφωνο η Ρόζι. Μόλις πλήρωσαν -συμπεριλαμβανομένης και της πρώτης κάρτας του Δέντρο Δωρεάς- έτρεξε γύρω από τον πάγκο και κάθισε στο σκαμπό της.

"Πες μου τι είπε το συμβούλιο".

"Για να γράψω ένα γράμμα."

"Ω."

"Ω, πράγματι. Το οποίο θα κάνουμε. Αλλά προς το παρόν δεν είναι ευπρόσδεκτος εδώ μέσα και είμαι πολύ ευτυχής να του το πω εγώ η ίδια".

Ήρθαν κι άλλοι πελάτες και πλησίαζε η ώρα του μεσημεριανού γεύματος για να αδειάσει και πάλι το μαγαζί. Η Σάρλοτ παρακολουθούσε τη Ρόζι, η οποία ήταν ο συνηθισμένος φωτεινός και φιλόξενος εαυτός της με τους πελάτες, αλλά σιωπούσε μεταξύ τους.

"Θα ήθελες να φας πρώτη;;" Η Σάρλοτ ίσιωσε τις κάρτες, αφού άλλη μια δωροεπιταγή είχε φτάσει στο δέντρο. "Δουλεύω ακόμα τις παραγγελίες, αν θέλεις να πας να δεις τον Λιούις".

"Τον Λούις; Γιατί;"

"Επειδή είναι ο σύζυγός σου και τον βλέπεις σχεδόν κάθε μεσημέρι;"

"Στην πραγματικότητα, αγάπη μου, πήρε ρεπό σήμερα. Πιθανότατα θα κάνει βόλτες στον κήπο ή θα κάθεται με τις γάτες". Η Ρόζι ανακάτεψε μερικά χαρτιά. "Θα γευματίσω εδώ, οπότε μπορείς να φύγεις όποτε θέλεις".

Ο Λούις δεν πήρε ποτέ ρεπό. Θα έπρεπε να κλείσει το μαγαζί του και στους δώδεκα μήνες που τον γνώριζε, η Σάρλοτ θυμόταν ότι αυτό συνέβη μόνο μετά τη φωτιά στη γωνία. Πήρε το χέρι της Ρόζι. Ήταν κρύο, παρά τη ζεστή μέρα. "Είμαι εδώ αν χρειαστείς να μιλήσεις. Για οτιδήποτε". Τα χείλη της Ρόζι πιέστηκαν μεταξύ τους. Το χέρι της έσφιγγε το χέρι της Σαρλότ μέχρι που έτρεμε. "Θέλεις να πας σπίτι;" "Ο Λου είναι εντάξει. Νομίζω ότι θα κοιμάται, γιατί είχε μια μικρή επέμβαση σήμερα το πρωί. Έπρεπε να το είχα αναφέρει, αλλά δεν είναι κάτι ανησυχητικό, οπότε το κράτησα για τον εαυτό μου...". Η Σαρλότ έβαλε το χέρι της γύρω από τη Ρόζι. "Τι είδους επέμβαση;" "Μερικές βιοψίες ελιών στο δέρμα. Τις παρατήρησα στην πλάτη του και δεν τις γνώριζε. Ήξερε ότι υπήρχαν, αλλά όχι πώς φαίνονταν". "Εντάξει, λοιπόν, έχουν υποβληθεί σε βιοψία. Τι είπε ο γιατρός τότε;" "Όχι πολλά." Ακούμπησε το κεφάλι της στον ώμο της Σαρλότ με έναν βαθύ αναστεναγμό. "Ανησυχώ." "Φυσικά και ανησυχείς. Αλλά ξέρεις κάτι; Οι περισσότερες είναι καλοήθεις. Και αν όχι, υπάρχουν επίπεδα δερματικών εξογκωμάτων, τα περισσότερα από τα οποία απλώς χρειάζονται αφαίρεση. Θα ξέρετε και οι δύο σε λίγες μέρες και τότε θα έχετε ένα σχέδιο δράσης, αν χρειαστεί".

Με ένα νεύμα του κεφαλιού της, η Ρόζι ισορρόπησε. "Συγγνώμη που είμαι τόσο ανόητη".

"Δεν είσαι ποτέ ανόητη!!" φίλησε το μάγουλο της Ρόζι και την άφησε ελεύθερη. "Τον αγαπάς τόσο πολύ που η ανησυχία είναι φυσιολογική. Είναι καλά; Θα ήθελε να μιλήσει μαζί μου;"

"Καλοσύνη σου που προσφέρθηκες, αλλά είμαι σίγουρη ότι τα καταφέρνει καλύτερα από μένα".

Λίγα λεπτά αργότερα, η Σαρλότ βγήκε βιαστικά από το βιβλιοπωλείο. Η Ρόζι είχε πάρει ένα λεπτό για να φρεσκαριστεί και επέμενε ότι ήταν και πάλι καλά και ότι η συζήτηση είχε βάλει τα πράγματα στη σωστή τους διάσταση.

Μετά από μια γρήγορη στάση στο φούρνο, κατευθύνθηκε προς τη γκαλερί οπλισμένη με το γεύμα. Η Ζόι δεν σταματούσε για αρκετή ώρα για φαγητό, εκτός αν την ανάγκαζαν. Κατανοητό, με τόσα πολλά να κάνει πριν από τα εγκαίνια σε δύο εβδομάδες, αλλά έπρεπε να φάει. *Κοιτάξτε τον εαυτό σου. Μητέρα της μεγάλης σου αδελφής.* Χαμογέλασε. Οι τελευταίοι μήνες με τη Ζόι ήταν σαν ένα υπέροχο όνειρο που έγινε πραγματικότητα μετά τη δίνη που είχε προκαλέσει νωρίτερα μέσα στη χρονιά η ανακάλυψη ότι είχε μια μεγαλύτερη αδελφή και τα γεγονότα που οδήγησαν στην επανασύνδεσή τους. Ήταν κάτι περισσότερο από αδελφές. Ήταν φίλες. Και τίποτα δεν θα τις χώριζε ποτέ ξανά.

Στον κυκλικό κόμβο κατευθύνθηκε αριστερά και παραλίγο να συγκρουστεί με ένα ψηλό, αδύνατο άτομο που ερχόταν από την αντίθετη κατεύθυνση.

"Ω, λυπάμαι!"

"Εγώ φταίω." Ο άντρας την προσπέρασε, με το κεφάλι του γυρισμένο αλλού και τους ώμους του πεσμένους. Σε λίγα δευτερόλεπτα είχε εξαφανιστεί πίσω από τη γωνία.

Η Σαρλότ τον ακολούθησε. "Χένρι;"

———

Ο Τρεβ και ο Κόμπι έκαναν πεζή περιπολία και σήμερα, ο νεότερος αξιωματικός είχε καλύτερη διάθεση. Έκανε ερωτήσεις αντί να παραπονιέται ότι το στομάχι του ήταν άδειο ή το μυαλό του βαριόταν.

"Έκανα κάποια έρευνα και πιστεύω ότι το τοπικό συμβούλιο πρόκειται να φτιάξει τα μονοπάτια για περπάτημα εκεί που πήγαμε χθες το βράδυ". είπε ο Κόμπι.

"Σε κάποιο βαθμό, ναι. Αρχικά θα γίνουν κάποιες εργασίες συντήρησης στο μονοπάτι μεταξύ του παρατηρητηρίου και της πισίνας στον πυθμένα. Παλαιότερα ήταν προσβάσιμο για καροτσάκια, αναπηρικά καροτσάκια και άλλα παρόμοια, αλλά όχι εδώ και μερικά χρόνια, οπότε αυτό θα βελτιώσει την ασφάλεια χωρίς τέλος. Επειδή δεν περισσεύουν πολλά χρήματα στα ταμεία, κάνουν αίτηση σε κάποια κυβερνητική υπηρεσία για περισσότερη χρηματοδότηση, οπότε θα δούμε τι θα γίνει".

"Λιγότερες πιθανότητες να πέσουν οι άνθρωποι."

Ο Τρεβ κούνησε το κεφάλι του αλλά χαμογέλασε. "Δεν χρειάζεται να ακούγεσαι απογοητευμένος". Σταμάτησαν στον κυκλικό κόμβο. "Θα σε συστήσω σε μερικούς από τους καταστηματάρχες. Καλύτερα να βάλουν ένα πρόσωπο στο όνομά σου πριν χρειαστεί να σε καλέσουν για οτιδήποτε".

Τα πρώτα δύο μαγαζιά ήταν απασχολημένα και ο Τρεβ χαιρέτησε και συνέχισε μέχρι να φτάσουν στο μαγαζί της Έσθερ. Πέρασαν λίγα λεπτά εκεί, με την Έσθερ φιλική όπως ήταν πάντα και τον Κόμπι ευγενικό, αν και δεν έλεγε πολλά. Βγήκαν και απομακρύνθηκαν λίγο πιο πέρα, όπου ο Τρεβ τους σταμάτησε και τους δύο.

"Λίγο πλαίσιο. Η Έσθερ είναι παντρεμένη με τον Νταγκ Οακς, ο οποίος όχι μόνο είναι επικεφαλής σεφ και συνιδιοκτήτης του Ιταλία, αλλά και πρόσφατη προσθήκη στο τοπικό συμβούλιο. Και οι δύο είναι μακροχρόνιοι κάτοικοι και άνθρωποι στους οποίους μπορείς να βασίζεσαι".

"Το Ιταλία είναι το ιταλικό εστιατόριο απέναντι από το κινέζικο".

"Ινδικό, όχι Κινέζικο".

Ο Κόμπι σήκωσε τους ώμους. "Το ίδιο είναι".

"Όχι. Δεν είναι το ίδιο. Το India Gate House ανήκει σε μια οικογένεια που είναι κάτοικοι του Κινγκφίσερ Φολς τρίτης γενιάς. Οι γονείς το διευθύνουν και η κόρη τους βοηθάει, αλλά έχει επίσης το Falls Photography & Frames, ακριβώς εκεί πέρα". Κούνησε το κεφάλι του προς το δρόμο. "Θα επισκεφτούμε το κατάστημα λίγο αργότερα".

Ένα φορτηγό με καρότσα στο πίσω μέρος του πέρασε και οι δύο άνδρες γύρισαν για να παρακολουθήσουν τον ελιγμό του στον κυκλικό κόμβο. "Στολίζει το δέντρο". Ένα όχημα του δήμου ακολούθησε, στοιβαγμένο με οδικές πινακίδες. "Ωραία. Μπορούμε να τους αφήσουμε να δουλέψουν".

Από τη γωνία, ένας ψηλός άνδρας πλησίασε με τα μάτια στραμμένα στο έδαφος.

"Επόμενο κατάστημα;" ρώτησε ο Κόμπι.

"Περίμενε ένα λεπτό."

Ο άντρας πλησίασε και κοίταξε ψηλά. Το γωνιώδες πρόσωπό του χλώμιασε και παραλίγο να σκοντάψει στα ίδια του τα πόδια.

"Χένρι. Περίμενε." Ο Τρεβ τον συνάντησε στη μέση του μονοπατιού. "Είσαι καλά;"

Χωρίς να κοιτάξει τον Τρεβ στα μάτια, ο Χένρι έγνεψε.

"Πότε επέστρεψες;"

"Τις προάλες. Έπρεπε να σου το είχα πει; Να το αναφέρω ή κάτι τέτοιο;"

"Δεν ξέρω, φίλε. Δεν είχα συνειδητοποιήσει ότι θα επέστρεφες εδώ".

"Ο δικηγόρος έκανε συμφωνία για την κατάθεση και είμαι ελεύθερος από όλες τις κατηγορίες. Απλά θέλω να ζήσω ειρηνικά". Τσαλαβουτούσε από το ένα πόδι στο άλλο.

"Πίσω στο μπιστρό;"

Ο Χένρι σήκωσε το κεφάλι του. "Ποιος θα με προσλάβει τώρα; Μπορώ να φύγω;"

"Φυσικά. Αν χρειαστείς κάτι, έλα να με δεις".

Δεν υπήρξε καμία απάντηση, καθώς ο Χένρι συνέχισε προς τα εκεί που κατευθυνόταν.

"Ενδιαφέρον." είπε ο Κόμπι. "Φίλος σου;"

"Τον ξέρω όλη μου τη ζωή. Μπλέχτηκε στην προστασία ενός εγκληματία. Δεν ήταν αποκλειστικά δικό του λάθος, αλλά ένα από τα εγκλήματα ήταν ένας παλιός φόνος και αυτό είχε σημασία". Ο Τρεβ χτύπησε μια σημείωση στο τηλέφωνό του. "Επόμενη στάση, το καφέ στη γωνία και όχι μόνο για να γνωρίσεις τον Βίνι. Χρειάζομαι έναν καφέ".

ΚΕΦΆΛΑΙΟ 4

"ΞΈΡΩ ΌΤΙ ΕΊΠΕΣΣ ΌΤΙ ΘΑ ΦΑΣ ΕΔΏ, ΓΙ' ΑΥΤΌ ΈΦΕΡΑ ΛΊΓΟ καφέ. Και ένα ωραίο ρολό σαλάτας από τον φούρνο, γιατί τυχαίνει να ξέρω ότι δεν έφερες μεσημεριανό". Η Σάρλοτ έδωσε τον καφέ στη Ρόζι. "Το ψωμάκι είναι στο ψυγείο για όταν θελήσεις να φας και να κάνεις ένα διάλειμμα. Τι λες για τώρα;"

"Αυτό είναι πολύ ευγενικό, αγάπη μου. Σύντομα θα το κάνω, αλλά μπορεί να το έχω αυτό μαζί σου". Η Ρόζι ήπιε μια γουλιά και αντικατέστησε το φλιτζάνι. "Καυτό!"

"Ο Τρεβ κυκλοφορεί στην πόλη με τον νέο του αστυνόμο. Τον έχεις γνωρίσει;"

"Όχι. Γι' αυτό το λόγο, δεν έχω δει σχεδόν καθόλου τον γιο μου την τελευταία εβδομάδα".

"Είπε ότι θέλει να βάλει τον καινούργιο γρήγορα σε ρυθμούς ώστε να αρχίσουν να τακτοποιούν τις βάρδιες. Χθες το βράδυ πήγαν στο παρατηρητήριο".

"Φαντάζομαι ότι ούτε εσύ τον βλέπεις συχνά". Η Ρόζι δοκίμασε ξανά τον καφέ της.

"Όχι τόσο πολύ, αλλά είμαι απασχολημένη με την προετοιμασία του έργου Δέντρο Δωράς, οπότε όταν εγώ είμαι ελεύθερη, αυτός δεν είναι και το αντίστροφο. Δεν θα είναι για πολύ καιρό".

"Χρειάζεστε ένα ωραίο πικνίκ μαζί."

"Πράγματι."

"Γιατί όχι ένα βράδυ μετά τη δουλειά; Οι μέρες είναι τόσο μεγάλες". Τα μάτια της Ρόζι ήταν και πάλι χαρούμενα. "Θα μπορούσατε να καθίσετε και οι δύο δίπλα στην πισίνα και να φάτε ένα ωραίο δείπνο στο λυκόφως".

Η Σαρλότ χαμογέλασε. "Ακούγεται τέλειο. Θα δω πότε θα είναι ελεύθερος και θα το κάνουμε".

"Ωραία. Πώς στο καλό θα προχωρήσετε εσείς οι δύο αν δεν το δουλέψετε;"

"Ρόζι!"

"Τι…την αλήθεια λέω.".

Το κουδούνισμα του κουδουνιού γλίτωσε τη Σαρλότ από το να απαντήσει, αλλά καθώς ο Τρεβ μπήκε μέσα, ακολουθούμενος από έναν νεαρό αξιωματικό, αντιλήφθηκε τη ζέστη στα μάγουλά της.

Ο Τρεβ σήκωσε τα φρύδια του και κοίταξε τη Ρόζι, η οποία του χάρισε ένα αθώο χαμόγελο. Γέλασε. Αν κάποιος καταλάβαινε τι έπρεπε να ανεχτεί η Σαρλοτ, αυτός ήταν ο ίδιος ο γιος της Ρόζι. Τουλάχιστον τώρα που ζούσε στο σπίτι του Λιούις μέχρι να πουληθεί, είχαν καταφέρει να περνούν χρόνο μαζί χωρίς τα μικρά σχόλια για το μέλλον τους που η Ρόζι είχε αρχίσει να πασπαλίζει στις περισσότερες συζητήσεις.

"Μαμά, Τσάρλι. Σκέφτηκα να σε συστήσω στον αστυνόμο Κόμπι Μάστερσον. Κόμπι, αυτή είναι η μητέρα μου, η Ρόζι".

Ο Κόμπι έσκυψε πάνω από τον πάγκο για να της σφίξει το χέρι. "Χάρηκα για τη γνωριμία, κυρία μου".

"Λέγε με Ρόζι, αγαπητέ μου".

Η Σαρλότ ήρθε από τη γωνία με το χέρι της απλωμένο.

"Και αυτή είναι η Σαρλοτ, η γιατρός Σάρλοτ Ντιν".

"Χάρηκα για τη γνωριμία… γιατρέ;"

Κούνησε το κεφάλι της. " Σαρλότ είναι μια χαρά. Ή Τσάρλι. Σας είδα και τους δύο να πηγαίνετε στις Χαρπρίτ νωρίτερα. Αρχίζεις να γνωρίζεις τα κατατόπια, Κόμπι;"

"Δεν είναι και τόσο δύσκολο, αφού είμαστε μια μικρή πόλη

και όλα αυτά, να προσανατολιστώ. Αλλά θα χρειαστούν μερικές επισκέψεις στα μαγαζιά για να τους θυμηθώ όλους, οπότε ελπίζω να μην πειράζει κανέναν που πετάγομαι λίγο. Και πρέπει επίσης να αγοράσω προμήθειες".

"Είσαι πάντα ευπρόσδεκτος, Κόμπι". είπε η Ρόζι. "Είσαι ντόπιος;"

"Μπα. Αγόρι της πόλης. Θα μείνω στην παμπ μέχρι να βρω ένα σπίτι που να μοιράζεται κάπου".

Ο Τρεβ έπεσε στο μάτι της Σαρλότ και κατευθύνθηκε προς το πίσω μέρος του βιβλιοπωλείου. Εκείνη τον ακολούθησε μετά από ένα γρήγορο "Επιστρέφω αμέσως". Η Ρόζι και ο Κόμπι εξακολουθούσαν να κουβεντιάζουν και δεν φάνηκε να τους προσέχουν που εξαφανίστηκαν στην κουζίνα.

"Φαίνεται καλός." Είπε η Σαρλότ. "Είδα κάτι περίεργο σήμερα."

"Κάτι; Ή κάποιον;" Ο Τρεβ ακούμπησε στον πάγκο. "Είδες τον Χένρι;"

"Ωραία. Για μια στιγμή νόμισα ότι επέστρεψα στις μέρες που η Άλισον εμφανιζόταν όταν δεν υπήρχε κανείς άλλος τριγύρω. Ώστε ήξερες ότι είχε επιστρέψει;"

"Καθόλου. Θα κάνω μια έρευνα λίγο αργότερα, αλλά είπε ότι ο δικηγόρος του έκανε μια συμφωνία γι' αυτόν. Με όλα αυτά τα χρόνια που κρατούσε μυστικά άλλων ανθρώπων, φαντάζομαι ότι είχε πολλές πληροφορίες που οι εισαγγελείς θα έβρισκαν χρήσιμες".

Η πόρτα χτύπησε και η Σαρλότ έβαλε το κεφάλι της στο πλαίσιο της πόρτας. "Πελάτες. Ω, τους έχει η Ρόζι".

"Πρέπει να συνεχίσω, αλλιώς ο Κόμπι θα παραπονεθεί για πλήξη και τότε θα του δώσω ένα σωρό χαρτιά για να μάθει τι σημαίνει πραγματικά πλήξη". Ο Τρεβ χαμογέλασε και έδωσε στη Σαρλότ ένα γρήγορο φιλί. "Θα βοηθήσεις τη Ζόι απόψε;"

"Η Ζόι έχει λίγο-πολύ τα πράγματα όπως τα θέλει, οπότε εστιάζει στις περιφερειακές λεπτομέρειες. Και δεν με χρειάζεται γι' αυτό".

"Σε αυτή την περίπτωση, θα ήθελες να δειπνήσεις μαζί μου;

Ο κτηματομεσίτης έχει κόσμο που θα περάσει από το σπίτι του Λου μετά τη δουλειά, οπότε πρέπει να βγω έξω. Ινδικό;"

"Ναι, παρακαλώ."

Η Ρόζι βρισκόταν κάπου στο πίσω μέρος του βιβλιοπωλείου όταν βγήκαν ξανά έξω. Ο Κόμπι τους είχε γυρίσει την πλάτη και ξεφύλλιζε τις κάρτες με το χριστουγεννιάτικο δέντρο. Πήδηξε όταν πλησίασαν και τις τακτοποίησε. "Συγγνώμη. Υπέροχα χρώματα. Νομίζω ότι είναι μια καλή ιδέα για την κοινότητα. Βοηθάει τους πάντες".

"Φεύγουμε. Θα κλείσω δείπνο και θα σε ενημερώσω;" Ο Τρεβ συνέχισε να περπατάει.

"Ακούγεται καλό. Καλή περιπολία".

Η Σάρλοτ δεν ήταν σίγουρη αν ο Τρεβ γέλασε ή αν ξερόβηξε λιγάκι ως απάντηση, καθώς έβγαινε από το βιβλιοπωλείο. Ο Κόμπι ακολούθησε, γυρνώντας για την πόρτα.

"Τι ωραίος νεαρός", πρόσθεσε η Ρόζι. "Νομίζω ότι θα τα πάει καλά εδώ. Είπες στον Τρεβ για τον Τζόνας;"

"Το ξέχασα. Αλλά έχουμε δείπνο, οπότε θα το κάνω τότε".

"Εξαιρετικά! Σχετικά με το δείπνο, δηλαδή".

Καθώς περνούσε το απόγευμα, το μαγαζί είχε όλο και περισσότερη δουλειά, οπότε μόλις έκλεισε το μαγαζί μπόρεσαν να μιλήσουν περισσότερο αφού μέτρησαν τις εισπράξεις της ημέρας.

"Αυτή είναι μια ευχάριστη έκπληξη, αγάπη μου. Για Δευτέρα και την πρώτη εβδομάδα του Δεκεμβρίου. Αρκετά θετικό αποτέλεσμα και το αποδίδω στις υπέροχες προωθητικές ενέργειες που κάνεις". Έδειξε το χριστουγεννιάτικο δέντρο. "Κοίτα όλες αυτές τις δωροκάρτες!"

Ήταν αλήθεια. Σχεδόν κάθε πελάτης αγόρασε επίσης μια δωροκάρτα. "Είμαι συγκινημένη. Παρόλο που μερικές από αυτές ήταν μόνο για λίγα δολάρια, κάνει τη διαφορά. Και μου αρέσει που βάζεις και πάλι πέντε δολάρια στην άκρη κάθε φορά που μια δωροκάρτα μπαίνει στο δέντρο. Είσαι γενναιόδωρη και καταπληκτική, Ρόζι".

Η Ρόζι κοκκίνισε και κούνησε το χέρι της. "Ξέρεις, τα

χρήματα δεν έχουν σημασία για μένα. Ποτέ δεν είχαν. Θα μπορούσες να ρωτήσεις τον Γκράεμ μου και θα γούρλωνε τα μάτια του και θα αναστέναζε. Ήταν ο έξυπνος με τις επενδύσεις, αλλά για μένα, αν κάποιος άλλος χρειάζεται κάτι και εγώ έχω αρκετά, γιατί να μη μοιραστώ;".

Η Σαρλότ την αγκάλιασε. "Και εσύ μου έδωσες αυτή τη δουλειά".

"Ναι, αλλά μόνο όταν συνταξιοδοτηθώ. Μπορεί να περάσουν χρόνια".

Μπορώ να περιμένω.

"Θα σου αρέσει η συνταξιοδότηση. Θα ταξιδεύεις και θα περνάς χρόνο με τον νέο σου σύζυγο".

"Μιας και το έφερε η κουβέντα, θέλω να πάω να δω πώς νιώθει, αλλά πρέπει να αποφασίσουμε για τα Χριστούγεννα! Ορίστε ο σάκος με τα λεφτά".

Η Σαρλότ το πήρε και κατευθύνθηκε προς την κουζίνα όπου φυλάσσεται το χρηματοκιβώτιο, με τη Ρόζι να ακολουθεί. "Είμαι ευτυχής με ό,τι σε βολεύει, Ρόζι".

"Δεν έχεις κάνει σχέδια εσύ η ίδια; Ή με τον Τρεβ; Ξέρω ότι έχετε μιλήσει και οι δύο για να επισκεφτείτε το Ρίβερς Εντ.."

"Ίσως τον Ιανουάριο." Η Σαρλότ κλείδωσε τις εισπράξεις. "Δώσε χρόνο στον Τρεβ να εκπαιδεύσει τον Κόμπι και θα ξεπεράσουμε τις πολυάσχολες μέρες εδώ. Γιατί δεν έρχεστε εσύ και ο Λούις μαζί μας;"

"Γάτες."

"Η Ζόι θα τα προσέχει".

Το πρόσωπο της Ρόζι φωτίστηκε. "Δεν έχω ξαναδεί τον Μέιχεμ να συμπαθεί κανέναν με τον τρόπο που συμπάθησε την αδελφή σου. Πραγματικά του αρέσει. Αλλά είμαι σίγουρη ότι έχει αρκετά να κάνει χωρίς να ανησυχεί για τις γάτες μου".

"Ρώτησέ την. Τέλος πάντων, υπάρχει αρκετός χρόνος. Θα κλειδώσω την πόρτα μετά από σένα".

Έξω από την είσοδο του βιβλιοπωλείου, η Ρόζι διόρθωσε την τσάντα της στα γόνατά της. "Να περάσεις καλά".

"Θα το κάνω. Και σε παρακαλώ, δώσε στον Λούις την αγάπη μου. Ξέρω ότι όλα θα πάνε καλά".

Η έκφραση στα μάτια της Ρόζι ήταν αβέβαιη, αλλά χαιρέτησε και απομακρύνθηκε. Η Σάρλοτ παρακολουθούσε μέχρι η Ρόζι να διασχίσει τον πρώτο δρόμο και μετά κλειδώθηκε ξανά στο βιβλιοπωλείο.

Σβήνοντας τα φώτα, τακτοποίησε τον πάγκο και αναδιάταξε μερικές από τις κάρτες δώρων που ήταν ήδη στο δέντρο για να είναι πιο ορατές. Εκείνη και η Ρόζι ενθάρρυναν τους πελάτες να κρεμάσουν τις δικές τους, αφού είχαν πληρώσει και η δωροκάρτα είχε γραμμένο το ποσό της και είχε συνδεθεί με το διακοσμητικό σε σχήμα δέντρου της επιλογής τους. Σύντομα, το δέντρο εδώ και εκείνα στις άλλες έντεκα συμμετέχουσες επιχειρήσεις θα γέμιζαν. Και τότε θα μπορούσαν να ξεκινήσουν τη μεγάλη, αλλά ανταποδοτική δουλειά να κάνουν τα Χριστούγεννα λίγο πιο εύκολα για όσους τα βγάζουν πέρα δύσκολα.

Καθώς κλείδωνε την πίσω πόρτα, η Σάρλοτ είδε την αντανάκλασή της. Χαμογελούσε. Αν το σχέδιο του Δέντρου Δώρων είχε αποτέλεσμα, τότε μόνο καλό μπορούσε να βγει από τον χρόνο και την προσπάθεια που είχε καταβληθεί μέχρι τώρα. Με τόση γενναιοδωρία ήδη, τίποτα δεν θα μπορούσε να το χαλάσει.

———

Ο Τρεβ ήταν ήδη στο India Gate House όταν έφτασε η Σάρλοτ. Είχε σταματήσει για να παραλάβει την αλληλογραφία από την ταχυδρομική θυρίδα του βιβλιοπωλείου, πετώντας ένα παχύ μάτσο φακέλους που συγκρατούνταν με ένα λαστιχάκι στην τσάντα της και ξεχνώντας τους αμέσως.

Το βράδυ ήταν ακόμα ελαφρύ και ο αέρας ζεστός. Είχε βρει μια απαλή μπλε μπλούζα και τη συνδύασε με μια κρεμ μάξι φούστα. Το υλικό ήταν μεταξένιο στα πόδια της καθώς περπατούσε και για κάποιο λόγο απολάμβανε τη στιγμή. Η

Σάρλοτ λάτρευε το καλοκαίρι και αυτή την εβδομάδα συμπληρώθηκε ένας ολόκληρος χρόνος από τότε που έφτασε στους Κινγκφίσερ Φολς.

Ο Τρεβ κάθισε σε ένα εξωτερικό τραπέζι και όταν την είδε, έσπρωξε την καρέκλα του πίσω με ένα πλατύ χαμόγελο. Τη φίλησε και πήρε και τα δύο της χέρια στα δικά του. "Είσαι υπέροχη, Τσάρλι. Καλοκαιρινή".

"Σε ευχαριστώ. Αισθάνομαι καλοκαιρινή".

Έβγαλε την καρέκλα της και μόλις εκείνη εγκαταστάθηκε, επέστρεψε στη δική του. "Είναι εντάξει εδώ έξω; Μου φάνηκε κρίμα να σπαταλήσω το ωραίο βράδυ μέσα".

"Είναι τέλειο."

Η Χάρπριτ βγήκε βιαστικά με ένα μενού και νερό και συνομίλησαν για λίγα λεπτά για τις δωρεές που ήταν ήδη στο δέντρο μέσα πριν πάρει την παραγγελία τους.

"Αναρωτιέμαι πώς πάνε οι υπόλοιποι;" Η Σαρλότ κοίταξε γύρω της. Το εστιατόριο ήταν γεμάτο, όπως και το Ιταλία στην άλλη γωνία. Η μουσική και η κουβέντα κυλούσαν στον αέρα δημιουργώντας μια διασκεδαστική και γιορτινή ατμόσφαιρα.

"Πώς πήγε το βιβλιοπωλείο σήμερα;" Ο Τρεβ έβαλε νερό στα ποτήρια τους. "Είχε πολλή δουλειά".

"Ήταν απασχολημένο. Και οι άνθρωποι ήταν γενναιόδωροι. Το αν αυτό είναι απλώς μια πρώιμη έξαρση ή θα συνεχιστεί, μένει να το δούμε. Πώς τα πάει ο αστυνόμος σου;"

Ο Τρεβ γούρλωσε τα μάτια του και η Σαρλότ γέλασε με την οδυνηρή έκφρασή του.

"Δεν θα έπρεπε να είμαι τόσο σκληρός μαζί του, αλλά παραπονιέται συνέχεια. Πεινάει. Βαριέται. Δεν καταλαβαίνει γιατί κάποιος ζει εδώ επίτηδες".

"Λοιπόν, σχεδόν ακριβώς πριν από ένα χρόνο, άλλαξα από κορίτσι της πόλης για πάντα, όταν μετακόμισα στο διαμέρισμα. Ξέρω ότι ήμουν στο Ρίβερς Εντ για ένα διάστημα, αλλά ήταν παροδικό. Δεν ήξερα τι ήθελα ή τι επιφυλάσσει το μέλλον μου, αλλά τώρα είμαι σταθερά κορίτσι της επαρχίας".

Η Χάρπριτ επέστρεψε με ένα μπουκάλι λευκό κρασί.

"Πριν το ανοίξεις αυτό", ο Τρεβ κοίταξε τη Σαρλότ. "Υπάρχει περίπτωση να το ανταλλάξουμε με κάτι με φυσαλίδες;"

"Φυσικά." Τα μάτια της έτρεξαν από το δικό του στο βλέμμα της Σαρλότ. "Ειδική βραδιά; Κάτι για να... γιορτάσεις;"

Η ζέστη ανέβηκε από το λαιμό της μέχρι το πρόσωπό της και γέλασε. "Ναι, αλλά μόνο η πρώτη μου επέτειος που ζω στο Κινγκφίσερ Φολς".

"Ω. Λοιπόν, χαίρομαι που μένεις εδώ. Είσαι σίγουρη ότι δεν υπάρχει κάτι άλλο;" Η ελπιδοφόρα έκφραση της Χάρπριτ ήταν αστεία. "Όχι; Εντάξει, θα βρω κάτι καλό και θα επιστρέψω αμέσως".

Περνώντας πάνω από το τραπέζι, ο Τρεβ έπιασε το ένα χέρι της Σάρλοτ. "Τώρα, πώς ξέρεις ότι αυτό είναι το μόνο πράγμα που πρέπει να γιορτάσουμε;" Τα μάτια του αντανακλούσαν το τρεμόσβημα του κεριού στη μέση του τραπεζιού, δίνοντάς του έναν αέρα μυστηρίου.

Ευτυχώς που μου αρέσουν τα μυστήρια.

Υπήρχε το πιο περίεργο φτερούγισμα γύρω από την καρδιά της. Μια ελαφρότητα στο κεφάλι της. Ο χρόνος έμοιαζε να επιβραδύνεται.

"Τσάρλι;" Ο Τρεβ έσκυψε πιο κοντά. "Υπάρχει κάτι που θέλω να..."

"Ορίστε. Βρήκα ένα μπουκάλι αληθινή σαμπάνια και είναι και κρύο!" διέκοψε η Χάρπριτ, αγνοώντας τη στιγμή. "Ορίστε μερικά ποτήρια, και θα φέρω μερικά ορεκτικά σε ένα λεπτό".

Μόλις γέμισαν τα ποτήρια τους, εξαφανίστηκε και πάλι. Ο Τρεβ κρατούσε ακόμα το χέρι της Σαρλότ, αλλά τώρα υπήρχε χιούμορ στα μάτια της. Η στιγμή είχε περάσει για ό,τι κι αν προσπαθούσε να ρωτήσει.

"Καλύτερα να κάνουμε πρόποση σε κάτι." Χαμογέλασε και άφησε το χέρι της, δίνοντάς της ένα ποτήρι και κρατώντας το δικό του ψηλά. "Στην υγειά των φίλων."

Περίεργη πρόποση. "Φίλοι;"

PHILLIPA NEFRI CLARK

"Εκείνοι που είναι τόσο εξυπηρετικοί που δεν παρατηρούν μια ενδεχομένως σημαντική στιγμή".

Τσούγκρισμα.

Η Σαρλότ δεν έπινε όμως. "Έχω μία".

"Αλήθεια;"

"Ναι. Σε σημαντικές στιγμές που θα παραμείνουν σημαντικές όσο κι αν καθυστερήσουν".

Ο Τρεβ άφησε το ποτήρι του και έσκυψε να φιλήσει τα χείλη της Σάρλοτ. "Λάθος στιγμή, λάθος μέρος". Κάθισε πίσω και πήρε ξανά το ποτήρι του. "Σωστή κυρία."

Το φτερούγισμα επέστρεψε.

Μετά από μια-δυο γουλιές σαμπάνιας, η Σαρλότ σκέφτηκε πότε να αναφέρει την επίσκεψη του Τζόνας απόψε. Όσο κι αν θα προτιμούσε να μην το αναφέρει, ήξερε πολύ καλά τον Τρεβ. Τον βόλευε περισσότερο να τον ενημερώνουν όταν κάτι δεν πήγαινε καλά. Και ένα από τα μεγαλύτερα προβλήματα της θητείας της εδώ ήταν ο Τζόνας Καρμάικλ.

"Γιατί τόσο σοβαρός;"

"Σκέφτομαι τον Τζόνας." Παραλίγο να γελάσει δυνατά με την απάντηση του Τρεβ. Εκείνος κάθισε πίσω, με το πρόσωπό του να δείχνει ακριβώς αυτό που σκεφτόταν για τον άντρα.

"Είμαι λοιπόν ρομαντική, περνάμε μια σπάνια βραδιά έξω, πίνουμε σαμπάνια και εσύ σκέφτεσαι τον Τζόνας. Υπάρχει κάτι που πρέπει να ξέρω;"

Χασκογέλασε. Ήταν αδύνατο να μην το κάνει. Και μετά ήπιε μια γουλιά σαμπάνια.

Ο Τρεβ αναστέναξε. "Τώρα με κοροϊδεύεις. Λοιπόν, είναι ελεύθερος".

Η Σαρλότ κατάφερε με δυσκολία να καταπιεί το ποτό της. Έβηξε μερικές φορές και κατάφερε να πει ένα βραχνό: "Αλήθεια. Και είναι ο δήμαρχος, αν και ένας Θεός ξέρει πώς κατάφερε να πάρει αρκετές ψήφους".

"Τι έκανε;"

"Ήρθε να με επισκεφθεί στο βιβλιοπωλείο σήμερα το πρωί.

40

Πριν φτάσει η Ρόζι. Ήθελε να συζητήσουμε την αντίθεσή μου για την ανάπτυξη της πολυκατοικίας".

"Συνέχισε." "Μου είπε ότι το σχέδιο Δέντρο Δωρεάς είναι χάσιμο χρόνου, διότι αν η πόλη δεν αναπτυχθεί, δεν θα αναπτυχθεί ούτε καμία επιχείρηση. Οι συνήθεις ανοησίες. Μου έδωσε ένα τιμολόγιο για πεντακόσια δολάρια προς τον στολισμό της πόλης και στη συνέχεια πέταξε όλες τις κάρτες στο πάτωμα και έφυγε ορμητικά".

"Αυτός είναι ο δήμαρχος του Κινγκφίσερ Φολς;"

"Δυστυχώς, ναι. Η Ρόζι επέμενε να κάνει τηλεφωνικά μια καταγγελία και της είπαν να την υποστηρίξει με μια επιστολή".

"Πρέπει. Και μιλήστε με τον Νταγκ για να ρωτήσει για τη διαδικασία που ακολουθείται για να τεθεί αυτό το θέμα προς συζήτηση σε συνεδρίαση. Πέρα από την πιθανή ζημιά στην περιουσία του βιβλιοπωλείου, ξεπέρασε τα όρια προσπαθώντας να επηρεάσει την αντίρρησή σου".

"Του το είπα αυτό." Η Σαρλότ τελείωσε το ποτήρι της. "Και δεν θα πληρώσουμε το ανόητο τιμολόγιό του".

Ο Τρεβ γέμισε το ποτήρι της και παρακολούθησαν και οι δύο τις φυσαλίδες να ανεβαίνουν.

"Και ο Χένρι;" ρώτησε.

"Έκανα μερικά τηλεφωνήματα. Έδωσα στον Κόμπι κάποιο ιστορικό γι' αυτόν και για το ρόλο που έπαιξε στη συγκάλυψη των φόνων. Ο Χένρι έκανε μια συμφωνία και παρόλο που έχει κάποιους περιορισμούς, είναι ελεύθερος να ζει εδώ και να εργάζεται. Βρήκε ένα διαμέρισμα της γιαγιάς για να ζήσει. Το πρόβλημα είναι αν θα βρει δουλειά".

"Ο Νταγκ προσέλαβε έναν αναμορφωμένο εγκληματία. Ο Χένρι είναι τόσο καλός άνθρωπος, τόσο φιλικός και εξυπηρετικός. Σίγουρα κάποιος θα καταλάβει γιατί έκανε αυτό που έκανε;"

"Ο άνθρωπος με τον οποίο μίλησα νωρίτερα ήταν μια σκιά του Χένρι που ξέρουμε. Με το ζόρι με κοίταξε στα μάτια και δεν ήθελε να μείνει και να μιλήσουμε. Θα τον ελέγξω όμως. Να βεβαιωθώ ότι είναι καλά".

Η Σαρλότ έγνεψε. "Αν χρειάζεται κάποιον να μιλήσει..."

Ο Τρεβ έγειρε το κεφάλι του. "Είμαι σίγουρος ότι του έχει προσφερθεί συμβουλευτική".

"Ίσως. Αλλά αντιμετωπίζει την ντροπή. Και μετανιώνει που δεν μίλησε. Το πιθανότερο είναι ότι ο φόβος του θα τον εμποδίσει να απευθυνθεί για βοήθεια. Αλλά με ξέρει. Μια ανεπίσημη κουβέντα μπορεί να τον αφήσει να βγάλει κάποιες από τις ανησυχίες του στο φως".

"Μην το πάρεις στραβά, αλλά οι ανεπίσημες συζητήσεις με φίλους είναι ένα πράγμα. Το να του μιλάς με επαγγελματική ιδιότητα όταν δεν κάνεις προπόνηση...".

Είχε δίκιο, φυσικά.

Πήρε το ποτήρι της. "Μάλλον παραιτήθηκα από το δικαίωμα να βοηθάω ανθρώπους σαν τον Χένρι".

"Τσάρλι;"

Με κάποια προσπάθεια αγνόησε τον κόμπο στο στομάχι της και χαμογέλασε. "Είμαι εντάξει. Μερικές φορές απλά ξεχνάω".

"Σου λείπει; Να κάνεις την προπόνησή σου;" Έφτασε πάνω από το τραπέζι και πήρε ξανά το χέρι της, με τον αντίχειρά του να χαϊδεύει τα δάχτυλά της. "Ξέρω ότι έχεις ακόμα άδεια, οπότε θα επέστρεφες σε αυτό;"

Θα το έκανα; Δεν μπορώ. Οπότε δεν έχει σημασία.

"Η ζωή μου είναι εδώ, Τρέβορ. Όχι πίσω στο Μπρίσμπεϊν. Και πριν πεις ότι θα μπορούσα να δουλέψω εδώ, δεν είναι μια περίπτωση να νοικιάσω ένα γραφείο και να κρεμάσω μια ταμπέλα στην πόρτα. Χάρη στην πληρωμή της Άλισον, το κόστος της ασφάλισης είναι πολύ υψηλό για μένα τώρα. Και υπάρχει και η φήμη που πρέπει να λάβεις υπόψη σου, καθώς δεν έχω καμία". Σήκωσε το χέρι του Τρεβ και το φίλησε. "Πρέπει να μιλήσουμε για άλλα πράγματα. Όχι για τον Τζόνας, τον Χένρι και την Άλισον".

"Τέρμα η συζήτηση γι' αυτούς. Και φαίνεται ότι η Χάρπριτ φέρνει δείπνο".

Είχαν σχεδόν επιστρέψει στο διαμέρισμα όταν ο Τρεβ δέχτηκε ένα τηλεφώνημα. "Συγγνώμη, Τσάρλι. Φαίνεται ότι ένα δέντρο έπεσε στο δρόμο προς το Γκίσμπορν".

"Πήγαινε να κάνεις αστυνομικά πράγματα". Σηκώθηκε στις μύτες των ποδιών της για να φιλήσει τα χείλη του. "Θα σε δω αύριο;"

"Θα με δεις."

Περίμενε μέχρι η Σαρλότ να ανοίξει την πόρτα της και να την χαιρετήσει, πριν εξαφανιστεί μέσα στη νύχτα. Μη θέλοντας να ενοχλήσει τη Ζόι, η Σάρλοτ άφησε τα φώτα σβηστά και κατευθύνθηκε κατευθείαν στην κρεβατοκάμαρα. Το δείπνο τους ήταν πεντανόστιμο και η παρέα υπέροχη, χωρίς άλλες αρνητικές κουβέντες. Στην επιστροφή, είχαν σταματήσει στο σιντριβάνι για να τραβήξει η Σάρλοτ μερικές φωτογραφίες με το νερό να πέφτει καταρράκτης πάνω στα χρωματιστά φώτα. Είχε βγάλει κρυφά μερικές φωτογραφίες του Τρεβ όταν δεν κοιτούσε.

Κάθισε στο κρεβάτι της και έψαξε στην τσάντα της για το τηλέφωνο, ώστε να μπορέσει να τα δει, αλλά το πρώτο πράγμα που βρήκε ήταν το μάτσο αλληλογραφία. Το λάστιχο γύρω τους έσπασε καθώς τα έβγαζε και χύθηκαν παντού. Μάζεψε έναν έναν τους φακέλους. Λογαριασμούς, χριστουγεννιάτικες κάρτες για το μαγαζί και άλλα παρόμοια. Και ένα γράμμα για εκείνη.

Η προηγούμενη ελαφρότητα στο κεφάλι της επέστρεψε και αυτή τη φορά όχι από την παρουσία του Τρεβ.

Στο φάκελο υπήρχε ένα λογότυπο που γνώριζε καλά. Τα χρόνια που διατηρούσε ένα ψυχιατρικό ιατρείο την έκαναν να γνωρίζει το διοικητικό του όργανο.

ΚΕΦΆΛΑΙΟ 5

Η ΣΑΡΛΌΤ ΚΆΘΙΣΕ ΑΠΈΝΑΝΤΙ ΑΠΌ ΤΟΝ ΤΖΌΝΑΣ ΣΤΟ ΓΡΑΦΕΊΟ ΤΗΣ. *Το πολυώροφο γραφείο της, με θέα το Μπρίσμπεϊν. Εκείνος είχε απλωθεί στην αναπαυτική πολυθρόνα που διατηρούσε ως μία από τις πολλές επιλογές που μπορούσαν να χρησιμοποιήσουν οι ασθενείς. Το σημειωματάριό της ήταν γεμάτο χειρόγραφα σχόλια.*

"Θα σας τα πω όλα, γιατρέ". Χαμογέλασε.

"Όλα; Ακόμα και το ρόλο που έπαιξες στο θάνατο του Σέσιλ;"

"Βέβαια. Είμαι ανοιχτό βιβλίο, οπότε ρωτήστε με".

"Πρώτον, πείτε μου γιατί θέλετε να γίνετε δήμαρχος του Κινγκφίσερ Φολς;"

"Να έχεις όλη τη δύναμη και όλα τα χρήματα. Και δεν μπορείς να το πεις σε κανέναν άλλο, γιατί μοιραζόμαστε το απόρρητο μεταξύ ασθενούς και πελάτη. Εκτός αν το παραβιάσεις, όπως έκανες με την Άλισον".

'λισον; Η 'λισον με έκανε να χάσω τα πάντα.

Η Σαρλότ κοίταξε γύρω της. Το γραφείο κατέρρευσε. Πρώτα έπεσαν τα παράθυρα. Μετά οι τοίχοι. Ο Τζόνας γελούσε και συνέχισε ακόμα και αφού έλιωσε στην καρέκλα. Κοίταξε κάτω. Το σημειωματάριο ήταν άδειο.

Ανασηκώθηκε όρθια. Στο κρεβάτι. Στην κρεβατοκάμαρά της στο Κινγκφίσερ Φολς.

"Τσάρλι; Ξύπνησες;" Η Ζόι άνοιξε την πόρτα μια χαραμάδα

και κοίταξε μέσα. "Ωραία! Πρωινό σε δεκαπέντε λεπτά, γλυκιά μου".

Στη συνέχεια, έφυγε και η Σάρλοτ ξανακύλησε στα σεντόνια και σκέπασε το κεφάλι της.

Αυτό δεν ήταν το πρώτο όνειρο για την επιστροφή της στο ιατρείο της από τότε που πήρε το γράμμα πριν από δύο εβδομάδες. Η εμφάνιση του Τζόνας ήταν μια νέα και περίεργη προσθήκη. Κάτι που θα έπρεπε να εξετάσει όταν θα είχε ξυπνήσει και θα μπορούσε να το αναλύσει περαιτέρω. Το στομάχι της γουργούρισε και μια ματιά στο ρολόι την έκανε να αναστενάξει.

"Συγγνώμη που κοιμήθηκα τόσο πολύ". Ντυμένη με σορτσάκι και μπλουζάκι, με τα μαλλιά πιασμένα πίσω σε αλογοουρά, η Σάρλοτ έφτασε στην κουζίνα ένα λεπτό πριν από την ώρα της. "Μπορώ να βοηθήσω;"

"Πάρε τα μαχαιροπήρουνα και το ψωμί στο μπαλκόνι, αν δεν σε πειράζει". Η Ζόι άνοιξε τον φούρνο και έβγαλε προσεκτικά έναν δίσκο. "Αυτά θα είναι σούπερ καυτά, γι' αυτό θα τα φέρνω ένα-ένα".

"Μυρίζει θεϊκά." Η Σαρλότ έστρωσε το τραπέζι και είπε καλημέρα στο χριστουγεννιάτικο δέντρο. Έλαμπε στο φως, ή τουλάχιστον τα στολίδια του έλαμπαν.

Εμφανίστηκε η Ζόι. "Εδώ είναι ένα. Θα μαζέψω το άλλο, αν μπορείς να κουβαλήσεις τον καφέ έξω".

Ένα λεπτό αργότερα, και οι δύο κάθισαν.

"Αυτό είναι τόσο ωραίο, Ζοι. Ευχαριστώ."

"Ευχαρίστησή μου. Μου αρέσει να έχω κάποιον για να μαγειρεύω. Με κάνει να σταματήσω να δουλεύω για λίγο. Τώρα, κάτω από το καπάκι της ζαχαροπλαστικής υπάρχει το ειδικό μου παρασκεύασμα ντομάτας με βασιλικό, τσίλι και μια πινελιά δεντρολίβανο. Από τον κήπο σου θα μπορούσα να προσθέσω. Υπάρχει ένα αυγό ποσέ σε κάθε ένα και πόσο τυχερή ήμουν που είχα δύο με διπλούς κρόκους! Διπλό γιάμ".

"Πόσο καλό θα ήταν να είχαμε μερικές κότες;" Η Σαρλότ

σήκωσε λίγο το καπάκι της ζύμης και ατμός ανέβηκε, μαζί με περισσότερα απολαυστικά αρώματα. Βοήθησε τον εαυτό της με ένα κομμάτι ψωμί. "Δεν είμαι σίγουρη όμως πόσο χώρο χρειάζονται".

"Είσαι ακόμα κορίτσι της πόλης". Η Ζόι ήπιε τον καφέ της, με τα μάτια της ζωηρά από χιούμορ. "Αν περιφράξεις τον κήπο κοντά στο δρόμο, θα μπορούσαν να κυκλοφορούν ελεύθερα όλη μέρα και να μπαίνουν σε ένα κοτέτσι τη νύχτα".

"Χμ."

"Χμ;"

"Πιστεύεις ότι πρέπει να επιστρέψω στην παλιά μου ζωή ή σε κάποια εκδοχή της;" Παίρνοντας μια μπουκιά ψωμί, η Σάρλοτ ευχήθηκε να μην είχε ρωτήσει. Με το στόμα της γεμάτο δεν υπήρχε μεγάλη πιθανότητα να μετριάσει την ερώτηση με ένα αστείο.

Η Ζόι έσκυψε μπροστά. "Από πού προήλθε αυτό; Και μπορείς να περιμένεις μέχρι να τελειώσεις το στόμα σου για να απαντήσεις".

Η Σαρλότ παραλίγο να φτύσει το ψωμί, καθώς ακούστηκε ένα γέλιο. Πολύ αφεντικό. Αλλά αυτό της έδωσε μια στιγμή που χρειαζόταν για να σκεφτεί την απάντησή της. Πριν το κάνει, δοκίμασε τον καφέ που ήταν πάντα τέλειος κάτω από το επιδέξιο χέρι της αδελφής της.

"Ονειρευόμουν το γραφείο μου στο Μπρίσμπεϊν".

"Ενδιαφέρον. Μόνο το γραφείο;"

"Όχι. Ο Τζόνας Καρμάικλ ήταν ασθενής μου".

"Θεέ μου! Φαντάσου να πρέπει να γίνεις η θεραπεύτριά του".

"Στην πραγματικότητα, θα το έβρισκα συναρπαστικό. Επιλέγει να είναι δήμαρχος μιας μικρής πόλης και να διευθύνει ένα μικροσκοπικό δικηγορικό γραφείο, ενώ είναι κάτι παραπάνω από ικανός να μπει στην πολιτική σε υψηλό επίπεδο ή να επιδιώξει τη συνεργασία σε μια εταιρεία της πόλης. Παίζει επικίνδυνα παιχνίδια στο παρασκήνιο και είναι αρκετά έξυπνος

ώστε να μην του απαγγελθούν ποινικές κατηγορίες".
Μαχαίρωσε ένα κομμάτι ντομάτας.
Η Ζόι σήκωσε τα φρύδια της. "Και αυτό σε ενοχλεί πολύ".
"Θα ήθελα πολύ να τον δω να λογοδοτεί για όλα τα κακά
πράγματα στα οποία έχει εμπλακεί".
"Με ρώτησες αν νομίζω ότι πρέπει να επιστρέψεις στο
επάγγελμα του ψυχιάτρου. Τι πιστεύεις γι' αυτό;"
Αυτό ήταν το καυτό ερώτημα.
"Έχω τα πάντα εδώ. Περισσότερο από τα πάντα. Εσένα και
τον Τρεβ. Τη Ρόζι. Το βιβλιοπωλείο... τουλάχιστον μια μέρα.
Μια ζωή που δεν μπορούσα να φανταστώ πριν από δύο χρόνια,
αλλά..." δάγκωσε το κάτω χείλος της.
Η Ζόι την παρακολουθούσε πάνω από το χείλος του
φλιτζανιού της. Τα μάτια της ήταν ευγενικά, ενθαρρυντικά.
Τουλάχιστον, αυτό διάβασε η Σάρλοτ εκεί. Συγκεντρώθηκε.
"Σε ένα μέρος μου λείπει η βοήθεια προς τους ασθενείς.
Ευτυχώς που έχω τη Ρόζι για να με κρατάει σε εγρήγορση".
Γέλασαν και οι δύο και η συζήτηση στράφηκε στα αποψινά
εγκαίνια της γκαλερί. Η Ζόι ήταν τόσο ήρεμη γι' αυτό που η
Σαρλότ την πείραξε για το αν ήταν πραγματικά σήμερα.
"Είμαι προετοιμασμένη. Η γκαλερί είναι έτοιμη. Το μόνο
που χρειάζομαι είναι να είμαι εκεί για να στήσω τα πράγματα
για το κέτερινγκ και μετά ο χρόνος θα κυλήσει".
"Και θα είμαι εκεί όσο πιο νωρίς μπορώ για να βοηθήσω".
"Οπότε ίσως τελειώσεις το πρωινό και κάνεις ένα ντους.
Δεν ανοίγετε το βιβλιοπωλείο τα Σάββατα;"

———

Πάρα πολλά ανόητα όνειρα και πολύ ανησυχία για τις επιλογές
που ξαφνικά και απροσδόκητα έπεσαν στην αγκαλιά της. Αυτά
ήταν η αιτία για το καθυστερημένο ξεκίνημά της. Η Σάρλοτ το
είπε στον εαυτό της καθώς έτρεχε γύρω από το μαγαζί για να
ετοιμαστεί να ανοίξει, έχοντας πλήρη επίγνωση των πελατών

που περίμεναν έξω. Δεν υπήρχε χρόνος να σκουπίσει το χαλί ή να ισιώσει τα ράφια.

"Καλημέρα!" Άνοιξε την πόρτα και την έκλεισε πίσω. "Παρακαλώ, περάστε."

Και έτσι ξεκίνησε η μέρα. Η Ρόζι έφτασε μισή ώρα αργότερα και μόλις που πρόλαβαν να χαιρετηθούν μέχρι το μεσημέρι. Και οι δύο κάθισαν πίσω από τον πάγκο με έναν αναστεναγμό.

"Θεέ μου, αγάπη μου. Νομίζω ότι κάναμε τη δουλειά μιας ολόκληρης ημέρας μέσα σε λίγες ώρες! Και κοίτα το δέντρο!"

Μέσα σε δύο εβδομάδες από την έναρξη της προωθητικής ενέργειας, το δέντρο είχε γίνει από άδειο σχεδόν γεμάτο με κάρτες σε σχήμα δέντρου, η καθεμία με τη δική της δωροκάρτα να κρέμεται από κάτω. Δεν υπήρχε σχεδόν κανένας πελάτης που να μην συνεισφέρει στο δέντρο των δώρων και η κρυψώνα της Ρόζι με τα χαρτονομίσματα των πέντε δολαρίων κρατήθηκε κλειδωμένη καθώς μεγάλωνε. "Πέρυσι δώσαμε περίπου πεντακόσια δολάρια στον Ντάρσι και την Άμπι, αν θυμάμαι καλά". Η Ρόζι άνοιξε ένα μπουκάλι νερό. "Αν δεν αλλάξει κάτι, θα υπάρχουν σχεδόν τα διπλάσια για όποιον αποφασίσουμε ότι τα χρειάζεται πιο κοντά στην ημέρα των Χριστουγέννων".

"Και δεν έχουμε καν καταρτίσει κατάλογο υποψηφίων. Έχεις καμιά ιδέα;"

"Λοιπόν, ναι. Αλλά αμφιβάλλω αν θα είναι δημοφιλές".

Η Σαρλότ είχε την αίσθηση ότι ήξερε τι θα έλεγε η Ρόζι. Είχαν κάνει περισσότερες από μία συζητήσεις για τον Χένρι και τους αγώνες του από τότε που επέστρεψε στην πόλη.

"Αυτή είναι η δουλειά του βιβλιοπωλείου, Ρόζι. Κανείς άλλος δεν χρειάζεται να το ξέρει".

"Αλήθεια. Πώς θα σου φαινόταν αν ο Χένρι ήταν ο παραλήπτης; Εξάλλου, σου προκάλεσε μεγάλη θλίψη για ένα διάστημα".

Πράγματι. Τα ανώνυμα σημειώματα κάτω από την πόρτα του διαμερίσματός της μπορεί να βοήθησαν την έρευνά της για τον θάνατο της Οκτάβια Μόρις, αλλά την έβαλαν επίσης σε

48

μπελάδες με τον Τρεβ και τον ντετέκτιβ Μπράις Ντέιβις, όταν είχε κρατήσει κάποια πράγματα μυστικά. Και ο Χένρι που την ακολουθούσε, βγάζοντας φωτογραφίες σε διάφορα μέρη, άφησε τη Σάρλοτ να παρακολουθεί τα νώτα της για αρκετό καιρό μετά την ταυτοποίηση του δολοφόνου.

"Τον λυπάμαι, Ρόζι. Έχει κάποιες συναισθηματικές… προκλήσεις και δεσμεύτηκε από ενοχές και αφοσίωση στο να προστατεύει τους λάθος ανθρώπους. Τον έχω δει στην πόλη και το κεφάλι του είναι πάντα σκυφτό".

"Λοιπόν, θα μιλήσω στον πάστορα Στίβενς. Δείτε αν η εκκλησιαστική επιτροπή είναι σε θέση να απλώσει ένα χέρι παρηγοριάς. Και μετά εσύ και εγώ θα πάρουμε την απόφασή μας. Χαίρομαι που βρήκε λίγη δουλειά να παραδίδει εφημερίδες, αλλά είναι πολύ περπάτημα για μικρό οικονομικό όφελος".

Το βιβλιοπωλείο είχε και πάλι πολλή δουλειά και παρόλο που η Σάρλοτ επέμενε να κάνει η Ρόζι διάλειμμα για φαγητό, εκείνη συνέχισε. Θα έτρωγε απόψε. Κάποια στιγμή είχε πολλές οικογένειες ταυτόχρονα μέσα και βρισκόταν στη γωνία του καταστήματος όταν μπήκε μέσα ο Jonas. Θύμωσε, αλλά έπρεπε να κρατήσει ένα χαμόγελο στο πρόσωπό της για χάρη των πελατών.

Πέταξε έναν φάκελο στον χώρο εργασίας τους πίσω από τον πάγκο και στη συνέχεια τον έδειξε. Εκείνη γύρισε την πλάτη της, μη θέλοντας να παίξει τα παιχνίδια του. Προσηλωμένη στο να βοηθήσει την οικογένεια να βρει τα τέλεια δώρα για τους φίλους τους, ξέχασε ότι ήταν εκεί μέχρι που πήγε πίσω από τον πάγκο με τις αγορές τους. Ο φάκελος την κοίταξε επίμονα και εκείνη τον έσπρωξε στην πλευρά της Ρόζι. Αναμφίβολα μια υπενθύμιση για τα χρήματα που πίστευε ότι έπρεπε να πληρώσουν το συμβούλιο για τον εορταστικό στολισμό και τα δέντρα σε όλη την πόλη.

"Ορίστε. Και επειδή δεν τα χρειαζόσαστον σε συσκευασία δώρου, έχω βάλει μια χριστουγεννιάτικη κάρτα για κάθε βιβλίο, ώστε να προσθέσετε μια προσωπική πινελιά".

Όταν η Ρόζι επέστρεψε, με δύο καφέδες και ένα κουτί μίνι γλυκά, τίναξε τη μύτη της στη θέα του φακέλου. "Πότε έφτασε αυτό;"

"Σχεδόν από τη στιγμή που έφυγες. Ήμουν απασχολημένη με πελάτες και ο Τζόνας μπήκε μέσα, το πέταξε πάνω από τον πάγκο και βεβαιώθηκε ότι τον είχα δει. Νόμιζα ότι το συμβούλιο είχε διακοπές για τις γιορτές".

Η Ρόζι κοίταξε τον φάκελο που είχε στη γωνία του το λογότυπο του συμβουλίου. "Είναι." Η Ρόζι τον έβαλε στην τσάντα της. "Πριν αρχίσουμε πάλι να έχουμε δουλειά, θέλω να ξέρεις ότι δεν υπάρχει πρόβλημα να φύγεις όποτε χρειαστείς. Μπορώ να κλείσω γιατί έχω περισσότερο χρόνο να ετοιμαστώ και ξέρω ότι θέλεις να βοηθήσεις τη Ζόι".

Η Σαρλότ κοίταξε το ρολόι της. Λιγότερο από τρεις ώρες μέχρι το κλείσιμο. "Σας ευχαριστώ. Ας δούμε πώς θα πάει η τελευταία ώρα, αλλά κατά τα άλλα θα τρέξω επάνω μόλις κλείσουμε".

"Και να γίνεις ακόμα πιο όμορφη!"

"Χα χα. Θα προσπαθήσω να κάνω τον εαυτό μου ευπαρουσίαστο. Το ήξερες ότι θα υπάρχουν μέσα μαζικής ενημέρωσης εκεί; Ο Λούις έχει έτοιμο το σμόκιν του;"

Η Ρόζι γέλασε. "Ξέρω ότι η Ζόι είπε ότι κανείς δεν χρειάζεται να ντυθεί καλά, όμως όλοι μας το κάνουμε. Πόσο συχνά έχουμε μια διασημότητα ανάμεσά μας για να την υποστηρίξουμε;"

"Ω, θα ταπεινωθεί αν μάθει ότι είναι διάσημη. Αλλά ανυπομονώ να δω εσένα και τον Λούις ντυμένους. Θεραπεύεται καλά;"

Τα αποτελέσματα του Λούις είχαν ευτυχώς βγει ως μη εξαπλούμενη κακοήθεια, πράγμα που σήμαινε λίγες ώρες στην κλινική για την αφαίρεσή της, αλλά καμία ανάγκη για μελλοντική θεραπεία.

"Είναι. Είναι λίγο σοκαρισμένος ακόμα που πέρασε τη νεότητά του περιπλανώμενος χωρίς αντηλιακό, αλλά έχει δεσμευτεί τώρα να κάνει τακτικούς ελέγχους στο δέρμα του.

Και θα τους κάνω κι εγώ, χάρη σε όλα αυτά τα χρόνια κολύμβησης και καταδύσεων κάτω από τον αυστραλιανό ήλιο. Και δόξα τω Θεώ, είδα αυτά τα εξογκώματα πριν να είναι πολύ αργά. Το να τον χάσω..."

"Δεν θα τον χάσεις, Ρόζι".

Η Ρόζι άρπαξε το χέρι της Σάρλοτ. "Η ζωή είναι πολύ σύντομη, αγάπη μου. Πολύ σύντομη για να χάσεις αυτό που έχει σημασία. Καταλαβαίνεις τι εννοώ;"

"Ωστόσο, δεν ξέρουμε πάντα τι έχει σημασία. Μερικές φορές δεν είναι αυτό που περιμένουμε".

"Αλλά αγαπάς τον Τρεβ".

Είναι η αγάπη πάντα αρκετή;

Η καρδιά της Σάρλοτ πόνεσε, αλλά έσφιξε τα χείλη της. "Ναι, τον αγαπώ".

Η έκφραση ευτυχίας στο πρόσωπο της Ρόζι βοήθησε λίγο. Δεν ήταν η κατάλληλη στιγμή να το σκεφτείς αυτό. Αγάπη. Το μέλλον. Την ευτυχία. Ικανοποίηση. Εκπλήρωση. Βοηθώντας τους άλλους. Να ανακτήσει το κύρος της.

Αρκετά, Σάρλοτ. Αρκετά.

———

Ένα κουαρτέτο εγχόρδων έπαιξε στη μεγάλη αυλή πίσω από το κεντρικό κτίριο της γκαλερί. Χιλιάδες φωτάκια διασταύρωναν τα πλέγματα, τους αυτοσχέδιους τοίχους, μέχρι η Ζόι να βρει κάποιον να τη βοηθήσει στους εξωτερικούς χώρους. Η αυλή ήταν διάσπαρτη με τραπέζια και καρέκλες και οι καλεσμένοι μπαινόβγαιναν με τα ποτά και τα πιάτα με τα καναπεδάκια τους.

Η Σαρλότ τελείωσε το καθάρισμα ενός τραπεζιού σε έναν δίσκο και τον μετέφερε μέσα από ένα κενό στο πλέγμα στην αυτοσχέδια κουζίνα που είχαν στήσει οι υπεύθυνοι του κέτερινγκ. Μεγάλο μέρος της υποδομής από το αρχικό κέντρο κήπου είχε απομείνει, οπότε οι τροφοδότες βρίσκονταν κάτω από μια ανοιχτή σκεπαστή περιοχή, περιτριγυρισμένη από τις τελευταίες γλάστρες που είχαν απομείνει πίσω. Άδειασε τον δίσκο και μάζεψε έναν γεμάτο με καναπεδάκια. Παρόλο που η Ζόι της έλεγε συνέχεια να αφήσει το προσωπικό που την εξυπηρετεί να τα κάνει όλα, εκείνη δεν μπορούσε να κάνει αλλιώς.

Επιπλέον, σου αρέσει να ακούς αποσπάσματα συνομιλιών.

Περιπλανήθηκε για λίγο στη γκαλερί με τον δίσκο της, προσφέροντας καλούδια στους καλεσμένους της Ζόις. Πολλοί ήταν ξένοι από την πόλη, κάποιοι έψαχναν για έργα προς αγορά και άλλοι εκπροσωπούσαν εκδόσεις ή συλλόγους τέχνης.

Η Ζόι ήταν καταπληκτική. Τα σκούρα μαλλιά της ήταν μαζεμένα πίσω και το σμαραγδένιο φόρεμά της έφτανε μέχρι το πάτωμα, τονίζοντας τη λεπτότητά της. Ήταν γεμάτη αυτοπεποίθηση και λάμψη. Αυτό ήταν το ευτυχισμένο της μέρος. Και ο κόσμος το πρόσεξε. Τουλάχιστον, ο Μπράις Ντέιβις το έκανε. Η Σάρλοτ πέρασε ανάμεσα από τους καλεσμένους για να την φτάσει εκεί που στεκόταν μέσα στην μπροστινή πόρτα, με τα μάτια της στραμμένα στην αδελφή της.

"Καναπέ;"

"Είσαι σερβιτόρα τώρα; Εκτός από μαγαζάτορας, θεραπευτής και ντετέκτιβ;" χαμογέλασε και δέχτηκε μια χαρτοπετσέτα.

"Πράγματι. Από πότε σου αρέσει η τέχνη;"

"Από πάντα. Είμαι πολύ ερασιτέχνης σκιτσογράφος και δεν θα έχανα το αποψινό για τίποτα".

Τα μάτια της επέστρεψαν στη Ζόι.

"Γιατί δεν πας να πεις ένα γεια στην οικοδέσποινα;"

"Είναι απασχολημένη. Και είναι και ο Τρεβ, οπότε θα πάω να τον προλάβω. Τα λέμε."

Η Σαρλότ χαμογέλασε στην οπισθοχώρησή του. Του άρεσε *όντως* η Ζόι.

Κοίταξε γύρω από τη γκαλερί, ακόμα με δέος για τον όμορφο χώρο που είχε δημιουργήσει η αδελφή της. Οι σκοτεινοί τοίχοι με τους προβολείς τόνιζαν τους πίνακες. Γλυπτά -κυρίως πουλιά και άγρια ζώα- υψώνονταν πάνω από τους καλεσμένους σε βάθρα. Στην άλλη άκρη της αίθουσας βρίσκονταν σε εξέλιξη επιδείξεις. Μία για την αγγειοπλαστική και μία άλλη για τη ζωγραφική με ακουαρέλα. Αυτά ήταν μόνο δύο από τα μαθήματα που προσέφερε η Ζόι στο πλαίσιο αυτού που επίσημα ονομαζόταν Γκαλερί και Εργαστήριο Δημιουργίας του Κινγκφίσερ Φολς.

Η Ρόζι και ο Λούις παρακολούθησαν το μάθημα αγγειοπλαστικής, το οποίο διηύθυνε η Ελίζα, η κόρη της Μπρόνι, που εργαζόταν στο Ιταλία. Η Ελίζα είχε μόλις τελειώσει το σχολείο και δούλευε εδώ όταν ήταν παιδικός σταθμός, ανεχόμενη έναν αγενή εργοδότη. Απόψε χαμογελούσε ασταμάτητα και η Σάρλοτ ήταν χαρούμενη που η Ζόι την είχε προσλάβει ως βοηθό.

Υπήρχαν ακόμα καναπεδάκια στο δίσκο και καθώς όλοι μέσα ήταν απασχολημένοι με την κουβέντα ή την απόλαυση των εκθέσεων, η Σάρλοτ γλίστρησε από την ανοιχτή μπροστινή πόρτα. Ήταν πιο δροσερά εδώ έξω και πιο ήσυχα και πήρε μια μικρή ανάσα, τσιμπολογώντας μερικά από τα μικρά καλούδια.

Η πιο περίεργη αίσθηση τσίμπησε το δέρμα της. Την παρακολουθούσε κάποιος; Η Σαρλότ εξέτασε το πάρκινγκ. Όλα φαίνονταν ήσυχα. Αλλά μια κίνηση από τη γωνία του κτιρίου τράβηξε την προσοχή της. Ένας άντρας στεκόταν κοντά σε ένα δέντρο, με το σώμα του σκυφτό και τα χέρια τυλιγμένα γύρω του. Η Σάρλοτ κατευθύνθηκε προς το μέρος του. Όταν την είδε, γύρισε σαν να ήθελε να φύγει.

"Χένρι, η Σαρλότ είμαι. Σε παρακαλώ μείνε."

Εκείνος δίστασε και εκείνη τον πλησίασε.

"Έχω πάρα πολλά από αυτά σε αυτό το δίσκο, γι' αυτό παρακαλώ, σερβιρίσου".

"Δεν χρειάζομαι φιλανθρωπία."

"Δεν προσφέρει τίποτα. Μόνο μερικά καναπεδάκια. Διαφορετικά, θα καταναλώσω όλη την ποσότητα και θα γίνω στο μέγεθος ενός σπιτιού".

Ένα χαμόγελο άγγιξε το στόμα του Χένρι και επέλεξε ένα.

"Είσαι λεπτή σαν δρομέας.. Όχι σαν σπίτι". Έφαγε σαν να λιμοκτονούσε.

"Σερβίρισου. Το εννοώ".

Για λίγα λεπτά έπαιρνε το ένα μετά το άλλο, μέχρι που δεν έμεινε τίποτα άλλο εκτός από ψίχουλα. "Ευχαριστώ."

"Ευχαρίστησή μου. Χαίρομαι που σε βλέπω, Χένρι".

Κούνησε το κεφάλι του και ακούμπησε στο δέντρο. "Πώς είναι δυνατόν; Τα έκανα θάλασσα και σε έβαλα σε κίνδυνο".

"Τότε ζήτα συγγνώμη και θα προχωρήσουμε".

"Θα δεχόσουν απλά μια συγγνώμη; Μετά από όλα όσα έκανα;"

"Βέβαια. Ξέρω ότι η καρδιά σου ήταν στο σωστό μέρος και δεν υπάρχει άνθρωπος που να μην τα κάνει θάλασσα, όπως το έθεσες".

Ο Χένρι κοίταξε τη Σαρλότ και μετά κοίταξε πάνω από τον ώμο της. "Πρέπει να φύγω".

Γύρισε για να δει τι τον ξάφνιασε. Ο Τρεβ είχε βγει έξω και κοιτούσε γύρω του. Όταν κοίταξε πίσω, ο Χένρι είχε φύγει. Κάποτε τον είχε αποκαλέσει νίντζα και είχε ακόμα την ικανότητα να κινείται αθόρυβα.

Με το δίσκο στο χέρι, γύρισε πίσω. "Είμαι εδώ αν με ψάχνεις".

"Σε έψαχνα. Όλα καλά;" Ο Τρεβ τη συνάντησε στα μισά της διαδρομής και της πήρε τον δίσκο. "Αυτός ήταν ο Χένρι;"

"Ναι.. Σου έχω πει πόσο όμορφος είσαι με σμόκιν;"

Ήταν εντυπωσιακός. Αν δεν βρίσκονταν σε δημόσιο χώρο, η Σαρλότ θα τον είχε φιλήσει. Ίσως θα έπρεπε ακόμα να το κάνει.

"Το έκανες και σε ευχαριστώ. Προσπαθείς να μου αποσπάσεις την προσοχή;"

"Πράγματι. Τέλος πάντων, μόλις είδα τη Ζόι να χαιρετάει από το παράθυρο, οπότε πρέπει να μπούμε μέσα για το κομμάτι της ομιλίας".

Ο Τρεβ τη φίλησε στο μάγουλο. "Θα μιλήσουμε αργότερα".

"Δεν υπάρχει τίποτα να συζητήσουμε. Έλα, είναι η μεγάλη βραδιά της Ζόι!"

Δεν το συζήτησε, αλλά η Σάρλοτ αναγνώρισε την έκφραση στα μάτια του Τρεβ. Ανησυχούσε για την παρουσία της κοντά στον Χένρι. Και δεν υπήρχε λόγος να ανησυχεί. Ο Χένρι δεν θα της έκανε ποτέ κακό. Απλά ήθελε να τον βοηθήσει.

ΚΕΦΆΛΑΙΟ 6

ΤΟ ΣΥΝΉΘΩΣ ΝΩΧΕΛΙΚΌ ΞΕΚΊΝΗΜΑ ΜΙΑΣ ΚΥΡΙΑΚΉΣ ΉΤΑΝ ΑΚΌΜΗ ΠΙΟ ΑΡΓΌ ΜΕΤΆ ΤΗΝ ΠΡΟΗΓΟΎΜΕΝΗ ΝΎΧΤΑ. Η Σάρλοτ και η Ζόι είχαν φτάσει στο σπίτι κοντά στις δύο το πρωί, συνοδευόμενες από τον Μπράις. Ο Τρεβ είχε επιστρέψει να κάνει βάρδια και ο Μπράις είχε σπεύσει να προσφέρει τις υπηρεσίες του. Είχε βοηθήσει ακόμη και να ελέγξει αν η γκαλερί ήταν κλειδωμένη και ο συναγερμός ενεργοποιημένος, πριν οδηγήσει την μάλλον μεθυσμένη Ζόι και την λιγότερο μεθυσμένη Σάρλοτ στο αυτοκίνητό του.

Το επίμονο χτύπημα του τηλεφώνου της ήταν αυτό που ξύπνησε τη Σαρλότ το πρωί.

"Ξέρεις ότι μόλις κοιμηθήκαμε;" απάντησε, αναγνωρίζοντας τον ήχο κλήσης ως τον ήχο του Τρεβ.

"Θα σε προσκαλούσα για δεκατιανό, αλλά αν προτιμάς..."

"Όχι." Η Σάρλοτ κάθισε όρθια. "Λατρεύω το δεκατιανό. Πού να σε συναντήσω;"

Μισή ώρα αργότερα, η Σάρλοτ συνάντησε τον Τρεβ έξω από το βιβλιοπωλείο. Είχε αφήσει ένα σημείωμα για τη Ζόι και πήρε ένα καπέλο και ένα αντηλιακό καθώς έβγαινε.

Φορούσε βερμούδα, μπλουζάκι και μπότες για περπάτημα και κρατούσε ένα μεγάλο σακίδιο, το οποίο άφησε στο έδαφος για να ελευθερώσει τα χέρια του για τη Σαρλότ. "Λοιπόν, φαίνεσαι έτοιμη για έναν πρωινό περίπατο". Φίλησε την άκρη της μύτης της. "Να πάμε στους καταρράκτες;"

"Τέλεια! Θέλεις να το κουβαλήσω εγώ;" πείραξε, πιάνοντας το σακίδιο.

"Βέβαια." Έκανε μερικά βήματα πριν κοιτάξει πάνω από τον ώμο του με ένα πλατύ χαμόγελο. "Υπάρχει ζεστό φαγητό εκεί μέσα, οπότε πρέπει να φύγουμε".

Τη στιγμή που η Σαρλότ το έβαλε στους ώμους της, εκείνος το έβγαζε ξανά. "Όχι με τη δική μου βάρδια, γλυκιά μου". Το πέταξε στους δικούς του ώμους σαν να μην ζύγιζε τίποτα, της έπιασε το χέρι και απομακρύνθηκε προς την κατεύθυνση των καταρρακτών.

"Είμαι δυνατή."

"Ναι, είσαι."

"Εγώ θα το κουβαλούσα."

"Μπορείς να το κουβαλήσεις πίσω".

Η πιο νόστιμη ζεστασιά τρύπωσε στη Σάρλοτ. Σχεδόν σε όλη της τη ζωή έπρεπε να είναι εκείνη που έπαιρνε αποφάσεις και να σηκώνει το βάρος, κυριολεκτικά μερικές φορές. Οι ασθένειες της μητέρας της έφεραν τη Σάρλοτ σε μια θέση όπου ακόμη και από παιδί έπρεπε να αναλάβει την ευθύνη. Ο Τρεβ ήταν ο πρώτος άνθρωπος που της έβγαλε λίγη από αυτή τη δυσκολία με τη μη λογική προσέγγισή του στη Ζόι. Και ακόμα κι αν ήταν λίγο αυταρχικός, δεν είχε σημασία. Αν μη τι άλλο, ήταν ωραίο. Ένιωθε... ασφαλής. Η Σαρλότ έσφιξε το χέρι του και εκείνος κοίταξε κάτω.

"Σ' αγαπώ", είπε.

"Κι εγώ σ' αγαπώ".

Για λίγο περπάτησαν σιωπηλά. Το πρωί ήταν όμορφο και ζεστό χωρίς να κάνει ζέστη. Μόλις έστριψαν στο μονοπάτι για το παρατηρητήριο, τα δέντρα πρόσφεραν ένα ευχάριστο στέγαστρο και το κελάηδισμα των πουλιών τους προσκάλεσε να προχωρήσουν πιο μέσα.

"Πώς ήταν η βάρδια χθες το βράδυ; Είχες τον Κόμπι;"

"Όχι, σήμερα φροντίζει μόνος του την πόλη, οπότε έκανα ό,τι έπρεπε και ήμουν στο κρεβάτι μέχρι τα μεσάνυχτα. Πολύ νωρίτερα από ό,τι εσύ, απ' ό,τι ακούω".

"Τι άκουσες; Και από ποιον;"

Γέλασε. "Μήνυμα από τον Μπράις λίγο μετά τις δύο το πρωί. Πρέπει να σου δείξω. Κάτι για την ασφαλή επιστροφή του πολύτιμου φορτίου στο σπίτι τους".

"Φορτίο! Δεν είμαι σίγουρη ότι μου αρέσει αυτό, αλλά ήταν πολύ γλυκό εκ μέρους του. Όχι ότι έπαιξα ρόλο σε αυτό, εκτός από το ότι χρειαζόμουν να με πάρει μαζί του την ίδια στιγμή με τη Ζόι".

Σταμάτησαν στο παρατηρητήριο και κοίταξαν το πάντα μαγευτικό θέαμα των καταρρακτών Κινγκφίσερ Φολς. Το φως του ήλιου σχημάτιζε ένα ουράνιο τόξο καθώς το νερό έπεφτε καταρράκτης από την κορυφή.

"Θέλεις να φας εδώ ή να πας στην πισίνα;" ρώτησε ο Τρεβ.

"Πεθαίνω της πείνας, αλλά η πισίνα ακούγεται ωραία".

Χρειάστηκαν άλλα δέκα λεπτά για να φτάσουμε στην έκταση με το μαλακό χορτάρι ανάμεσα στην πυκνή βλάστηση και την πισίνα. Διάλεξαν ένα σκιερό σημείο και ο Τρεβ άνοιξε το σακίδιο. Τα πιο υπέροχα αρώματα ξεχύθηκαν και η Σάρλοτ βογκούσε. "Πεινάω τόσο πολύ".

"Δεν έφαγες χθες το βράδυ; Κάθε φορά που σε έβλεπα ήταν με ένα δίσκο γεμάτο φαγητό".

"Το μοίραζα περισσότερο παρά έτρωγα. Τι έχεις εκεί μέσα;"

Με ένα χαμόγελο, ο Τρεβ ξεπακετάρισε μια κουβέρτα πικνίκ και την άπλωσε. Στη συνέχεια, έβγαλε ένα καλάθι για πικνίκ, το οποίο με κάποιο τρόπο χωρούσε στο σακίδιο. "Το πιο σημαντικό κομμάτι είναι το θερμός με τον καφέ, αν θέλεις να μας βάλεις λίγο".

Δεν χρειάστηκε δεύτερη πρόσκληση και βρήκε τα φλιτζάνια και το θερμός.

Ο Τρεβ άνοιξε το καλάθι του πικνίκ και άρχισε να απλώνει πιάτα καλυμμένα με αλουμινόχαρτο, αφαιρώντας το καθώς προχωρούσε. Πρόσθεσε μαχαιροπήρουνα και περισσότερα πιάτα, καρυκεύματα και μια επιλογή από βούτυρο, μαρμελάδα και σάλτσα.

Η Σαρλότ του έδωσε ένα φλιτζάνι αχνιστό καφέ και εξέτασε το πικνίκ. Μίνι κρουασάν, μάφινς σε μέγεθος cupcake, κάτι που έμοιαζε με μισομεγέθη μπουρίτος πρωινού τυλιγμένα σε αλουμινόχαρτο, φρουτοσαλάτα και γιαούρτι και φρέσκος χυμός πορτοκαλιού σε γυάλινα μπουκάλια.

"Αυτό είναι εκπληκτικό."

"Ευχαριστώ."

"Το δεκατιανό ήταν το τελευταίο πράγμα που περίμενα, αλλά αυτό είναι τέλειο. Σε ευχαριστώ." Η Σάρλοτ ήπιε λίγο καφέ, απολαμβάνοντας τη γεύση και το άρωμα.

"Παρακαλώ, πάρε μόνη σου. Ομολογώ ότι δεν έφτιαξα εγώ τα κρουασάν, αλλά όλα τα άλλα ήταν έτοιμα σήμερα το πρωί. Σκέφτηκα ότι θα κοιμόσουν αργά μετά τη χθεσινή νύχτα". Ο Τρεβ έδωσε ένα πιάτο στη Σάρλοτ. "Πώς είναι η Ζόι;"

"Κοιμάται. Δεν σταμάτησε χθες το βράδυ καθόλου, ανάμεσα στη φροντίδα να υποδεχτεί κάθε καλεσμένο και να τον τροφοδοτήσει με φαγητό και σαμπάνια, και στις συνεχείς συνεντεύξεις. Πούλησε μερικά κομμάτια και αρκετά από αυτά θα πάνε σε γκαλερί της πόλης για παραχώρηση". Βλέποντας την αδελφή της στο φυσικό της στοιχείο -μέσα σε άλλους ιδιοκτήτες γκαλερί και ανάμεσα σε ανθρώπους που εκτιμούσαν την τέχνη της- η Σάρλοτ απέκτησε εικόνα της άλλης πλευράς της Ζόις. Εν μέρει επιχειρηματίας και εν μέρει επαγγελματίας στην κορυφή του παιχνιδιού της. "Είμαι τόσο περήφανη γι' αυτήν".

Για λίγη ώρα έτρωγαν, με τη σιωπή να διακόπτεται από περιστασιακές ελαφρές συζητήσεις.

"Να ο παπαγάλος." Η Σάρλοτ ήξερε πάντα πότε ήταν κοντά και από την έρευνά της είχε επιβεβαιώσει ότι επρόκειτο για αρσενικό. Της είχε εμφανιστεί για πρώτη φορά πριν από σχεδόν ένα χρόνο και εμφανιζόταν τις περισσότερες φορές που επισκεπτόταν την πισίνα.

"Πρέπει να παρακολουθούμε στενά την εξέλιξη εκεί πάνω", ο Τρεβ έγνεψε προς την κορυφή των καταρρακτών. "Δεν

PHILLIPA NEFRI CLARK

μπορούμε να έχουμε περισσότερα από τα απόβλητά τους να έρχονται προς τα κάτω και να επηρεάζουν το περιβάλλον αυτών των μικρών πουλιών. Αρκετά κακό είναι ότι κινδυνεύουν με εξαφάνιση χωρίς να χειροτερεύουν τα πράγματα".

"Αναρωτιέμαι..."

Ο Τρεβ σταμάτησε, με το κρουασάν στη μέση του δρόμου προς το στόμα του, με το βλέμμα να ρωτάει.

"Αναρωτιέμαι αν μπορούμε να χρησιμοποιήσουμε τα παπαγαλάκια για να σταματήσουμε την ανάπτυξη". είπε η Σάρλοτ. "Πρέπει να υπάρχει κάποιο διοικητικό όργανο στο οποίο μπορούμε να το θέσουμε. Να δείξουμε τη δυσχερή θέση των πουλιών και πώς κινδυνεύουν σε αυτή την περιοχή".

"Αξίζει μια δοκιμή. Δεν είμαι κατά της ανάπτυξης καθεαυτής, αλλά όχι όταν αυτή επεμβαίνει σε ένα φυσικό βιότοπο που συρρικνώνεται. Πρέπει να υπάρχουν όλων των ειδών τα σπάνια πλάσματα εδώ γύρω. Η μαμά θα ξέρει αν υπάρχει κάποια τοπική κοινωνία που να τα παρακολουθεί αυτά τα πράγματα. Και μιλώντας για τη μαμά", γέμισε τα φλιτζάνια του καφέ τους. "Μας κάλεσε για δείπνο απόψε. Μόνο αν αντέχεις όμως να φας δύο γεύματα σε μια μέρα μαζί μου".

Θα είχα τρία.

"Θα πιέσω τον εαυτό μου."

Ο Τρεβ γέλασε και εκείνη συνέχισε. Τελείωσαν το γεύμα και η Σάρλοτ βοήθησε να τα μαζέψουν όλα.

Ξάπλωσε ανάσκελα στο γρασίδι. "Πώς γίνεται αυτό το γρασίδι να είναι τόσο μαλακό;" Τα δάχτυλά της χάιδευαν τις άκρες των φυτών. "Κάθε φορά που αγγίζω το γρασίδι το ρωτάω αυτό".

"Πόσο συχνά ξαπλώνεις πάνω του;" Ο Τρεβ την ακολούθησε, ατενίζοντας τον ουρανό μέσα από τα κλαδιά πάνω από το κεφάλι της. "*Είναι* μαλακό."

Γέλασε. "Όχι συχνά. Βγάζω όμως τα παπούτσια μου και κάνω κουπί μερικές φορές. Ξέρεις αν είναι ασφαλές να κολυμπήσεις εδώ; Κάποιες μέρες το νερό είναι τόσο φιλόξενο

60

που θέλω να βυθιστώ σε αυτό και να κολυμπήσω κάτω από τον καταρράκτη".

"Αρκετά ασφαλές αυτή την εποχή του χρόνου. Όσο το ποτάμι έχει τη συνήθη χωρητικότητά του, η πισίνα δεν τρέχει γρήγορα. Αλλά μην κολυμπάς μόνη σου, σε παρακαλώ".

"Είμαι καλή κολυμβήτρια".

Ο Τρεβ γύρισε στο πλάι, σηκώθηκε και στηρίχθηκε στον αγκώνα του. "Τότε ξέρεις ότι το να κολυμπάς μόνη σου δεν είναι ποτέ καλή ιδέα. Ούτε στον ωκεανό ούτε εδώ".

"Δεν το σχεδίαζα". Ο τόνος της βγήκε λίγο πιο σκληρός απ' ό,τι ήθελε. "Συγγνώμη. Αλλά δεν είμαι ανόητη, Τρεβ".

Η έκφρασή του ήταν σοβαρή. "Ανόητη είναι μια από τις τελευταίες λέξεις που θα χρησιμοποιούσα για να σε περιγράψω, γλυκιά μου. Απλώς δεν θα μπορούσα να αντέξω να σου συμβεί κάτι, και πρέπει να παραδεχτείς ότι υπήρξαν μερικές στιγμές φέτος που κινδύνευσες".

"Το ξέρω. Και λυπάμαι που σε τρόμαζα μερικές φορές. Αλλά όλα αυτά ανήκουν στο παρελθόν".

"Ανήκουν;;"

"Μπορούμε να μιλήσουμε για ένα λεπτό;" είπε.

"Αυτό δεν κάνουμε τώρα;"

Η Σαρλότ κάθισε και σταύρωσε τα πόδια της. "Υπάρχει κάτι που πρέπει να σου πω".

———

Ο Τρεβ σηκώθηκε όρθιος και τέντωσε τα πόδια του μπροστά του. Η Τσάρλι κοιτούσε την πισίνα, βυθισμένη στις σκέψεις της, και δεν είχε ιδέα αν έπρεπε να πει κάτι, οπότε δεν το έκανε.

Οι τελευταίες δύο εβδομάδες τους είχαν κρατήσει και τους δύο απασχολημένους και ο προσωπικός τους χρόνος ήταν λιγότερος από ό,τι απολάμβαναν νωρίτερα μέσα στη χρονιά. Θα γινόταν και πάλι καλύτερα, μόλις εκείνος θα εκπαίδευε τον Κόμπι και εκείνη θα έκανε ένα διάλειμμα από τη δουλειά. Και το γεγονός ότι η Ζόι ζούσε μαζί της είχε αλλάξει τη συνήθειά

PHILLIPA NEFRI CLARK

του να περνάει από εκεί με ένα μπουκάλι κρασί μία ή δύο φορές την εβδομάδα.

Γιατί είσαι τόσο σοβαρή, Τσάρλι;

Είχε διαισθανθεί ότι κάτι την απασχολούσε ή έπαιζε στο μυαλό της, από τη νύχτα που είχαν δειπνήσει στο India Gate House. Εκείνη το απέκρουσε όταν τη ρώτησε, αλλά έπρεπε να αναρωτηθεί αν η έλλειψη πρότασης την ενοχλούσε. Εξάλλου, είχε υποσχεθεί να περιμένει μέχρι να παντρευτούν η Ρόζι και ο Λιούις και να 'μαστε, μερικούς μήνες αργότερα και ακόμα δεν είχε βάλει δαχτυλίδι στο δάχτυλό της. Αντιστάθηκε στην παρόρμηση να αγγίξει την τσέπη του. Το δαχτυλίδι ήταν εκεί. Και σήμερα έπρεπε να είναι η μέρα. Όχι ότι το ήξερε.

Κι αν η Σάρλοτ είχε κουραστεί να περιμένει; Υπήρξε μια νύχτα πριν από μερικούς μήνες. Εκείνος και η Σαρλότ κάθονταν έξω στον δροσερό αέρα, παρατηρώντας τα αστέρια. Είχε αστειευτεί με κάτι που είχε πει κάποτε ο πατέρας του και σε απάντηση, ο Τρεβ της είπε ότι ήθελε να την ταΐσει και να την φιλοξενήσει. Ήθελε να εκτιμήσει τα συναισθήματά της. Εκείνη τον είχε κοιτάξει με εκείνα τα υπέροχα μάτια και του είχε πει ότι της άρεσε πολύ η ιδέα, αλλά πίστευε ότι θα έπρεπε να αφήσει οτιδήποτε επίσημο για μετά το γάμο της Ρόζι και του Λιούις. Και το είχε κάνει.

Αναστατωμένος από τις σκέψεις του, άλλαξε θέση, διασταυρώνοντας τον έναν αστράγαλο με τον άλλο.

Η Σαρλότ γύρισε προς το μέρος του και τράβηξε τα μαλλιά της προς τα πίσω, παίζοντας με αυτά σαν να τα έκανε αλογοουρά. Τσίμπησε το κάτω χείλος της και έπειτα άφησε τα μαλλιά της και έπιασε το ένα από τα χέρια του.

"Θυμάσαι το βράδυ που δειπνήσαμε στο India Gate House; Με συνόδευσες μέχρι το σπίτι και μετά έπρεπε να πας να μετακινήσεις ένα δέντρο από το δρόμο".

"Θυμάμαι. Μέχρι τότε ήταν μια υπέροχη βραδιά".

"'Ηταν."

"Όταν επιστρέφαμε με τα πόδια, έβγαλα φωτογραφίες στο σιντριβάνι και σε κάποιες ήσουν εσύ", χαμογέλασε και η

62

καρδιά του ανασηκώθηκε λίγο. "Πραγματικά χαριτωμένες επίσης. Τέλος πάντων, μπήκα κρυφά στο διαμέρισμα για να μην ενοχλήσω τη Ζόι και ήθελα να δω τις φωτογραφίες. Αλλά στην τσάντα μου βρήκα κάποια γράμματα που είχα πάρει στο δρόμο για το εστιατόριο και ανάμεσα σε αυτά... ανάμεσα σε αυτά ήταν και ένα γράμμα για μένα από την Επιτροπή Δεοντολογίας".

Αυτό ήταν το τελευταίο πράγμα που θα μπορούσε να φανταστεί. "Από το Κουίνσλαντ;"

Εκείνη ένεψε. "Όπως ξέρεις, η Άλισον είναι πίσω εκεί τώρα, και είναι κλειδωμένη με κλειδαριά και πολλή φροντίδα σε ψυχιατρική εγκατάσταση υψηλής ασφαλείας. Έτσι, το συμβούλιο επανεξέτασε την υπόθεσή μου. Την υπόθεσή της εναντίον μου, εννοώ".

Ο Τρεβ έσφιξε το χέρι της.

Εξέπνευσε αργά. "Αντέστρεψαν τα ευρήματά τους. Έπρεπε να φέρω την επιστολή για να σου τη δείξω, αλλά με απάλλαξαν από κάθε κατηγορία και αντίθετα βρήκαν ότι η Άλισον έκανε μια εκνευριστική καταγγελία που με ζημίωσε επαγγελματικά και οικονομικά. Θα χρειαστεί λίγος χρόνος, αλλά τα ασφάλιστρά μου θα επανέλθουν στο φυσιολογικό και αν το θελήσω, έχω την πλήρη υποστήριξή τους για να ασκήσω ξανά το επάγγελμα".

Η ποικιλία των συναισθημάτων στο πρόσωπο της Σαρλότ τράβηξε τον Τρεβ. Ανακούφιση και δυσπιστία. Ευτυχία. Και αμφιβολία. Αναγνώρισε το καθένα, καθώς πάλευαν για τον έλεγχο. Και η αμφιβολία κέρδισε.

Την τύλιξε στην αγκαλιά του και την κράτησε κοντά του. "Είμαι τόσο χαρούμενος για σένα. Είμαι τόσο περήφανος για σένα. Και τόσο ανακουφισμένος που το έκαναν αυτό".

Το σώμα της Σαρλότ ήταν σφιγμένο, αλλά σιγά-σιγά χαλάρωσε πάνω του. Μετά από λίγο, την ένιωσε να τρέμει λίγο και απομακρύνθηκε, με το πρόσωπό του ακόμα κοντά στο δικό της. "Κλαις. Ποτέ δεν κλαις".

"Εγώ... κλαίω. Όλη την ώρα". Έριξε το κεφάλι της και τα δάκρυα έπεσαν στο χέρι του, καθώς εκείνος έπιασε το πηγούνι της με τα δάχτυλά του και σήκωσε το πρόσωπό της για να τον κοιτάξει.

"Αυτό είναι υπέροχο, γλυκιά μου. Να έχεις πίσω αυτό που δεν έπρεπε ποτέ, μα ποτέ να χάσεις... Δεν μπορώ να φανταστώ πώς νιώθεις. Αλλά αν αυτά δεν είναι δάκρυα χαράς, τότε πάρε μια βαθιά ανάσα και άφησέ τα να φύγουν. Δεν χρειάζεται να κλαις γι' αυτό".

Ανοιγόκλεισε τα μάτια της μερικές φορές και έγνεψε, σηκώνοντας το χέρι της για να τα απομακρύνει. Βοήθησε βρίσκοντας ένα μαντήλι και ταμπονάροντας τα μάγουλά της μέχρι που εκείνη γέλασε. Μετά από ένα λεπτό, σηκώθηκε στα πόδια της και περιπλανήθηκε στην άκρη της πισίνας. Εκείνος στάθηκε και της έδωσε μια στιγμή να συνέλθει πριν την ακολουθήσει. Κοντά αλλά χωρίς να την αγγίζει.

"Το θέμα είναι", η φωνή της ήταν εύθραυστη. "Είναι απροσδόκητο και ναι, είναι υπέροχο. Δεν μου άξιζε ο τρόπος με τον οποίο μου φέρθηκαν. Αλλά μου έλειψε τόσο πολύ η δουλειά μου. Και τώρα πρέπει να αποφασίσω".

Μια σιδερένια μέγγενη άρπαξε την καρδιά του Τρεβ και νόμιζε ότι είχε σταματήσει να αναπνέει καθώς συνέχισε.

"Τρεβ... τι να κάνω τώρα; Να μείνω στο βιβλιοπωλείο ή να επιστρέψω στη ζωή που έχτισα από την αρχή; Πες μου πώς να διαλέξω".

ΚΕΦΆΛΑΙΟ 7

"Πῶς ΑΠΆΝΤΗΣΕ; ΑΛΉΘΕΙΑ, ΤΣΆΡΛΙ, ΉΤΑΝ ΠΟΛΛΆ ΑΥΤΆ ΠΟΥ ΤΟΥ ΈΡΙΞΕΣ". Η Ζόι καθόταν στην άκρη του κρεβατιού της Σάρλοτ με τα πόδια σταυρωμένα, πίνοντας ένα πράσινο smoothie. "Υπάρχει κι άλλο από αυτό, αν θέλεις λίγο". "Ευχαριστώ, αλλά όχι. Πολύ κοντά στο δείπνο". Ανεξάρτητα από την ώρα της ημέρας θα ήταν πολύ κοντά στο δείπνο. Η Σάρλοτ δεν είχε ιδέα πώς έπινε η Ζόι το ιδιότυπο παρασκεύασμά της. Χτενίζοντας τα μαλλιά της μετά το ντους, στεκόταν κοντά στο παράθυρο. "Ο Τρεβ ήταν σε αμηχανία. Και ναι, ήταν πολλά αυτά που του έπεσαν".

"Καημένε άνθρωπε. Σε αγαπάει, οπότε αν σου πει να μείνεις στη νέα σου ζωή, θα νομίζει ότι το έκανες για να τον ευχαριστήσεις. Κι αν σου πει να επιστρέψεις στην παλιά σου ζωή...".

Η Σαρλότ σταμάτησε να βουρτσίζει τα μαλλιά της. "Το ξέρω. Θα διακινδύνευε να πιστέψω ότι δεν με αγαπάει αρκετά για να μου ζητήσει να μείνω. Αλλά η ερώτησή μου δεν αφορούσε αυτό".

"Τότε βρες μια καλύτερη ερώτηση. Έτσι κι αλλιώς, κανείς δεν μπορεί να πάρει την απόφαση εκτός από σένα".

Πέφτοντας στο κρεβάτι δίπλα στη Ζόι, η Σαρλότ

ακούμπησε το κεφάλι της στον ώμο της αδελφής της. "Αυτό επηρεάζει και εσένα".

"Και θα σε υποστηρίξω σε ό,τι κι αν αποφασίσεις". Η Ζόι τη φίλησε στο μέτωπο. "Δεν χρειάζεται να είναι τόσο περίπλοκο όσο το κάνεις. Δώσε του λίγο χρόνο. Γράψε μια λίστα με τα υπέρ και τα κατά".

Λίγο αργότερα, καθώς η Σάρλοτ έστριψε στον κεντρικό δρόμο, είχε ακόμα στο μυαλό της τα λόγια της Ζόι. Είχε δίκιο. Δεν χρειαζόταν να είναι τόσο περίπλοκο ώστε να τραβάει τη Σάρλοτ σε κομμάτια. Αυτό ήταν ότι εκείνη ήταν μια drama queen και όχι κάποια που είχε νέες πληροφορίες να εξετάσει. Ήταν αργά το απόγευμα και ο ήλιος ήταν ακόμα ψηλά και ο αέρας ζεστός. Αρκετά με την ανησυχία για το τι επιφύλασσε το μέλλον. Απόψε ήταν για την οικογένεια. Χαμογέλασε στην αντανάκλασή της στη βιτρίνα του βιβλιοπωλείου. Τα μαλλιά της ήταν χαλαρά γύρω από τους ώμους της και φορούσε ένα φόρεμα με λαιμόκοψη στο πιο ανοιχτό πράσινο χρώμα. Πρόσθεσε μερικά σανδάλια και ένιωθε υπέροχα. Ένα πράγμα που είχε να κάνει με τους Κινγκφίσερ Φολς ήταν ότι έτεινε να νοιάζεται λίγο περισσότερο για το πώς έδειχνε και είχε επίγνωση του ότι αισθανόταν καλά με ένα ωραίο φόρεμα ή ένα καινούργιο παντελόνι.

Θα το μετανιώσεις ς, Τσάρλι!

Ήξερε ότι δεν θα το έκανε. Δεν έκρινε τους άλλους από την εμφάνισή τους και δεν επρόκειτο να κρίνει τον εαυτό της επειδή ντύθηκε λιγάκι για το δείπνο έξω.

Τα καταστήματα takeaway ήταν ανοιχτά, συμπεριλαμβανομένου του καταστήματος με ψάρια και πατάτες που ήταν μέρος του προγράμματος Δέντρο Δωρεάς. Οι πελάτες ξεχύθηκαν στο πεζοδρόμιο και η Σάρλοτ επιβράδυνε για να τους παρακάμψει, ρίχνοντας μια ματιά μέσα από τη βιτρίνα. Το δέντρο βρισκόταν σε μια γωνιά κοντά σε ένα ψυγείο ποτών και δύο άνθρωποι στέκονταν κοντά του. Ο ένας ήταν ο Κόμπι -με στολή- και ο άλλος ο Jonas. Σχεδόν σταμάτησε, από περιέργεια γιατί μιλούσαν... αν μιλούσαν. Ήταν δύσκολο να δει μέσα από τους ανθρώπους που βρίσκονταν έξω. Μετά πέρασε και δεν μπορούσε κάλλιστα να γυρίσει και να μπει μέσα για να ρωτήσει τι έκαναν. Όχι χωρίς να φανεί παράξενη.

Πρέπει να είναι σύμπτωση ότι ο Τζόνας και ο Κόμπι βρίσκονταν στο ίδιο μέρος. Πώς θα μπορούσαν να γνωριστούν, εκτός αν ο δήμαρχος προσπαθούσε να κάνει κάτι με τον νέο αστυνόμο. Χαρακτηριστικό είναι ότι αναζητούσε αντικαταστάτη για τον προηγούμενο ήμερο αξιωματικό του, τον Σιντ Μπράουν. Στην κυκλική διασταύρωση σταμάτησε και κοίταξε πίσω. Και οι δύο άντρες ήταν έξω τώρα και συζητούσαν βαθιά. Βρήκε το τηλέφωνό της και τράβηξε μερικές φωτογραφίες, προσέχοντας να μην την πιάσουν. Ο Τζόνας κοίταξε ψηλά και εκείνη κράτησε τη φωτογραφική μηχανή ψηλά σαν να έπαιρνε εικόνες από τα χριστουγεννιάτικα στολίδια πάνω από το δρόμο, σκανάροντας προς το δέντρο στη μέση του κυκλικού κόμβου. Με την πλάτη γυρισμένη σε εκείνον άλλαξε σε λειτουργία selfie για να δει αν την παρακολουθούσε ακόμα. Είχε εξαφανιστεί.

Καθ' όλη τη διαδρομή μέχρι το δρόμο της Ρόζι, έπεισε τον εαυτό της ότι την παρακολουθούσαν, αλλά αρνήθηκε να κοιτάξει πίσω της. Αν ο Τζόνας ήταν αρκετά ανόητος για να την ακολουθήσει, τότε έτυχε να έχει ένα φίλο που θα ενδιαφερόταν για το γιατί. Μόνο όταν έφτασε στο σπίτι της Ρόζι και του Λιούις ενέδωσε και κοίταξε γύρω της.

Όλα ήταν ήσυχα. Μια οικογένεια έβγαζε βόλτα τα σκυλιά της απέναντι από το δρόμο. Κάποιος έπλυνε το αυτοκίνητό του στο γκαζόν του πιο πέρα. Αλλά τίποτα δεν ήταν εκτός τόπου και χρόνου. Η Σάρλοτ πέρασε από την πύλη και μετά περίμενε πίσω από μια τριανταφυλλιά σε πλήρη άνθιση, κρυφοκοιτάζοντας μέσα από μικροσκοπικά κενά. Υπήρχε κίνηση στο τέλος του δρόμου, εκεί που συναντούσε τον κεντρικό δρόμο. Πόδια. Πόδια που σταμάτησαν.

Η Σάρλοτ έκανε μερικά μικρά βήματα προς την πύλη, καθώς άνοιξε η μπροστινή πόρτα.

"Φεύγεις; Μόλις έφτασες". Η Ρόζι γύρισε προς το μέρος της.

"Όχι, ελέγχω αν έκλεισα την πύλη".

"Κατάλαβα."

"Είναι εδώ ο Τρεβ;"

"Είναι. Να τον φέρω;"

Δεν υπήρχε κανένα ίχνος από κανέναν στο δρόμο όταν η Σάρλοτ έλεγξε και κούνησε το κεφάλι της. "Όχι. Απλά αναρωτιόμουν αν ήταν ήδη εδώ. Ή αν θα έπρεπε να αφήσω την πύλη... ανοιχτή".

"Σάρλοτ Ντιν. Τι είναι αυτά που λες και ποιον ψάχνεις;" Η Ρόζι την συνάντησε στην πύλη και έσκυψε το λαιμό της για να δει. "Ένα αόρατο πρόσωπο;"

"Απλά είχα ένα προαίσθημα."

Η Ρόζι της χάιδεψε το χέρι και γύρισε την αναπηρική καρέκλα. "Φέρε το συναίσθημά σου μέσα και θα σε καταπραΰνω με ένα τζιν τόνικ".

Μετά από μια τελευταία ματιά, η Σαρλότ ακολούθησε. Μέσα στο σπίτι, η απολαυστική μυρωδιά του καπνιστού μαγειρέματος πλανιόταν μέσα στο σπίτι. Τα φώτα της κουζίνας ήταν αναμμένα, αλλά ο φούρνος όχι. "Μπάρμπεκιου;"

"Ναι. Οι άντρες αποφάσισαν ότι ήταν η σειρά τους να μαγειρέψουν, οπότε το μόνο που έκανα ήταν να φτιάξω μερικές σαλάτες και να τους πάω από μια μπύρα. Πήγαινε να τους κάνεις παρέα και θα φέρω τα ποτά μας σε ένα λεπτό". Η Ρόζι κατευθύνθηκε προς το μπαρ και η Σάρλοτ άφησε την τσάντα της πάνω σε μια πολυθρόνα, χαϊδεύοντας τον Mellow που είχε πηδήξει στο μπράτσο της καρέκλας για να τον χαιρετήσει.

Η γάτα γουργούρισε και εγκαταστάθηκε κοντά στην τσάντα. Ας ελπίσουμε ότι δεν θα σκαρφάλωνε μέσα και δεν θα επέστρεφε στο σπίτι με τη Σάρλοτ. Αν και θα ήταν ωραίο να είχαμε μια γάτα.

Ο Λούις και ο Τρεβ γελούσαν καθώς εκείνη έβγαινε έξω. Στέκονταν γύρω από ένα μεγάλο μπάρμπεκιου με το καπάκι του κλειστό και τους παρακολουθούσε με χαμόγελο. Οι προηγούμενες ανησυχίες της εξαφανίστηκαν στον αέρα. Έτσι έπρεπε να είναι η ζωή.

Ο Τρεβ την πρόσεξε και χαμογέλασε. Άπλωσε το χέρι του και εκείνη ενώθηκε μαζί τους με έναν μικρό αναστεναγμό ανακούφισης. Δεν είχε συνειδητοποιήσει πόσο νευρική ήταν που θα τον έβλεπε μετά την προηγούμενη συζήτησή τους. Είχαν επιστρέψει στο βιβλιοπωλείο από την πισίνα με μικρή συζήτηση και δεν ήθελε να τον πιέσει. Της είχαν πάρει δύο εβδομάδες για να αρχίσει να αφομοιώνει τι σήμαιναν όλα αυτά, οπότε αν χρειαζόταν χρόνο, δεν επρόκειτο να γίνει πιεστική.

"Αυτό το χρώμα σου ταιριάζει". Άγγιξε τα χείλη του στα δικά της. "Θα ήθελες ένα ποτό;"

"Η Ρόζι το φροντίζει αυτό. Τι μαγειρεύεις; Λούις, αυτό μυρίζει φανταστικά!"

Ο Λούις άνοιξε με χαρά το καπάκι και έδειξε το μαγείρεμα που περιελάμβανε κοτόπουλο ψητό, ψητές πατάτες σε αλουμινόχαρτο και καλαμπόκι. "Προσθέστε μερικά ψωμάκια και σαλάτα και είναι σχεδόν το τέλειο καλοκαιρινό γεύμα".

Είχε δίκιο. Όταν κάθισαν όλοι στο τραπέζι της υπαίθριας τραπεζαρίας, ήταν για να γιορτάσουν. Η Σάρλοτ είχε να φάει από το πρωινό γεύμα με τον Τρεβ και το στόμα της έτρεχαν τα νερά καθώς ο Λιούις επέμενε να της στοιβάξει ένα πιάτο. Ένα μπουκάλι κρασί ανοίχτηκε και έγιναν πρόποση. Καθώς το βράδυ σκοτείνιαζε και ο αέρας κρυώνει λίγο, έτρωγαν και μιλούσαν.

"Πώς αισθάνεσαι τώρα;" Η Ρόζι με πείραξε.

"Πολύ αστείο."

Ο Τρεβ και ο Λούις κοίταζαν βέβαια μπερδεμένοι και η Ρόζι έσπευσε να τους ενημερώσει. "Η Τσάρλι νόμιζε ότι την ακολουθούσαν εδώ".

"Δεν το είπα ποτέ αυτό!"

"Αλήθεια. Αλλά εσύ συμπεριφερόσουν ύποπτα, όταν κρύφτηκες πίσω από τον θάμνο με τις τριανταφυλλιές".

"Εντάξει, πριν ξεφύγει η κατάσταση... πρόσεξα τον Τζόνας νωρίτερα και ήθελα να βεβαιωθώ ότι δεν με ακολούθησε εδώ". Αυτή ήταν μια αρκετά καλή εξήγηση και η Σάρλοτ σήκωσε το ποτήρι με το κρασί της.

69

"Γιατί να σε ακολουθήσει;" Ο Τρεβ είχε αυτό το βλέμμα στα μάτια του. Αυτό που ήθελε να μάθει τι έκανε αυτή τη φορά.

Όλοι υποθέτουν πάντα το χειρότερο για μένα;
Με την ησυχία της να σκεφτεί τα λόγια και τον τόνο της, ήπιε λίγο κρασί και μετά απάντησε. "Επειδή είναι ανατριχιαστικός και πάντα σε κακό σκοπό. Και επειδή ξέρει ότι τον είδα στο μαγαζί με τα ψάρια και τις πατάτες. Να μιλάει με τον Κόμπι".

Το σαγόνι του Τρεβ έπεσε.

"Δεν είμαι σίγουρη αν ήταν κάτι περισσότερο από ένα απλό γεια και καλωσόρισμα στην πόλη, αλλά συνέχισαν τη συζήτηση έξω." Η Σάρλοτ ήξερε τι θα επακολουθούσε και δεν απογοητεύτηκε όταν ο Τρεβ άπλωσε το χέρι του προς το μέρος της.

"Να δω τις φωτογραφίες;"

Όλοι γέλασαν. Εκτός από τη Σάρλοτ. Με κάποιο τρόπο είχε αποκτήσει μια φήμη για την οποία δεν ήταν και πολύ ευχαριστημένη. Κάθε φορά που κάτι πήγαινε στραβά, η Σάρλοτ είχε εμπιστευτικές πληροφορίες ή φωτογραφίες του γεγονότος. Απλά επειδή είχε το μυαλό να βγάζει φωτογραφίες...

"Δεν υπάρχει τίποτα να δεις." Έκοψε μια ψητή πατάτα. "Ρωτήστε τον νέο σας αστυνόμο."

Υπήρξε μια μακρά σιωπή και όταν η Σαρλότ δεν είπε τίποτε άλλο, η συζήτηση άρχισε πάλι. Αλλά η ατμόσφαιρα ήταν διαφορετική. Αναγκαστική. Η Σάρλοτ ήταν ευαίσθητη στις διαθέσεις των άλλων ανθρώπων και ήξερε ότι είχε βάλει ταφόπλακα στο γεύμα. Δεν το ήθελε.

"Είναι πεντανόστιμο." Κάτι έπρεπε να ειπωθεί για να μη νομίζει κανείς ότι ήταν αναστατωμένη. "Μετά το σημερινό δεκατιανό και τα υπέροχα καναπεδάκια χθες το βράδυ, νιώθω πολύ κακομαθημένη".

Ο Λούις ακτινοβόλησε. "Εκπλήσσομαι που είχες καθόλου χρόνο να φας χθες το βράδυ, τρέχοντας εδώ, εκεί και παντού για να βοηθήσεις τη Ζόι".

"Αλήθεια. Είχε πολλή δουλειά, αλλά ήταν τόσο ωραίο

βράδυ. Και οι δυο σας φαίνονταν να διασκεδάζετε δοκιμάζοντας την αγγειοπλαστική και τη ζωγραφική με ακουαρέλα".

"Είχε πλάκα", η Ρόζι έβαλε το χέρι της στο χέρι του Λιούις. "Ο Λιού έχει πραγματικό ταλέντο με τις μπογιές. Και άκουσα κάποιον να λέει ότι ο Χένρι ήταν εκεί, έξω;"

"Μόνο τόσο κοντά όσο κάτω από το δέντρο στον παράδρομο". είπε η Σάρλοτ. "Ήταν λυπημένος."

"Του μίλησες;" ρώτησε ο Λούις.

"Το έκανα. Του πήρα μερικά καναπεδάκια και μόλις τον έπεισα να φάει, δεν μπορούσε να σταματήσει".

"Καλύτερα να μην τον πλησιάσεις, Τσάρλι. Όχι μόνη." Ο Τρεβ έβαλε βούτυρο σε ένα ψωμάκι. "Αμφιβάλλω αν είναι επικίνδυνος, αλλά δεν υπάρχει λόγος να ρισκάρουμε".

"Δεν υπάρχει κίνδυνος. Ντρέπεται και έχει ανάγκη να μιλήσει σε κάποιον".

"Που δεν μπορεί να είσαι εσύ."

Η Σαρλότ δεν απάντησε. Ο Τρεβ ανησυχούσε για την ευημερία της, αλλά υπήρχαν κάποιοι τομείς στους οποίους οι γνώσεις της ξεπερνούσαν τις δικές του και αυτός ήταν ένας από αυτούς.

Η Ρόζι σήκωσε ένα φρύδι και στη συνέχεια στράφηκε προς τον Λιούις. Αντάλλαξαν μια μακρόσυρτη ματιά.

Ο Τρεβ δεν έδινε σημασία, μέχρι που η σιωπή τράβηξε σε μάκρος και σήκωσε το βλέμμα του από το πιάτο του. "Όλα καλά, μαμά;"

Πίσω από την ευτυχία της Ρόζι κρυβόταν ανησυχία. Τουλάχιστον αυτό διάβασε η Σάρλοτ στο πρόσωπο της φίλης της. Κάτι συνέβαινε που την χαροποιούσε, αλλά αυτό μετριάζονταν με την ανησυχία ότι μπορεί να μην ήταν τόσο καλά νέα για όλους τους άλλους.

"Πρόκειται για το σπίτι του Λου;" ρώτησε η Σάρλοτ.

"Τρεβ, αγαπητέ μου, πρέπει πραγματικά να της δώσεις δουλειά! Ξέρει από πράγματα." Η Ρόζι έλαμψε. "Το μάντεψες ή άκουσες κάτι;"

"Μάντεψε."

"Λοιπόν, πουλήθηκε;" Ο Τρεβ είχε αφήσει κάτω το πιρούνι του. "Οι άνθρωποι πριν από μερικές εβδομάδες;" Ο Λούις έγνεψε. "Ναι. Τους άρεσε το σπίτι. Έχουν δύο παιδιά και έναν σκύλο και δεν θέλουν τίποτα περισσότερο από το να γίνουν μέρος της κοινότητας εδώ. Έλαβα μια προσφορά μέσω του μεσίτη και την αποδέχτηκα".

Όταν ο Λούις και η Ρόζι παντρεύτηκαν, μετακόμισε στο σπίτι της. Ήταν ήδη διαμορφωμένο για τις ανάγκες της και ήταν έτοιμος να αφήσει το σπίτι που μοιραζόταν με την προ πολλού αποθανόντα σύζυγό του. Είχαν σχέδια να αγοράσουν και ένα μικρό σπίτι κοντά στην παραλία, αλλά μέχρι να πουληθεί το σπίτι του, ήταν μόνο ένα σχέδιο. Ο Τρεβ μετακόμισε στο σπίτι του Λιούις για να τους δώσει ησυχία και να το φροντίσει όσο ήταν στην αγορά.

"Αυτό είναι υπέροχο. Και οι δυο σας, είμαι πραγματικά χαρούμενος." Ο Τρεβ σηκώθηκε και πήγε γύρω από το τραπέζι για να φιλήσει τη μητέρα του και να σφίξει το χέρι του Λούις. "Λοιπόν, αυτό πρέπει να σας λύσει τα χέρια!"

"Σ' ευχαριστώ, Τρεβ. Ναι, και χαίρομαι πολύ που ξέρω ότι το σπίτι θα αγαπηθεί από μια οικογένεια. Σημαίνει πολλά. Κι εσύ που το φρόντιζες αυτούς τους τελευταίους μήνες με έκανες να νιώσω πολύ καλύτερα".

Ο Τρεβ γέμισε τα ποτήρια όλων και στη συνέχεια κάθισε και σήκωσε το δικό του. "Στη μαμά και τον Λου. Στα μελλοντικά σας σχέδια".

Πάντα ο κύριος. Πάντα χαρούμενος για την καλή τύχη των άλλων. Αλλά η Σάρλοτ τον έπιασε να την κοιτάζει και είδε τα ανάμεικτα συναισθήματα στα μάτια του. Είχε άλλη μια κίνηση μπροστά του. Πρώτα από το Ρίβερ Εντ στη Ρόζι's, έπειτα στο Λου μετά από μερικούς μήνες και τώρα... πού;

"Πότε με χρειάζεσαι έξω, Λιούις;" ρώτησε ο Τρεβ.

"Δεν υπάρχει βιασύνη. Η οικογένεια θα μείνει εκεί που είναι μέχρι τα μέσα Ιανουαρίου, που είναι περίπου ο συνήθης χρόνος για να γίνει η διευθέτηση. Αισθάνομαι σαν να σας σπρώχνω έξω όμως και αυτή την εποχή του χρόνου..."

"Όχι, όχι Λούις. Ούτε στο ελάχιστο. Εκτίμησα τη δωρεάν διαμονή όσο βρήκα τα πατήματά μου εργασιακά, αλλά ήρθε η ώρα να αγοράσω σπίτι".

"Και έχω φτιάξει μια λίστα για σένα!" ανακοίνωσε η Ρόζι. "Υπάρχουν μερικά υπέροχα σπίτια προς πώληση στην περιοχή. Οικογενειακά σπίτια". Κοίταξε τη Σάρλοτ. "Για να ταιριάζουν σε σένα και τον Τρεβ για τη δική σας οικογένεια".

Η σιωπή έπεσε σαν κουρτίνα.

Τους τελευταίους μήνες η Ρόζι χαιρόταν να πειράζει τον γιο της και τη Σάρλοτ για το πόσο ταιριαστοί ήταν ο ένας για τον άλλον και έβαζε προτάσεις γάμου στη συζήτηση με αυξανόμενη συχνότητα. Η Σάρλοτ είχε περάσει από μια σειρά αντιδράσεων, από αρχική δυσφορία μέχρι περιστασιακή δυσπιστία, αλλά τις περισσότερες φορές διασκέδαση. Ο Τρεβ είχε σταματήσει να απολογείται για τη μητέρα του και κανείς τους δεν εκλάμβανε τα σχόλιά της ως κάτι άλλο από ενθουσιώδη αγάπη.

Αυτό ήταν διαφορετικό. Το πρόσωπο της Ρόζι ήταν σταθερό. Το ήθελε αυτό και δεν την πείραζε να ξεπεράσει κάθε όριο για να κάνει γνωστές τις σκέψεις της.

Ο Τρεβ κοίταξε τη Σαρλότ και μετά τη Ρόζι. "Μαμά, μου αρέσει που νοιάζεσαι και για τους δυο μας. Και εκτιμώ τη γνώμη σου για ένα σπίτι και όλα τα σχετικά, αλλά έχει έρθει η ώρα να σταματήσεις να λες στον Τσάρλι και σε μένα τι να κάνουμε με τις ζωές μας". Ο τόνος του ήταν αντικειμενικός και χαμογέλασε για να δείξει ότι δεν ήταν θυμωμένος. "Και να σταματήσεις να αφήνεις υπονοούμενα".

Το πρόσωπό της έπεσε. "Δεν ήθελα να το παρακάμψω".

"Η Τσάρλι και εγώ ξέρουμε ότι αγαπάς και θέλεις το καλύτερο για εμάς, αλλά πρέπει να θυμάσαι ότι είμαστε σε θέση να το αποφασίσουμε μόνοι μας".

"Το ξέρω. Απλά θέλω να είστε και οι δύο τόσο ευτυχισμένοι όσο είμαι εγώ. Όπως είναι ο Λούις."

"Ευχαριστώ, μαμά. Το ξέρω αυτό.".

"Αλλά η Τσάρλι θα σε βοηθήσει να ψάξεις για σπίτι;" Η Ρόζι έσφιξε το χέρι του Τρεβ.

" Είμαι εδώ. Σας ακούω", είπε η Σαρλότ.

"Συγγνώμη, αγάπη μου. Θα το κάνεις όμως;"

Πριν προλάβει να απαντήσει, το έκανε ο Τρεβ. "Μαμά, η Σάρλοτ έχει πολλά στο μυαλό της αυτή τη στιγμή, οπότε ας της δώσουμε λίγο χώρο και χρόνο".

"Χρόνο για να κάνει τι;" Είπε η Ρόζι.

"Υπάρχει επιδόρπιο; Πάω να το φέρω". Η Σάρλοτ έσπρωξε το κάθισμά της προς τα πίσω, άρπαξε το πιάτο της και βιάστηκε να μπει στο σπίτι. Ξάφνιασε τη Μέλοου, η οποία είχε κουλουριαστεί πάνω στην τσάντα της. Και ο Μάιεμ της γρύλισε από τη θέση του στον καναπέ. Αφού ζήτησε γρήγορα συγγνώμη και από τους δύο, κατευθύνθηκε προς την κουζίνα και άφησε το πιάτο της λίγο πιο δυνατά απ' ό,τι είχε σχεδιάσει.

Αλλά αλήθεια; Ο Τρεβ μιλάει για λογαριασμό της. Η Ρόζι μιλάει γι' αυτήν, όχι σ' αυτήν. Χρειαζόταν χώρο και ίσως τον χρειαζόταν τώρα.

ΚΕΦΆΛΑΙΟ 8

ΑΦΟΎ ΈΒΓΑΛΕ ΤΗΝ ΤΣΆΝΤΑ ΤΗΣ ΚΆΤΩ ΑΠΌ ΜΙΑ ΜΠΕΡΔΕΜΈΝΗ ΓΆΤΑ, η Σάρλοτ έφτασε μέχρι το διάδρομο και σταμάτησε. Περίμενε ότι ο Τρεβ θα την ακολουθούσε, αλλά τον άκουγε να μιλάει έξω.

Τι κάνεις, Τσάρλι;

Δάκρυα έτρεξαν στο πίσω μέρος των ματιών της και έτρεξε προς το κεντρικό μπάνιο. Κλειδώθηκε μέσα, ακούμπησε στην πόρτα και κοίταξε το ταβάνι. Το κλάμα ήταν μια ανόητη απάντηση σε μια μικρή διαφωνία. Ούτε καν διαφωνία, περισσότερο ο Τρεβ τράβηξε κάποιες γραμμές γύρω από τους δυο τους. Το ίδιο είχε κάνει μαζί της στο παρελθόν, όταν εκείνη είχε γίνει λίγο απερίσκεπτη με τις επιλογές της, αλλά εκείνη δεν είχε απαντήσει με ταχυπαλμία και την ανάγκη να τρέξει. Αυτή ήταν η αντίδραση της παλιάς Σάρλοτ.

"Γλυκιά μου;" Ο Τρεβ χτύπησε ελαφρά την πόρτα. "Όλα καλά;"

Απομακρύνθηκε από την πόρτα και έτρεξε λίγο νερό. "Βέβαια. Πλένω τα χέρια μου". Αυτό ακουγόταν αρκετά φυσιολογικό. Πάνω από τον νεροχύτη κοίταξε την αντανάκλασή της. Ηλίθια δάκρυα έτρεχαν στα μάγουλά της. Πότε συνέβη αυτό;

Αυτά τα μάτια, λυπημένα και μεγάλα. Τα είχε δει τόσο συχνά όταν ήταν παιδί, όταν η Αντζέλικα και ο μπαμπάς τσακώνονταν μέχρι που εκείνος έφευγε με ένα χτύπημα της εξώπορτας και εκείνη του πετούσε κάτι εύθραυστο. Η Σάρλοτ κρυβόταν στο μπάνιο μέχρι να ησυχάσουν και πάλι όλα.

"Τσάρλι;" Η φωνή του ήταν απαλή. "Πάλι κλαις;"

Έκλεισε τη βρύση και σκούπισε το πρόσωπό της με τα χέρια της, πράγμα που δεν έκανε τίποτε άλλο από το να κάνει περισσότερο χάλια το μακιγιάζ της. Με έναν αναστεναγμό πήγε στην πόρτα και ακούμπησε το μέτωπό της πάνω της. "Είμαι εντάξει".

"Μπορώ να περάσω; Παρακαλώ;"

Θα συνεχίσεις να τρέχεις;

Η Σαρλότ ξεκλείδωσε την πόρτα και έκανε πίσω.

Η πόρτα άνοιξε και εμφανίστηκε το κεφάλι του Τρεβ. Έριξε μια ματιά στη Σάρλοτ και μπήκε μέσα, κλείνοντας την πόρτα πίσω του. Η αγκαλιά του άνοιξε διάπλατα και με έναν λυγμό βγαλμένο από κάποιο βαθύ σημείο της ψυχής της, η Σάρλοτ έπεσε πάνω του. Σε μια στιγμή, την είχε σηκώσει στην αγκαλιά του και την κρατούσε τόσο σφιχτά που μετά βίας μπορούσε να αναπνεύσει. Αλλά τα δάκρυα σταμάτησαν καθώς η ζεστασιά του σώματός του και η άνεση της αγκαλιάς του διέρρευσαν μέσα από τις άμυνες που είχε αρχίσει ακούσια να υψώνει.

Αυτός ο άνδρας ήταν η ζωή της. Όχι η παιδική της ηλικία. Όχι η χαμένη της καριέρα. Ή η ανάγκη της να τρέξει. Εδώ, αντλώντας από τη δύναμή του, η Σάρλοτ είχε το μέλλον της.

"Δεν είναι τόσο εύκολο όσο ακούγεται". Η Σάρλοτ είχε κουλουριαστεί στον καναπέ με το χέρι του Τρεβ γύρω της. "Υπάρχει μόνο μια ευκαιρία να πάρεις αυτή την απόφαση, οπότε πρέπει να τα ζυγίσω όλα".

"Μα, αγάπη μου..." Η Ρόζι έπαψε να μιλάει. Ήταν η δεύτερη φορά που άρχισε να μιλάει και σταμάτησε από τότε που μετακόμισαν στο σαλόνι. Ο Λούις τους συνάντησε με έναν δίσκο με καφέ.

Το δείπνο είχε απομακρυνθεί από το τραπέζι, ενώ η Σάρλοτ είχε φρεσκαριστεί. Είχε ζητήσει συγγνώμη που εξαφανίστηκε στο μπάνιο και είχε εξηγήσει, με σπασμένες προτάσεις, για τον τρόπο που συμπεριφέρονταν οι γονείς της. Δεν ήταν και πολύ καλός λόγος για να κλάψει όταν τα έλεγε δυνατά, αλλά η Ρόζι της χάιδευε συνέχεια το χέρι και της έλεγε πόσο λυπόταν που ήταν τόσο πιεστική.

Μόλις τακτοποιήθηκαν όλοι, η Σάρλοτ είπε στη Ρόζι και τον Λιούις για το γράμμα και για το πώς πέρασε το τελευταίο δεκαπενθήμερο σκεπτόμενη όλες τις συνέπειες. Μίλησε για την πρακτική της στο Μπρίσμπεϊν πριν η Άλισον μπει στη ζωή της. Πόσους ασθενείς είχε περιθάλψει. Πόσες ζωές είχε βοηθήσει. Μια αίσθηση ολοκλήρωσης την γέμισε. Η Ρόζι είχε παραμείνει σιωπηλή, εκτός από τις προσπάθειες να πει κάτι και να αλλάξει γνώμη.

"Τώρα που το ξέρετε όλοι και το ξέρει και η Ζόι, θα αναβάλω την απόφαση μέχρι τα Χριστούγεννα. Είμαστε όλοι τόσο απασχολημένοι και αυτή η εποχή του χρόνου μπορεί να προκαλέσει συναισθηματικές αντιδράσεις", γέλασε σύντομα. "Κοιτάξτε με απόψε!"

Η Ρόζι πήρε μια μεγάλη ανάσα και τράβηξε το βλέμμα της Σαρλότ. "Αγάπη μου, πρέπει να σε ρωτήσω κάτι και αν δεν είσαι έτοιμη να απαντήσεις, τότε πες μου να κοιτάξω τη δουλειά μου. Αλλά πρέπει να σε ρωτήσω πριν αλλάξω πάλι γνώμη. Σκέφτεσαι να επιστρέψεις για να ζήσεις στο Κουίνσλαντ; Γιατί αν ναι... λοιπόν, έχεις κάθε δικαίωμα... αλλά θα μου λείψεις-"

Η Σάρλοτ ανέβηκε από τον καναπέ και αγκάλιασε τη Ρόζι. "Ω, μην κλαις! Σε παρακαλώ, μην το κάνεις. Και όχι. Δεν έχω καμία πρόθεση να φύγω από το Κινγκφίσερ Φολς. Δεν το ξεκαθάρισα αυτό;"

Κοίταξε γύρω της καθώς όλοι κουνούσαν τα κεφάλια τους.

"Ω. Ω, λυπάμαι πολύ. Μπορώ να εξασκηθώ εδώ. Μπορώ να εργαστώ σε ένα νοσοκομείο ή μια κλινική ή να ξεκινήσω το δικό μου ιατρείο κάπου στην περιοχή. Αλλά δεν θα μετακομίσω ποτέ μακριά".

"Δόξα τω Θεώ." Ο Λιούις έσπευσε να την αγκαλιάσει ταυτόχρονα με τη Ρόζι, μέχρι που η Σάρλοτ γέλασε. Ήταν αυτό ή να κλάψει κι άλλο. Κατάφερε να ξεφύγει ανάμεσά τους και επέστρεψε στον καναπέ. Τα χέρια του Τρεβ ήταν σταυρωμένα και της έριξε ένα μακρύ, μελετημένο βλέμμα που δεν καταλάβαινε.

"Ούτε εσύ το κατάλαβες;" ψιθύρισε.

"Δεν είπες τίποτα άλλο. Όταν μιλήσαμε στην πισίνα, το έκανες να ακούγεται σαν να επρόκειτο για μια κατάσταση τώρα ή ποτέ. Ένα εδώ ή εκεί. Και ακόμα και τώρα μόλις μίλησες για το Μπρίσμπεϊν με μια λάμψη στα μάτια σου. Σκέφτηκα ότι μπορεί να φύγεις".

Είχε δίκιο. Τον είχε αφήσει να πιστέψει ότι σκεφτόταν μια ζωή χωρίς εκείνον και ακόμα και μέσα σε αυτό, εκείνος είχε απλώσει το χέρι του για να την παρηγορήσει όταν ήταν στεναχωρημένη.

"Θα βρούμε ένα νυχτερινό καπέλο για όλους μας". Η Ρόζι και ο Λούις κατευθύνθηκαν προς το μπαρ στο άλλο δωμάτιο.

Η Σαρλότ άπλωσε τα χέρια της και ο Τρεβ τα πήρε μετά από έναν δισταγμό. Το ένα, μετά το άλλο, τα φίλησε. "Λυπάμαι πολύ. Στο μυαλό μου, είχα εξηγήσει ότι αποφασίζω ανάμεσα στο να κρατήσω την άδειά μου ή να απομακρυνθώ οριστικά από την ιατρική. Τίποτα δεν θα με έκανε να επιστρέψω στο Μπρίσμπεϊν. Ή οπουδήποτε πολύ μακριά από εδώ. Από τη Ρόζι και τη Ζόι. Κυρίως, από εσένα".

Τα δάχτυλά του έσφιξαν και η ανακούφιση πλημμύρισε το πρόσωπό του.

"Τρεβ... οι σκέψεις και τα συναισθήματά μου αναστατώθηκαν και δεν σκέφτηκα καλά πώς παρουσίασα τις πληροφορίες. Ποτέ δεν θα σας πλήγωνα, κανέναν από εσάς, επίτηδες. Λυπάμαι. Θα με συγχωρέσεις;"

"Γλυκιά μου, δεν υπάρχει τίποτα να σου συγχωρήσω. Μου

προκάλεσε σοκ, αυτό είναι όλο. Δεν είχα σκοπό να σε χάσω έτσι κι αλλιώς, γιατί αν χρειαζόταν θα μετακινούμουν ξανά".

"Στο Μπρίσμπεϊν;"

"Στα πέρατα της γης." Την αγκάλιασε ξανά. "Αν δεν μου πεις το αντίθετο, θα μείνεις μαζί μου στη ζωή σου".

Το στόμα της έμεινε ανοιχτό καθώς μια χαρούμενη ζεστασιά εισχώρησε στην καρδιά της. Πώς ήταν τόσο τυχερή στη ζωή της; Και αν δεν της έκανε πρόταση γάμου μέχρι τα Χριστούγεννα, τότε θα το έκανε εκείνη. Η Σάρλοτ δεν ήθελε τίποτα περισσότερο από το να περνάει κάθε λεπτό που μπορούσε με τον Τρεβ Σίμπριτ.

"Εμ, επιστρέψαμε." Η φωνή της Ρόζι περιείχε πολλή ευτυχία. "Δεν θέλω να διακόψω, αλλά βρήκαμε ένα μπουκάλι Baileys".

Για την επόμενη ώρα, όλοι μιλούσαν, γελούσαν και σχεδίαζαν τα Χριστούγεννα. Η ατμόσφαιρα ήταν τρυφερή και στοργική και έβαλε πολλά στη σωστή προοπτική για τη Σάρλοτ. Όλοι την υποστήριζαν. Μέχρι να γνωρίσει τον Τρεβ εκείνη τη μέρα στο δρόμο για το River's End, δεν υπήρχε κανείς που να την προσέχει. Κανείς δεν νοιαζόταν τόσο ώστε να θέλει να μείνει. Ακόμα και η Ζόι είχε τη δική της ζωή όλα αυτά τα χρόνια και παρακολουθούσε μόνο από μακριά. Αλλά αυτό… Αυτό ήταν οικογένεια.

———

Ήταν αργά όταν ο Τρεβ και η Σαρλότ κατευθύνθηκαν προς το διαμέρισμα, χέρι-χέρι και με λίγα πράγματα να έχουν να πουν μετά τη μακρά και κουραστική μέρα. Τα χριστουγεννιάτικα στολίδια στους κήπους, τα δέντρα που έλαμπαν πίσω από τα παράθυρα και τα φώτα του δρόμου μετέτρεπαν την πόλη σε μια γιορτινή απόλαυση. Σταμάτησαν στη γωνία του κυκλικού κόμβου για να χαζέψουν το πανέμορφο δέντρο στο κέντρο του.

"Τι υπέροχο." Η Σαρλότ είχε το πιο αμυδρό χαμόγελο στα χείλη της και τα χρώματα των φώτων που άλλαζαν μέσα από τα κλαδιά αντανακλούσαν στα μάτια της. Ο Τρεβ τύλιξε τα χέρια του γύρω της και εκείνη έγειρε πίσω στο στήθος του. "Πέρυσι τέτοια εποχή, ο κυκλικός κόμβος ήταν άδειος χάρη σε εκείνους τους απαίσιους κλέφτες. Και ο Τζόνας επέμενε ότι όλοι οι έμποροι έβαλαν χρήματα για να αγοράσουν ένα καινούργιο δέντρο. Τίποτα δεν άλλαξε".

Ο Τρεβ αισθάνθηκε την αλλαγή της διάθεσής της και έσκυψε να τη φιλήσει στο μάγουλο. "Πολλά έχουν αλλάξει. Τα περισσότερα από αυτά προς το καλύτερο, γι' αυτό σταμάτα να αγχώνεσαι".

"Δεν είμαι τέτοια. Απλώς μου σπάει τα νεύρα το γεγονός ότι ένας άνθρωπος έχει τόση επιρροή στην πόλη. Αλλά το δέντρο είναι υπέροχο".

Διέσχισαν το δρόμο. Τα μαγαζιά ήταν όλα κλειστά και η κίνηση ήταν μικρή. Έξω από το μαγαζί με τα ψάρια και τις πατάτες, η Σάρλοτ κοίταξε μέσα από το παράθυρο.

"Τι κάνεις; Ο Τζόνας δεν είναι εκεί μέσα".

"Όπως και να 'ναι. Κοίτα το δέντρο των δωρεών τους".

"Τι γίνεται με αυτό;" Ο Τρεβ έβαλε τα χέρια του εκατέρωθεν των ματιών του, καθώς ενώθηκε με τη Σάρλοτ. "Τα φώτα είναι σβηστά, αλλά δεν τα αφήνουν όλοι αναμμένα τη νύχτα".

"Όχι τόσο πολύ. Μπορείς να δεις κάποια από τις κάρτες μας να κρέμονται πάνω του; Για την ακρίβεια, πού είναι όλη η σήμανση για την προώθηση;" Η Σάρλοτ έκανε ένα βήμα πίσω για να επιθεωρήσει το παράθυρο και την πόρτα. "Είμαι σίγουρη ότι είχαν κρεμάσει μια αφίσα νωρίτερα".

"Ξέρεις αν είχαν δωρεές;"

"Ναι. Ο Τεντ ανέφερε τις προάλλες ότι πολλοί άνθρωποι αγόρασαν δωροκάρτες για οικογενειακά γεύματα. Συγκινήθηκε από τη γενναιοδωρία".

"Περίεργο."

"Περισσότερο από περίεργο. Θα περάσω να δω αν όλα είναι εντάξει αύριο. Ίσως η αφίσα να έπεσε κάτω ή κάτι τέτοιο". Η

Σάρλοτ έπιασε το χέρι του Τρεβ όταν εκείνος της το πρόσφερε ξανά. "Ή ίσως γι' αυτό ήταν εκεί ο Κόμπι".

Καλύτερα να μην είναι.

"Θα μου έστελνε μήνυμα αν συναντούσε κάποια εγκληματική δραστηριότητα. Γνωρίζοντας την αγάπη του για το φαγητό, πιθανότατα έψαχνε όλα τα τοπικά εστιατόρια". Ο Τρεβ θα μιλούσε μαζί του το πρωί και θα έβλεπε γιατί μιλούσε με τον Τζόνας εκεί.

Λίγα λεπτά αργότερα έφτασαν στο κάτω μέρος των σκαλοπατιών του διαμερίσματος. "Είμαι μια χαρά από εδώ". Η Σάρλοτ ανέβηκε μερικά σκαλοπάτια για να τον φιλήσει πιο εύκολα. Του άρεσε η σκέψη της και τη φίλησε κι εκείνος. Αρκετές φορές. "Θα μου στείλεις μήνυμα μόλις γυρίσεις σπίτι;" ρώτησε τελικά.

"Θα το κάνω."

Ανέβηκε τα σκαλιά.

"Έχεις το κλειδί σου;" είπε πειραγμένα.

"Ναι." Ψιθύρισε. "Μην ξυπνήσεις τη Ζόη". Η Σάρλοτ του έδωσε ένα φιλί και μπήκε μέσα.

Μόλις άκουσε την πόρτα να κλειδώνει, επέστρεψε στο δρόμο. Όλα ήταν ήσυχα και ο αέρας ακίνητος. Βρήκε τον εαυτό του να πηγαίνει προς την κατεύθυνση του σπιτιού της Ρόζι και κούνησε το κεφάλι του. Σπίτι σήμαινε το σπίτι του Λιούις. Προς το παρόν. Και μέχρι να αποφασίσει η Τσάρλι για το μέλλον της, το δικό του ίσως χρειαζόταν να μείνει σε αναμονή για λίγο ακόμα.

ΚΕΦΑΛΑΙΟ 9

Η ΣΑΡΛΟΤ ΔΕΝ ΧΡΕΙΑΣΤΗΚΕ ΝΑ ΠΑΕΙ ΣΤΟ ΜΑΓΑΖΙ ΜΕ ΤΑ ΨΑΡΙΑ ΚΑΙ ΤΑ ΠΑΤΑΤΑΚΙΑ, γιατί ο Τεντ βρισκόταν στο κατώφλι του βιβλιοπωλείου μόλις άνοιξε. Ένας ηλικιωμένος, στρογγυλός άντρας με ένα μόνιμο χαμόγελο, μπήκε βιαστικά μέσα, κρατώντας ένα κουτί. Χωρίς το χαμόγελό του.

"Τεντ;"

"Σάρλοτ, είμαι εκτός εαυτού. Ίσως να τα έχω κάνει θάλασσα με όλο αυτό το θέμα του Δέντρου της Δωρεάς, γιατί τίποτα δεν βγαίνει τώρα". Άφησε το κουτί στον πάγκο.

"Μπορείς να το ξαναδείς μαζί μου;"

Η Ρόζι έφτασε νωρίς με καφέδες και ένα πλατύ χαμόγελο.

"Γεια σου, Τεντ!"

"Καλημέρα, Ρόζι".

"Ο Τεντ χρειάζεται βοήθεια με το διαφημιστικό." εξήγησε η Σάρλοτ, καθώς η Ρόζι σήκωσε τα φρύδια της στη θέα του κουτιού.

"Προχωρήστε. Είναι όλα εντάξει, Τεντ;"

Ανασήκωσε τους ώμους. "Αυτό είναι το πρόβλημα. Δεν είμαι σίγουρος ότι το έχουμε καταφέρει να δουλέψουμε σωστά, εγώ και το προσωπικό, δηλαδή".

"Ακούω." Η Σαρλότ είχε μια αίσθηση βύθισης στο στομάχι

της. Ο Τζόνας στο μαγαζί χθες το βράδυ σήμαινε σίγουρα μόνο προβλήματα.

Ο Τεντ έβαλε το χέρι του μέσα στο κουτί και έβγαλε μια δέσμη από τα στολίδια σε σχήμα δέντρου με τις δωροκάρτες που κρέμονταν από κάτω. "Αυτά είναι αυτά που έχουμε πουλήσει". Γύρισε το πρώτο. "Ο πελάτης ορίζει ένα ποσό. Αυτή εδώ είναι είκοσι δολάρια. Παίρνουμε τα χρήματά τους και γράφουμε το ποσό με ανεξίτηλο μαρκαδόρο. Στη συνέχεια, γράφουμε επίσης την αξία σε μία από αυτές", χτύπησε την κάρτα σε σχήμα δέντρου, "και τους αφήνουμε να προσθέσουν το όνομά τους, αν θέλουν, και ένα μήνυμα. Χμ, εδώ".

Έδωσε ένα στη Σαρλότ και εκείνη το διάβασε δυνατά. "Για μια οικογένεια για να απολαύσει ένα πικνίκ, Καλά Χριστούγεννα". Τέλεια. "Αυτό είναι πολύ καλό, Τεντ".

"Χθες το βράδυ παρατήρησα ότι το χριστουγεννιάτικο δέντρο έμοιαζε λίγο περίεργο. Είχαμε πάρα πολλές κάρτες που αγοράστηκαν, κυρίως για μικρά ποσά, όπως πέντε δολάρια, αλλά οι άνθρωποι είναι ενθουσιασμένοι που το πληρώνουν. Έχω μόνο ένα παλιό μητρώο και ίσως δεν παρακολουθούσα πολύ καλά αυτές τις πωλήσεις, αλλά υπολογίζω ότι πουλήσαμε πάνω από εκατό".

Το αίσθημα βύθισης μετατράπηκε σε σφιχτό κόμπο.

"Σάρλοτ. Ρόζι. Ανάμεσα στη βιασύνη χθες το βράδυ έριξα μια ματιά και υπήρχαν μόνο πενήντα κάρτες κρεμασμένες. Με το ζόρι κοιμήθηκα ανησυχώντας γι' αυτό, αφού έκανα ξανά και ξανά τους υπολογισμούς χθες το βράδυ. Έψαξα τις καταθέσεις μου στην τράπεζα από τότε που ξεκίνησε όλο αυτό και είμαι σχεδόν σίγουρος ότι έχω πουλήσει κάπου εφτά ή οκτακόσια δολάρια σε κάρτες. Αλλά εδώ", έδειξε με μια χειρονομία τη στοίβα πάνω στον πάγκο. "Ούτε καν αξίας τριακοσίων δολαρίων".

Η Ρόζι έμεινε άναυδη. "Τεντ, όχι. Λες ότι σε λήστεψαν;"

Το πρόσωπο του Τεντ ήταν αναστατωμένο. "Έτσι νομίζω. Αλλά κανείς δεν μπήκε μέσα. Υποθέτω ότι κάποιος τα πήρε όσο το μαγαζί ήταν ανοιχτό. Ληστεία στο φως της ημέρας."

Καταπλάκωσε και χρειάστηκε μια στιγμή για να συνέλθει. "Δεν μπορώ να συνεχίσω το έργο, Τσάρλι. Δεν πρόκειται να αφήσω κανέναν να με κλέψει. Ο κόσμος θα το μάθει και θα σταματήσει να έρχεται σε μένα και θα χρεοκοπήσω".

"Νομίζω ότι πρέπει να μιλήσεις στον Τρεβ", είπε η Ρόζι. "Αν υπάρχει κλέφτης εδώ γύρω, καλύτερα να το μάθουμε τώρα και να δούμε αν μπορούμε να σταματήσουμε οποιαδήποτε περαιτέρω δραστηριότητα".

"Τεντ, είδες τον νέο αστυνόμο του Τρεβ χθες το βράδυ στο μαγαζί σου;"

"Πέρασα το μεγαλύτερο μέρος του απογεύματος μαγειρεύοντας. Με την πλάτη στραμμένη στον πάγκο. Δύο από το προσωπικό μου παραιτήθηκαν πρόσφατα και δεν μπορώ να βρω κανέναν πρόθυμο να κάνει τέτοια καυτή δουλειά το καλοκαίρι. Γιατί ρωτάτε;"

Η Σάρλοτ κοίταξε τη Ρόζι, η οποία έγνεψε. "Πέρασα από εκεί καθώς πήγαινα στη Ρόζι και τον είδα εκεί μέσα. Μιλούσε με τον Τζόνας".

Με έναν ακόμη ανασήκωμο των ώμων, ο Τεντ άρχισε να μαζεύει τα χαρτιά πίσω στο κουτί. "Ο Τζόνας είναι τακτικός πελάτης. Είναι εδώ και τουλάχιστον ένα χρόνο. Δύο φορές την εβδομάδα ή και περισσότερο". Σήκωσε το κουτί. "Ξέρω ότι πολλοί άνθρωποι δεν τον συμπαθούν, αλλά ο Τζόνας δεν μου έχει κάνει ποτέ κακό. Πάντα μια ευχάριστη κουβέντα".

Μιλάμε για τον ίδιο άνθρωπο;

"Αλλά δεν θυμάστε να έχετε δει αυτόν και τον αστυνόμο;"

"Όχι. Κοιτάξτε, κάνατε σπουδαία δουλειά που οργανώσατε αυτή την προώθηση για όλους μας, αλλά εγώ είμαι εκτός. Θα τα βάλω αυτά κάτω από κλειδαριά και θα τα διανείμω ακόμα την εβδομάδα των Χριστουγέννων, αλλά πρέπει να προστατεύσω τα προς το ζην. Λυπάμαι". Κατευθύνθηκε προς την πόρτα. "Θα τηλεφωνήσω στον Τρεβ αργότερα".

Αφού έφυγε, η Σάρλοτ ακολούθησε τη Ρόζι στην άλλη πλευρά του πάγκου και πήρε το σκαμπό της με έναν αναστεναγμό. "Αυτό είναι άσχημο."

"Καφέ, αγάπη μου". Η Ρόζι της έδωσε ένα φλιτζάνι. "Τι κρίμα για τον καημένο τον Τεντ".

"Πιστεύεις ότι θα τηλεφωνήσει στον Τρεβ;"

"Ίσως αξίζει να τηλεφωνήσεις και εσύ. Ω... ή μπορώ εγώ. Δεν προσπαθώ να σας ωθήσω να τα φτιάξετε, το υπόσχομαι". Τα μάτια της ήταν ειλικρινή και λίγο ανήσυχα.

Η Σαρλότ χαμογέλασε. "Η χθεσινή νύχτα τελείωσε, εντάξει. Ήμουν αγχωμένη για μερικά πράγματα και ήταν κάπως η σταγόνα που ξεχείλισε το ποτήρι, οπότε ας προχωρήσουμε. Μπορείς να επιστρέψεις στο κανονικό σου πρόγραμμα, να προσπαθείς να μας παντρέψεις".

"Ωραία. Σε αυτή την περίπτωση, εσύ τηλεφωνείς". Το χαμόγελο της Ρόζι ζέστανε την καρδιά της Σάρλοτ και σήκωσε το τηλέφωνό της καθώς η Έστερ έτρεχε μέσα.

"Τι συμβαίνει, αγαπητή μου;" Η Ρόζι γύρισε γύρω από τον πάγκο. Η αναπνοή της Έστερ ήταν βαριά από το τρέξιμο και τα δάκρυα διαγράφονταν στα μάγουλά της. Η Ρόζι έπιασε τα χέρια της. "Πάρε βαθιά ανάσα. Είναι καλά ο Νταγκ;"

"Ναι... εγώ... αυτά." Έδειξε το χριστουγεννιάτικο δέντρο. "Κλεμμένα".

"Κλεμμένο;"

Η Έστερ έγνεψε, με τα μάτια της ορθάνοιχτα. "Από... το Ιταλία".

———

Η Σάρλοτ και η Έσθερ χρειάστηκαν μόνο λίγα λεπτά για να φτάσουν στην Ιταλία. Η Ρόζι σχεδόν τις έσπρωξε έξω, υποσχόμενη να διαχειριστεί τους πελάτες και να τηλεφωνήσει στον Τρεβ.

Πριν φύγει, η Έστερ κατάφερε να εξηγήσει λίγο περισσότερα, αφού είχε πιει ένα ποτήρι νερό και είχε λίγο χρόνο να συγκεντρωθεί. "Συχνά παίρνω πρωινό με τον Νταγκ πριν ανοίξω την μπουτίκ. Είχαμε τελειώσει και μιλούσαμε για το πρόγραμμα Δέντρο Δωρεάς. Για κάποιο

PHILLIPA NEFRI CLARK

λόγο, ο Νταγκ πήγε προς το δέντρο και άσπρισε από το σοκ!".

"Έλειπαν κάρτες;" Είχε ρωτήσει η Ρόζι.

"Ναι. Πολλά από αυτά. Το δέντρο είναι σε μια γωνία, οπότε τα στολίδια και οι κάρτες ήταν κάπως πολυεπίπεδα. Δεν το προσέξαμε γιατί στις περισσότερες περιπτώσεις έχει χαθεί η πραγματική κάρτα δώρου. Χωρίς να την έχουμε ξεκολλήσει".

Το στομάχι της Σάρλοτ είχε ξεπεράσει το στάδιο του κόμπου όταν η Έστερ έσπρωξε την πόρτα του Ιτάλια για τη Σάρλοτ. Ο Νταγκ και η Bronnie βρίσκονταν στο μακρύ μπαρ με έναν σωρό από τα στολίδια σε σχήμα χριστουγεννιάτικου δέντρου και μια μακριά κορδέλα από χαρτί αποδείξεων.

"Ο Τρεβ θα έρθει σύντομα, γλυκιά μου, και ο Τσάρλι ήρθε να βοηθήσει".

Ο Νταγκ σήκωσε το βλέμμα του, με τα χείλη του σφιγμένα σε μια λεπτή γραμμή. Η Μπρόνι προσπάθησε να χαμογελάσει, αλλά είχε δάκρυα στα μάτια, και η Σάρλοτ την αγκάλιασε. "Θα βρούμε την άκρη του νήματος".

"Μακάρι να ήταν τόσο εύκολο, Τσάρλι", είπε ο Νταγκ και χτύπησε μια αριθμομηχανή. "Μέχρι στιγμής υπολογίζω ότι θα χάσω δωροκάρτες αξίας χιλίων δολαρίων. Οι άνθρωποι είναι υπερβολικά γενναιόδωροι και κάποιοι βάζουν εκατό δολάρια σε μια κάρτα στο πνεύμα του σκοπού".

Για λίγα λεπτά, η Σαρλότ βοηθούσε καθώς η Μπρονί διάβαζε τα ποσά στον Νταγκ και αυτός διασταύρωνε τις αποδείξεις. Η Έστερ έφτιαξε καφέ και τους έφερε σε όλους από ένα φλιτζάνι. Όταν τελείωσε, ο Νταγκ έσπρωξε την αριθμομηχανή μακριά με μια βρισιά που ψιθύρισε. "Συγγνώμη. Συγγνώμη για τη γλώσσα μου. Λίγο πάνω από χίλια δολάρια σε δωροκάρτες".

"Τι σημαίνει αυτό για μας, γλυκιά μου;" Η φωνή της Έστερ έτρεμε και ο Νταγκ πήρε το ένα της χέρι, χαϊδεύοντάς το με το άλλο του.

"Τίποτα αν τους βρούμε. Το πρόβλημα που βλέπω είναι αν ο κλέφτης προσπαθήσει να τα εξαργυρώσει. Δεν έχουν barcode ή

86

αριθμούς πάνω τους, οπότε πώς θα ξεχωρίσουμε αυτά που είναι ακόμα στο δέντρο από αυτά που λείπουν;"

"Έπρεπε να το είχα σκεφτεί αυτό." Η Σάρλοτ κοίταξε το δέντρο. "Θα έπρεπε να τους είχαμε βάλει γραμμωτό κώδικα ή τουλάχιστον έναν αριθμό και μετά να κρατάμε αρχείο αντί για την αξία".

"Δεν φταις εσύ, Τσάρλι. Ζούμε και μαθαίνουμε. Μπορώ ακόμα να φτιάξω καινούργια, γιατί έχω τις αποδείξεις. Η ανησυχία μου είναι να χρησιμοποιηθούν οι κλεμμένες, γιατί δεν έχω την πολυτέλεια να χαρίσω τόσα χρήματα. Και το άλλο θέμα είναι αν θα συνεισφέρει κανείς τώρα".

"Επειδή φοβούνται ότι η κάρτα τους μπορεί να κλαπεί".

"Ακριβώς. Να ο Τρεβ, αν μου επιτρέπεις". Ο Ντάγκ φίλησε το μάγουλο της Έστερ και πήγε να συναντήσει τον Τρεβ στην πόρτα.

"Έχεις πάει στην μπουτίκ;"

Η Έστερ έκλεισε το στόμα της καθώς ο υπαινιγμός της έγινε αντιληπτός και κούνησε το κεφάλι της.

"Θα έρθω μαζί σου." Η Σάρλοτ έδωσε στην Έστερ ένα λεπτό για να μαζέψει την τσάντα της.

Ο Τρεβ έριξε στη Σαρλότ ένα μάλλον απογοητευμένο βλέμμα. Ήξερε ότι δεν ήταν για εκείνη, αλλά για ένα ακόμη έγκλημα στη μικρή πόλη. Πριν ακολουθήσει την Έστερ έξω, σταμάτησε για να του μιλήσει. "Είχες τηλεφώνημα από τον Τεντ;"

"Τεντ;"

"Ιδιοκτήτης του καταστήματος με ψάρια και πατάτες."

"Όχι. Γιατί."

"Ίσως να πάω να τον δω την επόμενη φορά. Το ίδιο θέμα".

Καθώς εκείνη έφευγε, εκείνος μιλούσε στο τηλέφωνο με τον Κόμπι.

Η Έστερ περπατούσε με ταχύτητα και η Σαρλότ έτρεξε για να την προλάβει. "Ξέρετε πότε πήραν τις κάρτες της Ιταλία; Κάτι περίεργο;"

"Όχι. Όχι και στα δύο. Μόνο που έπρεπε να είναι από το

πρωί του Σαββάτου, επειδή ο Νταγκ αντικατέστησε μερικά από τα μικρά φωτάκια στο δέντρο πριν από το μεσημεριανό εμπόριο. Και απ' όσο ξέρω, το Ιτάλια ήταν απασχολημένο για γεύματα και δείπνα το Σαββατοκύριακο. Γιατί να το κάνει κάποιος αυτό;"

Η Σαρλότ είχε μερικές ιδέες. Και εξίσου σημαντικό ήταν ποιος το έκανε αυτό.

Λίγο μετά το σιντριβάνι, η Έστερ έριξε το κεφάλι της και απομακρύνθηκε από ένα παγκάκι. Απορημένη, η Σάρλοτ συνέχισε να την ακολουθεί, αλλά κοίταξε πίσω. Ο Χένρι καθόταν εκεί με το κεφάλι κάτω και τους ώμους σκυμμένους. Με το καπέλο κατεβασμένο γύρω από τα αυτιά του, δεν τους είχε δει να περνούν καθώς κοιτούσε το έδαφος.

Μόλις απομακρύνθηκαν, η Σάρλοτ έβαλε το χέρι της μέσα στο χέρι της Έστερ. "Εκεί ήταν μόνο ο Χένρι".

"Το ξέρω."

"Ω. Δεν τον απέφευγες;"

"Τον απέφυγα."

Η Σαρλότ ανοιγόκλεισε τα μάτια. Από πότε η Έστερ είχε πρόβλημα μαζί του;

"Μπορεί να νομίζεις ότι είμαι επικριτική, Σάρλοτ, αλλά από τότε που ο Χένρι επέστρεψε στην πόλη, είναι... διαφορετικός. Όχι φιλικός. Δεν θέλει να με κοιτάζει στα μάτια όταν τον χαιρετάω -για παράδειγμα όταν φέρνει την εφημερίδα. Ξέρω ότι έχει περάσει πολλά, αλλά αυτά ήταν δικό του λάθος, όχι δικό μου".

"Μπράβο σου που τον πλησίασες. Ξέρω ότι τον γνωρίζεις πολύ καιρό και πρέπει να πονάει να παίρνεις αυτή την απάντηση".

"Έτσι είναι."

"Ντρέπεται τρομερά, Έστερ. Ντρέπεται. Λυπάται βαθιά. Εκπλήσσομαι που επέστρεψε στο Κινγκφίσερ Φολς, δεδομένου του στίγματος της σχέσης του με έναν δολοφόνο, αλλά υποθέτω ότι πάντα ζούσε εδώ".

"Όλη του τη ζωή."

Η Σαρλότ ένιωσε το χέρι της Έστερ να χαλαρώνει λίγο. "Λυπούμαστε γι' αυτόν. Λυπούμαστε πραγματικά γιατί τον εκφόβισαν για να παραμείνει σιωπηλός και κατά βάθος, ο Χένρι είναι μια ευγενική ψυχή. Δεν έπρεπε να τον αγνοήσω". Είπε η Έστερ. "Έχεις πολλά στο μυαλό σου. Τι θα έλεγες να βεβαιωθούμε ότι όλα είναι εντάξει στη μπουτίκ και μετά θα πάω να δω τον Χένρι;" "Ευχαριστώ, Τσάρλι. Πάντα ξέρεις τα σωστά πράγματα να πεις".

Μακάρι.

Έξω από την μπουτίκ, η Έσθερ δίστασε. Το μαγαζί ήταν στο σκοτάδι, εκτός από το τρεμόπαιγμα των φωτιστικών γύρω από το δέντρο. Τίποτα δεν ήταν εκτός τόπου και χρόνου. Τα τζάμια ήταν άθικτα -σε αντίθεση με την πρώτη φορά που η Σάρλοτ είδε την Έστερ. Τότε, η βιτρίνα είχε σπάσει από τους κλέφτες που είχαν προκαλέσει χάος κλέβοντας χριστουγεννιάτικα δέντρα πέρυσι. Η Έστερ ξεκλείδωσε την πόρτα.

"Πρέπει να κλείσω τον συναγερμό, γι' αυτό έλα μέσα και θα τρέξω πίσω από τον πάγκο".

Η Σαρλότ ακολούθησε καθώς ο συναγερμός μετρούσε αντίστροφα, κλείνοντας την πόρτα πίσω της.

"Ορίστε. Καμιά φορά το ξεχνάω και το καταραμένο πράγμα εκρήγνυται. Με τρομάζει για να θυμάμαι για λίγο τουλάχιστον!" Η Έστερ άναψε μερικά φώτα. "Φοβάμαι να κοιτάξω, Τσάρλι".

"Ξέρετε περίπου πόσες κάρτες έχετε πουλήσει;"

"Όχι πολλές. Η ένδυση είναι διαφορετική από ένα εστιατόριο, οπότε ίσως είκοσι".

"Εντάξει, ας κοιτάξουμε μαζί."

Το δέντρο ήταν μέρος της βιτρίνας. Γύρω του υπήρχαν όμορφα καλοκαιρινά ρούχα κρεμασμένα από το ταβάνι, καθώς και παπούτσια και άλλα αξεσουάρ. Πριν μπουν στη βιτρίνα, η Σάρλοτ άπλωσε το χέρι της. "Περίμενε ένα λεπτό. Σου φαίνεται τίποτα παράταιρο;"

"Τίποτα."

"Είχατε πελάτες στο παράθυρο πρόσφατα; Ή άλλαξε κάτι".

"Όχι. Η τελευταία αλλαγή ήταν την Τετάρτη, όταν έκανα το νέο μου παράθυρο. Και δεν έβγαλα καν τίποτα για να το πουλήσω".

"Εντάξει, πήγαινε να δεις τις κρεμαστές κάρτες. Τις κρέμασες;"

Η Έστερ προσπέρασε τη Σαρλότ. "Ναι. Προσπαθώ να κρατήσω την περιοχή ελεύθερη από πελάτες". Επιθεώρησε το δέντρο και η ένταση φανερά την εγκατέλειψε. "Ω. Δεν λείπει τίποτα".

"Είσαι σίγουρη;"

"Είμαι. Το ότι δεν έχω πολλά να μετρήσω βοηθάει".

Κάτι σχηματίστηκε στο πίσω μέρος του μυαλού της Σαρλότ. Η Έστερ ήταν συμπαθής. Ακόμα και όσοι δεν συμφωνούσαν με τη στάση του Ντανγκ στο τοπικό συμβούλιο παρέμεναν φιλικοί μαζί της. Ήταν τέτοιος άνθρωπος. Λίγο σαν τη Ρόζι.

"Αν είσαι εντάξει, θα πάω να ελέγξω τον Χένρι και μετά θα επιστρέψω στο βιβλιοπωλείο".

Η Έστερ την αγκάλιασε. "Πήγαινε. Σ' ευχαριστώ πολύ που ήσουν εκεί για μένα. Και για τον Ντανγκ".

"Ο Τρεβ θα βρει την άκρη του νήματος".

Και αν δεν το έκανε αυτός, θα το έκανε εκείνη.

ΚΕΦΆΛΑΙΟ 10

ΚΑΘΩΣ ΔΕΝ ΥΠΉΡΧΕ ΊΧΝΟΣ ΤΟΥ ΧΈΝΡΙ ΣΤΗΝ ΠΛΑΤΕΊΑ, Η Σαρλότ επέστρεψε βιαστικά στο βιβλιοπωλείο. Δεν υπήρχαν πελάτες, αλλά η Ρόζι ήταν στο δέντρο, με ένα κουτί στην αγκαλιά της καθώς αφαιρούσε κάθε κάρτα.

"Ωχ, όχι."

"Ω ναι, αγάπη μου. Θα διασταυρώσω κάθε μία που έμεινε, γιατί κρατήσαμε σημειώσεις για κάθε δωρεά, αλλά νομίζω ότι λείπουν περίπου τριάντα".

"Μόνο η δωροκάρτα;"

"Αρκετά από αυτά ξεκόλλησαν για να αφήσουν πίσω τους τη διακόσμηση".

Δεν υπήρχε τέλος σ' αυτό;

Η Σάρλοτ βοήθησε τη Ρόζι και γρήγορα ανακάλυψαν ότι έλειπαν τριάντα δύο κάρτες αξίας σχεδόν τριακοσίων δολαρίων. Το πηγούνι της Ρόζι ανασηκώθηκε και τα μάτια της ήταν ατσάλινα.

"Κανείς δεν μας το κάνει αυτό. Στην πόλη μας. Έχω ξεπεράσει το έγκλημα και αυτό είναι η τελευταία σταγόνα που ξεχείλισε το ποτήρι!"

Με ένα μικρό χαμόγελο, η Σαρλότ την αγκάλιασε στα γρήγορα. "Μπράβο σου. Η Έστερ κλαίει, ο Τεντ είναι ταραγμένος, αλλά το αφεντικό μου ξέρει ότι η καλύτερη απάντηση είναι η δύναμη".

"Λοιπόν, σας ευχαριστώ. Είμαι μάλλον ενθουσιασμένη και νομίζω ότι πρέπει να συγκαλέσουμε μια συνάντηση, αλλά πρώτα πρέπει να μάθουμε ποιος άλλος επηρεάζεται. Ο Λούις είναι μια χαρά. Έγινε ληστεία στην μπουτίκ της Έστερ;" "Ευτυχώς, όχι. Πιθανώς επειδή το δέντρο της είναι δύσκολο να το φτάσει κανείς χωρίς να το καταλάβει. Μέχρι στιγμής καμία από τις κλοπές δεν οφείλεται σε διάρρηξη, πράγμα που σημαίνει ότι κάποιος είναι θρασύς. Πρόθυμος να ρισκάρει να τον δει η κάμερα ή κάποιο άλλο άτομο. Αν ρυθμίσω το βίντεο ασφαλείας στον υπολογιστή σου, μπορείς να αρχίσεις να το κοιτάς όσο εγώ θα τρέχω στην πόλη;".

"Φυσικά. Απλά δείξε μου πώς να κάνω παύση, ώστε να μπορώ να φροντίζω και τους πελάτες. Τι θα κάνουμε όμως με τις κάρτες;" σήκωσε μία από αυτές. "Δεν θέλω ο κόσμος να σταματήσει να κάνει δωρεές".

"Ας βάλουμε πίσω τα πλήρη. Μην πεις τίποτα, εκτός αν σσου ζητηθεί. Τουλάχιστον μέχρι ο Τρεβ να μας δώσει κάποια συμβουλή. Θα πρέπει να τον ενημερώσουμε. Ορίστε, θα τα βάλω αυτά πριν έρθουν κι άλλοι αγοραστές και μετά θα σου ετοιμάσω το υλικό".

Μέσα σε λίγα λεπτά η Σαρλότ βγήκε ξανά στο δρόμο. Προχώρησε προς την ίδια πλευρά του δρόμου. Το κομμωτήριο ήταν ανέγγιχτο και είχε μόνο ένα μικρό δεντράκι στον πάγκο, το οποίο έβαλαν αμέσως σε ένα ράφι, μακριά από την εύκολη πρόσβαση.

Η Χάρπριτ ήταν επίσης μια χαρά. "Καλύτερα να μην δοκιμάσεις τίποτα εδώ μέσα!" έλεγξε το δέντρο της. "Θα εκπαιδεύσω μια από τις κάμερες ασφαλείας μου σε αυτό τώρα. Και θα τηλεφωνήσω στο εστιατόριο και θα τους πω να κάνουν το ίδιο".

Καθώς πήγαινε στο κατάστημα παπουτσιών στη γωνία, η Σάρλοτ έστειλε ένα μήνυμα στη Ζόι. Η απάντηση ήταν σχεδόν άμεση. "Ας δοκιμάσουν!" Η Ζόι ολοκλήρωσε την απάντησή της με πολλά άγρια emojis και η Σάρλοτ χαμογέλασε. Δεν είναι να απορεί κανείς που η αδελφή της τα πήγαινε καλά με τη Ρόζι. Δυνατές γυναίκες.

Το κατάστημα παπουτσιών ήταν ανέγγιχτο. Ο Μάικ, ο ιδιοκτήτης, έγινε έξαλλος και είπε στη Σάρλοτ ότι μάλλον θα αποσυρθεί από την προωθητική ενέργεια παρά να προσελκύσει έναν κλέφτη στο κατάστημά του.

"Σας παρακαλώ, σας παρακαλώ να μην πάρετε αυτή την απόφαση μέχρι να το ερευνήσει ο Τρεβ. Παίρνει δακτυλικά αποτυπώματα τώρα και έχουμε να δούμε το υλικό από το βίντεο, οπότε αυτό θα πρέπει να τελειώσει σύντομα".

"Δεν ξέρω, Σάρλοτ. Δεν μου άρεσε πολύ η ιδέα από την αρχή. Πάρα πολλή δουλειά, πέρα από τη λειτουργία του μαγαζιού και των άλλων επιχειρήσεών μου. Θα ήταν πιο εύκολο να τα κατεβάσω όλα τώρα".

Αυτό δεν ήταν δίκαιο. Το πρόγραμμα Δέντρο Δωρεάς δούλευε. Περισσότεροι πελάτες στην πόλη. Τόσοι πολλοί άποροι άνθρωποι θα έχαναν και ήταν δικό της λάθος. Μακάρι να είχε ρυθμίσει τα πράγματα διαφορετικά και να το έκανε πολύ δύσκολο για οποιονδήποτε να σκεφτεί να κλέψει από αθώους εμπόρους.

"Σάρλοτ, είσαι καλά;"

Πήρε μια ανάσα, πιέζοντας τον κόμπο που βρισκόταν στο βάθος του λαιμού της.

"Έχω μια ιδέα για να το διορθώσουμε αυτό. Σε παρακαλώ, μην τα παρατάς ακόμα".

Γύρισε τα μάτια του. "Μην γίνεσαι συναισθηματική. Εντάξει, έχεις διορία μέχρι το τέλος της εβδομάδας".

Μόνο δύο έμποροι παρέμειναν. Η Φάρμα Χριστουγεννιάτικων Δέντρων δεν απαντούσε στο τηλέφωνό της, πράγμα που σήμαινε ότι ήταν απασχολημένη εκεί πάνω. Η Σάρλοτ άφησε ένα μήνυμα. Άνοιξε την πόρτα της γωνιακής καφετέριας, περισσότερο από έτοιμη να παραγγείλει καφέ για να τον πάρει μαζί της.

Στο κατά τα άλλα άδειο καφέ, ο Βίνι καθόταν σε ένα από τα τραπέζια του, με το κεφάλι στα χέρια.

Η Σάρλοτ κοίταξε το δέντρο στον πάγκο... δεν υπήρχε δέντρο. Μόνο οι πινακίδες που είχε φτιάξει ο Βίνι για να δίνει ιδέες στους ανθρώπους για δωρεές και ένας άδειος χώρος. Κάθισε απέναντι και εκείνος σήκωσε το κεφάλι του. Η θλίψη και ένα ίχνος θυμού στοίχειωναν τα συνήθως διασκεδαστικά μάτια του.

"Βίνι;"

"Κάποιος ξεδιάντροπος κλέφτης έκλεψε το δέντρο μου, Τσάρλι. Μέρα μεσημέρι."

"Τι... όλο το δέντρο;"

"Βγήκα από την πίσω πόρτα για να πάρω μια παράδοση από την πίσω πόρτα και όταν επέστρεψα είχε εξαφανιστεί. Όλες οι κάρτες. Εξαφανίστηκαν. Ποιος θα έκανε κάτι τέτοιο;"

"Κάποιος που θέλει να κάνει κακό στην πόλη, νομίζω. Ή τουλάχιστον, να βλάψει κάποιους από εμάς".

"Δεν καταλαβαίνω."

"Το βιβλιοπωλείο, το μαγαζί του Τεντ και το Ιτάλια είναι όλα τα ίδια. Λοιπόν, τα δέντρα τους είναι μια χαρά, αλλά σε όλα έχουν κλαπεί κάρτες. Και όλα όταν είναι ανοιχτά".

Ο Βίνι έσπρωξε την καρέκλα του προς τα πίσω. "Θα φτιάξω καφέ για σένα και τη Ρόζι. Λυπάμαι πολύ που το ακούω αυτό".

Η Σαρλότ τον ακολούθησε στον πάγκο. "Μπορείτε να φτιάξετε άλλα δύο, παρακαλώ; Βλέπω τον Τρεβ και τον Κόμπι να φτάνουν στο βιβλιοπωλείο".

"Ευτυχώς που ξέρω ήδη την προτίμηση του νέου αστυνόμου. Φυσικά και θα το κάνω".

Καθώς έφτιαχνε καφέ, ο Βίνι είπε στη Σάρλοτ ότι θα επισκεπτόταν τη φάρμα χριστουγεννιάτικων δέντρων μόλις έκλεινε το απόγευμα για να αγοράσει άλλο ένα δέντρο. Αυτό το δέντρο θα ήταν αρκετά μεγάλο για να το βάλει στο παράθυρο στη θέση του υπάρχοντος τραπεζιού και των καρεκλών. "Θα ήθελα να δω κάποιον να προσπαθεί να κλέψει ένα μεγάλο δέντρο!"

Όταν η Σάρλοτ έφυγε από το καφέ, ο Βίνι είχε δεσμευτεί να παραμείνει στο πρόγραμμα και να βοηθήσει να παραμείνουν οι άλλοι έμποροι. Όταν επέστρεψε στο βιβλιοπωλείο, ο Κόμπι ήταν απασχολημένος με το ξεσκόνισμα για δακτυλικά αποτυπώματα στο δέντρο, με τη Ρόζι να τον περιτριγυρίζει για να βεβαιωθεί ότι δεν έκανε πολύ μεγάλη ακαταστασία. Ο Τρεβ μιλούσε στο τηλέφωνό του στο πίσω μέρος του καταστήματος.

"Έχω έναν καφέ για όλους", είπε, βάζοντάς τους στη σειρά στον πάγκο. "Ο καθένας έχει τα αρχικά σας στην κορυφή. Και έχω και νέα".

"Ο καφές ακούγεται υπέροχος. Κόμπι, τελείωσες; Πώς σκοπεύεις να βγάλεις αποτυπώματα από ένα ζωντανό δέντρο;" Η Ρόζι δίπλωσε τα χέρια της και τον κοίταξε επίμονα.

"Κυρία Sibbritt, θα εκπλαγείτε από το πόσο έξυπνη είναι η εγκληματολογία στις μέρες μας. Αλλά αν σας ανησυχεί, θα μπορούσα να κόψω τις άκρες…"

"Μην τολμήσεις! Τρέβορ, αυτός ο νεαρός σου θα καταστρέψει το δέντρο μου!"

Ο Τρεβ είχε τελειώσει το τηλεφώνημά του και χαμογέλασε καθώς πλησίαζε στον πάγκο.

Ο Κόμπι σταμάτησε αυτό που έκανε. "Δεν θα το έκανα ποτέ αυτό. Συγγνώμη, αστειευόμουν".

Η Ρόζι του έριξε μια πλάγια ματιά και πήγε πίσω από τον πάγκο.

"Η μαμά μου πιστεύει ότι έχω τρομερή αίσθηση του χιούμορ". συνέχισε ο Κόμπι καθώς μάζευε τα πράγματά του.

"Η μητέρα σου ακούγεται λογική." γκρίνιαξε η Ρόζι.

Χτυπώντας τον Κόμπι στον ώμο καθώς περνούσε, ο Τρεβ βρήκε τον καφέ της Ρόζι και τον πήρε γύρω από τον πάγκο. "Ο αστυνόμος έχει δίκιο για την ιατροδικαστική. Υπήρχαν κάποια αποτυπώματα στο δέντρο και στις υπάρχουσες κάρτες και παρόλο που πιθανότατα προέρχονται από αθώα χέρια, είναι καλύτερο να είμαστε σίγουροι. Τι νέα υπάρχουν, Τσάρλι;"

Ενημέρωσε τους υπόλοιπους για το τρέξιμό της στην πόλη, συνοδευόμενη από ήχους αποτροπιασμού από τη Ρόζι όταν

PHILLIPA NEFRI CLARK

άκουσε για τους εμπόρους από τους οποίους έκλεψαν. "Δεν ξέρω αν ο κλέφτης κλέβει με την ευκαιρία ή αν στοχεύει σε συγκεκριμένα μέρη. Αν μπορέσουμε να το ξεκαθαρίσουμε αυτό, ίσως μπορέσουμε να καταλήξουμε σε έναν κατάλογο υπόπτων".

Ο Τρεβ έβηξε με αυτό, κούνησε το κεφάλι του και έκανε κλικ σε κάποιο από τα βίντεο που είχε σταματήσει η Ρόζι. "Το έχεις δει αυτό, Τσάρλι;"

Η Σαρλότ έσπευσε να δει. "Ω, να πάρει. Το δέντρο δεν είναι πλήρως μέσα στο κάδρο. Μοιάζει με τις άλλες μέρες που η Ρόζι έφυγε για μεσημεριανό και εγώ κατακλύστηκα από πελάτες... Ναι, εκεί είναι ο Τζόνας στο ταμείο".

"Μέχρι να φτάσει ο Τεντ εδώ νωρίτερα, είχατε κάποιο λόγο να ανησυχείτε για αυτό το δέντρο;" Ο Τρεβ έκανε μια χειρονομία. "Σας φάνηκε τίποτα παράξενο ή περίεργο;"

"Τίποτα. Αλλά το Σάββατο είχε πολύ κόσμο και οι περισσότεροι πελάτες ήθελαν να κρεμάσουν τις δικές τους κάρτες δωρεάς. Επιπλέον, ήμουν αφηρημένη λόγω των εγκαινίων της γκαλερί της Ζόι εκείνο το βράδυ. Πρέπει να συλλάβετε τον Τζόνας! Αυτός είναι ξεκάθαρα ο κλέφτης".

Με ένα μικρό χαμόγελο ο Τρεβ πήρε το χέρι της Σαρλότ. "Θα μιλήσω μαζί του, αλλά δεν υπάρχει κανένα ίχνος ότι άγγιξε το δέντρο".

"Ήταν όμως πολύ κοντά σε αυτό και υπάρχει τουλάχιστον η μισή εικόνα που δεν δείχνει η κάμερα. Και ήταν στου Τεντ χθες το βράδυ!" Η Σάρλοτ γύρισε και κοίταξε τον Κόμπι, ο οποίος μόλις είχε πιει λίγο καφέ. "Γιατί του μιλούσες;"

"Τσάρλι, αρκετά. Ο Κόμπι έκανε αυτό που νόμιζα και κερνούσε τον εαυτό του δείπνο. Ο Τζόνας έπιασε κουβέντα".

"Νόμιζα ότι ήταν ένας παράξενος τύπος ανθρώπου, αν αυτό βοηθάει;" Ο Κόμπι προσφέρθηκε. "Αγνόησε μερικούς ανθρώπους που τον χαιρέτησαν, αλλά ήθελε να με καλωσορίσει στην πόλη και είπε ότι η πόρτα του είναι πάντα ανοιχτή αν χρειαστώ βοήθεια για να εγκατασταθώ. Α, και όταν έφυγα, βγήκε έξω και μου έδωσε την επαγγελματική του κάρτα".

Ωραία. Δεν υπήρξε συνωμοσία.

96

"Συγγνώμη, δεν ήθελα να ακουστώ σαν να σε ανακρίνω, Κόμπι. Ο Τζόνας Καρμάικλ με εκνευρίζει και καταφέρνει πάντα να ξεφεύγει από τους μπελάδες".

Με ένα φιλί στο μάγουλο της Σάρλοτ, ο Τρεβ άφησε το χέρι της, έσφιξε τον ώμο της Ρόζι και πήρε τον καφέ του. "Ευχαριστώ γι' αυτά. Θα πάρουμε τα αποτυπώματα και θα πάμε να μιλήσουμε με τον Βίνι και τον Τεντ. Και τον Τζόνας".

Αφού έφυγαν ο Τρεβ και ο Κόμπι, η Σάρλοτ κάθισε δίπλα στη Ρόζι, η οποία την κοίταξε μπερδεμένη. "Ποιος στο καλό θα κερδίσει από την κλοπή αυτών των καρτών; Μήπως νόμιζαν ότι δεν θα το προσέξουμε όλοι και ότι θα μπορούσαν να τις εξαργυρώσουν στο μέλλον;"

"Ίσως. Ή μπορεί να είναι κάποιος που δεν του αρέσει το σχέδιό μας". Η Σαρλότ έριξε μια ματιά στην εικόνα του Τζόνας που είχε παγώσει. "Ξέρουμε ήδη ότι δεν του αρέσει. Και είναι ενοχλημένος που έχουμε αντιρρήσεις για την ανάπτυξη της πολυκατοικίας".

"Αυτό ξεφεύγει από τον έλεγχο."

"Συμφωνώ. Πάω να τακτοποιήσω το δέντρο. Έχω κάποιο λαμπερό σπρέι που θα συγκαλύψει τη σκόνη δακτυλικών αποτυπωμάτων και μετά ίσως τηλεφωνήσουμε να παραγγείλουμε να μας φέρουν το γεύμα". Η Σάρλοτ έκλεισε το βίντεο στον υπολογιστή. "Εκτός κι αν έχεις σχέδια με τον Λιούις, θα αισθανόμουν λίγο καλύτερα αν παρακολουθούσαμε και οι δύο σαν γεράκια το μαγαζί σήμερα".

———

"Είσαιε σίγουρος ότι μπορείς να ανεβάσεις αυτές τις εκτυπώσεις μόνος σου;" Ο Τρεβ και ο Κόμπι επέστρεψαν στο περιπολικό μετά την τέταρτη στάση της ημέρας. "Θα ήθελα να τρέξω μέχρι τη φάρμα με τα χριστουγεννιάτικα δέντρα και να τους ελέγξω".

"Κανένα πρόβλημα. Ήμουν πρώτος σε κάθε τάξη εγκληματολογίας στην Ακαδημία".

PHILLIPA NEFRI CLARK

"Εκεί βλέπεις τον εαυτό σου στο μέλλον;" Ο Τρεβ οδήγησε προς το αστυνομικό τμήμα.

"Δεν είμαι σίγουρος. Αλλά μου αρέσει η ερευνητική πλευρά της αστυνόμευσης. Η σημερινή μέρα είναι ενδιαφέρουσα".

Αφού άφησε τον Κόμπι, ο Τρεβ έστριψε στο δρόμο έξω από την πόλη. Ο νεαρός αστυνόμος ήταν διαφορετικός σήμερα. Ήξερε να χειρίζεται ένα σετ δακτυλικών αποτυπωμάτων και κρατούσε την ακαταστασία στο ελάχιστο. Εκτός από το πείραγμα της Ρόζι, είχε κάνει καλή εντύπωση όπου κι αν είχαν πάει. Το οποίο ήταν τέσσερα μέρη παραπάνω.

Έπρεπε να αναγνωρίσει στη Σάρλοτ το ένστικτό της. Χθες το βράδυ είχε συνδέσει μερικά πράγματα -μια χαμένη αφίσα και καμία κάρτα στο δέντρο στο μαγαζί του Τεντ- και είχε διαπιστώσει ότι κάτι δεν πήγαινε καλά. Μπορεί να σκεφτόταν το μέλλον της στην ιατρική, αλλά όπως της είχε πει περισσότερες από μία φορές στο παρελθόν, οι μοναδικές δεξιότητές της θα ήταν ευπρόσδεκτες στην επιβολή του νόμου. Λίγοι άνθρωποι ήταν τόσο προικισμένοι με διορατικότητα και την ικανότητα να συνδέουν καταστάσεις μεταξύ τους και να βρίσκουν μια απάντηση.

Ο δρόμος προς τη Φάρμα Χριστουγεννιάτικων Δέντρων ήταν πολυσύχναστος και ο Τρεβ σταμάτησε όταν ένα μικρό φορτηγό φορτωμένο με πεύκα, που οδηγούσε ένας από τους εργάτες του Ντάρσι για τα Χριστούγεννα, πέρασε από μπροστά του. Το να βλέπεις την οικογένεια Φόρεστ να ευημερεί ήταν ικανοποιητικό μετά το κακό ξεκίνημα της ζωής τους εδώ.

Μια κίνηση μέσα από τα δέντρα στα αριστερά του τράβηξε την προσοχή του Τρεβ. Βρισκόταν έξω από την παλιά ιδιοκτησία της ΓκλένιςΗ πινακίδα "Πωλείται" είχε εξαφανιστεί και είχε αντικατασταθεί από μια συμβουλευτική επιτροπή σχεδιασμού. Σκαρφάλωσε έξω και διάβασε τις πληροφορίες. Ο νέος ιδιοκτήτης ήθελε να υποδιαιρέσει τη γη, να αφαιρέσει το υπάρχον σπίτι και τα παραπήγματα και να προετοιμάσει την περιοχή για ένα οικιστικό συγκρότημα. Το όνομα στην πινακίδα

98

δεν του ήταν οικείο και έτσι τράβηξε μερικές φωτογραφίες για να τις κοιτάξει αργότερα. Αυτή η γη προοριζόταν κάποτε για μια αθλητική εγκατάσταση, η οποία όμως χάλασε.

Το βουητό των αλυσοπρίονων αντηχούσε στον κακοτράχαλο δρόμο από το εξοχικό σπίτι που ήταν θαμμένο κάπου πίσω από τους αχτένιστους θάμνους. Δεν ήταν κοντά στο σπίτι του Ντάρσι, άρα κάποιος είχε αρχίσει να καθαρίζει τη γη, πιθανόν χωρίς τις κατάλληλες άδειες. Με σταυρωμένα τα χέρια, κοίταξε την πινακίδα. Είχε πάρα πολλά να κάνει αυτή τη στιγμή για να ανησυχεί γι' αυτό. Ίσως αρκούσε ένα τηλεφώνημα στο συμβούλιο.

Ο δρόμος ήταν και πάλι ελεύθερος, ο Τρεβ επέστρεψε στο περιπολικό και οδήγησε στο πάρκινγκ της φάρμας χριστουγεννιάτικων δέντρων. Ήταν γεμάτο με αυτοκίνητα, ρυμουλκούμενα και φορτηγά, με ανθρώπους να επιλέγουν δέντρα και άλλους να δένουν τις αγορές τους στα οχήματα.

Το τρίπλευρο υπόστεγο πωλήσεων έσφυζε από δραστηριότητα και ο ίδιος έμεινε πίσω, παρακολουθώντας τους πελάτες να επιλέγουν στολίδια και πούλιες για να τις προσθέσουν στα δέντρα τους. Ο Λάτσι έτρεχε πέρα δώθε με τα κουπόνια των πωλήσεων στη μητέρα του, η οποία είχε μια άλλη γυναίκα που βοηθούσε πίσω από τον μακρύ πάγκο. Αντί να ενοχλήσει την Άμπι, ο Τρεβ απομακρύνθηκε για να βρει την Ντάρσι.

Στο τέλος ενός στενού μονοπατιού, ο Ντάρσι πλησίασε σέρνοντας ένα πεύκο στο πέρασμά του. Όταν είδε τον Τρεβ, άφησε την άκρη του δέντρου με ένα χαμόγελο. "Τρεβ. Τι σε φέρνει εδώ;"

"Χρειάζεσαι βοήθεια;"

"Μπα. Ευχαρίστως να περιμένω ένα λεπτό. Είχα τρελή δουλειά τις τελευταίες μέρες και το φορτηγό μπαινοβγαίνει για παραδόσεις κάθε δύο ώρες". Πήρε ένα μπουκάλι νερό από την τσέπη του και ήπιε. Το φακιδωτό πρόσωπό του ήταν πιο κόκκινο από το συνηθισμένο από την προσπάθεια, αλλά υπήρχε μια αυτοπεποίθηση πάνω του που χαροποίησε τον Τρεβ να βλέπει. Κρίμα για τα νέα που έπρεπε να μοιραστεί.

Μέχρι να τελειώσει την ομιλία του ο Τρεβ, η έκφραση του Ντάρσι είχε μετατραπεί σε δυσπιστία... και στη συνέχεια σε αηδία. "Πολύ μακριά, φίλε. Το Κινγκφίσερ Φολς δεν μπορεί να ξεφύγει από αυτό το έγκλημα. Απ' όσο ξέρω, κανείς δεν έχει επιχειρήσει τίποτα εδώ πάνω. Κλειδώνουμε τα πάντα τη νύχτα. Υπάρχουν κυλινδρικές πόρτες στο υπόστεγο και μόλις αυτές κατέβουν και βάλουν μπουλόνια, δεν βλέπω πώς θα μπορούσε να μπει κάποιος".

"Το πρόβλημα είναι ότι πιστεύουμε ότι οι κλοπές γίνονται κατά τη διάρκεια των ωρών λειτουργίας. Ο Vinnie έκανε μια παράδοση στο πίσω μέρος του καταστήματος όταν του έκλεψαν το δέντρο. Ξέρω ότι είναι αρκετά μικρό για να το κουβαλήσει κανείς, αλλά και πάλι... Αυτό απαιτεί ατσάλινα νεύρα".

"Εκτός κι αν ο κλέφτης παίρνει μια δόση αδρεναλίνης".

Ο Ντάρσι είχε δίκιο. Η κλοπή από καταστήματα γινόταν συχνά από άτομα που αναζητούσαν συγκινήσεις.

"Μπορεί να πάω να ελέγξω." Η Ντάρσι έπιασε τη βάση του δέντρου και αυτή τη φορά ο Τρεβ βοήθησε. Το άφησαν σε ένα ξέφωτο όπου περίμεναν πολλά άλλα δέντρα. "Έχω δύο παιδιά που βοηθάνε φέτος. Είναι πάρα πολλά για μένα μόνος μου, το οποίο είναι απίστευτο".

"Αν χρειάζεσαι άλλα χέρια, ο Χένρι χρειάζεται δουλειά".

"Λοιπόν, είναι ευπρόσδεκτος να επικοινωνήσει μαζί μας. Ευχαρίστως να του δώσω κάποια δουλειά, αν είναι πρόθυμος να λερώσει τα χέρια του".

Μέσα στο υπόστεγο, η Ντάρσι έλεγξε το Δέντρο των Δώρων. "Μου φαίνεται μια χαρά. Ενθαρρύνουμε τους πελάτες να κρεμάσουν τη δωροκάρτα δωρεάς τους, αλλά αναρωτιέμαι αν θα μπορούσαμε να το αλλάξουμε αυτό. Η προώθησή μας τελειώνει αυτό το Σαββατοκύριακο για να μπορέσουμε να βγάλουμε εγκαίρως τις κάρτες για όσους χρειάζονται δέντρο ή οτιδήποτε άλλο. Ο πάστορας και η κυρία Στίβενς έχουν μια λίστα με τους ενορίτες τους που διαφορετικά θα μπορούσαν να μείνουν χωρίς και ζητάμε από τους ανθρώπους να υποδείξουν και έναν γείτονα ή φίλο".

"Ακούγεται σαν να έχετε τα πράγματα σε καλή κατάσταση".

"Η Abbie είναι ο εγκέφαλος πίσω από όλα αυτά. Έχω δέος για το πόσα πολλά σκέφτεται και υλοποιεί". Χαμογέλασε στην Άμπι, η οποία έριξε μια ματιά απέναντι και χαμογέλασε. "Άφησέ το σε μένα, Τρεβ. Θα κανονίσω κάτι για την προστασία του έργου και θα βεβαιωθώ ότι όλοι εδώ μέσα καταλαβαίνουν τι πρέπει να κάνουν αν δουν κάτι περίεργο".

Επιστρέφοντας στο περιπολικό, ο Τρεβ έλαβε ένα μήνυμα από τον Κόμπι. Το διάβασε δύο φορές πριν βάλει μπροστά τη μηχανή.

Ο κ. Καρμάικλ επιμένει να περιμένει την επιστροφή σας. Έβαλα μια καρέκλα στην είσοδο. Ελπίζω να είναι εντάξει. Δεν μου άρεσε η ιδέα να κάθεται στο γραφείο σας, εκεί που ήθελε να είναι.

Ικανοποιημένος από την απόφαση του Κόμπι, έστειλε μήνυμα ότι ήταν καθ' οδόν. Το απόγευμα επρόκειτο να γίνει ενδιαφέρον.

ΚΕΦΑΛΑΙΟ 11

"ΚΑΙΡΌΣ ΉΤΑΝ ΝΑ ΈΡΘΕΙΣ ΕΔΏ. ΠΛΗΡΏΝΩ ΦΌΡΟΥΣ ΓΙΑ ΝΑ ΕΡΓΆΖΕΣΑΙ, ΝΑ ΤΟ ΘΥΜΆΣΑΙ, ΣΊΜΠΡΙΤ". Ο Τρεβ σήκωσε τα φρύδια του, αλλά προτίμησε να αγνοήσει το δόλωμα του Τζόνας. "Περάστε." Κράτησε την πόρτα ανάμεσα στον μικροσκοπικό χώρο εισόδου και τον σταθμό ανοιχτή. "Κάθισε στο γραφείο μου και έρχομαι αμέσως". Ο Τρεβ έκανε μια χειρονομία προς το γραφείο του και συνέχισε.

Ο Κόμπι αιωρήθηκε πάνω από την καφετιέρα με ερωτηματικό βλέμμα. Η νέα καφετιέρα ήταν το πιο δημοφιλές μέρος του σταθμού. Ο Τρεβ χαμήλωσε τη φωνή του. "Πήγαινε πίσω στο γραφείο σου και κάνε λίγη δουλειά, αλλά άκουσε. Θα ήθελα την άποψή σου για τη συζήτηση αργότερα".

Με ένα νεύμα, ο Κόμπι επέστρεψε στο γραφείο του και έκανε τον εαυτό του να φαίνεται απασχολημένος.

"Καφέ, Τζόνας;" Ο Τρεβ προσφέρθηκε.

"Έχω ήδη περιμένει μισή ώρα, οπότε όχι. Είμαι εδώ για να συζητήσω ορισμένες φήμες για μένα, οι οποίες είναι πιθανό να αποτελέσουν μέρος μιας υπόθεσης δυσφήμισης".

Για να ενοχλήσει τον Jonas, ο Τρεβ έφτιαξε καφέ, έχοντας το μισό μάτι στο γραφείο του. Ο Τζόνας προφανώς δεν αντιλαμβανόταν τον έλεγχό του, σκύβοντας τον λαιμό του σε μια προσπάθεια να διαβάσει μια αναφορά που ήταν ανοιχτή στο πλάι του Τρεβ.

"Λοιπόν, πώς μπορώ να σε βοηθήσω, Τζόνας;" Ο Τρεβ έκλεισε τον φάκελο και κάθισε. "Οι φήμες δεν είναι γενικά θέμα της αστυνομίας".

"Πες το αυτό στη φίλη σου και... στους άλλους".

Ο Τρεβ ήπιε τον καφέ του.

"Λένε σε όλους ότι είμαι υπεύθυνος για την κλοπή πραγμάτων από τα χριστουγεννιάτικα δέντρα. Πόσο γελοίο".

"Όλοι; Μπορείτε να δώσετε ονόματα;"

"Δεν είναι η δουλειά μου."

"Είναι, αν σκοπεύετε να κάνετε κατηγορίες. Ενημέρωσέ με για το τι συνέβη". Ο Τρεβ άνοιξε ένα σημειωματάριο και διάλεξε ένα στυλό.

"Θα προτιμούσα να μιλήσω με τον αστυνόμο".

Το κεφάλι του Κόμπι σηκώθηκε και τα μάτια του πήγαν στου Τρεβ.

"Γιατί αυτό;"

"Δεν μπορείς να περιμένεις μια δίκαιη έρευνα από ένα μέλος της οικογένειας".

"Έχεις κολλήσει μαζί μου. Ο αστυνόμος Μάστερσον δεν κάνει συνεντεύξεις σήμερα, οπότε ας το κάνουμε".

Ο Τζόνας στένεψε τα μάτια του. Κάτι έλεγε στον Τρεβ ότι το περίμενε και ότι το έκανε για χάρη του.

"Ας το θέσουμε αλλιώς, η φίλη σου είπε σε έναν καταστηματάρχη ότι ξέρει ότι κλέβω τις ηλίθιες κάρτες που έφτιαξε. Και όλα αυτά επειδή με είχε δει στο μαγαζί του. Λοιπόν, υπήρχαν και άλλοι άνθρωποι που μπαινόβγαιναν στο μαγαζί του όλη την ώρα, συμπεριλαμβανομένου του αστυνόμου σας. Ένας από αυτούς είναι το πρόσωπο που πρέπει να ερευνήσετε".

"Και ποιος μπορεί να είναι αυτός;"

"Ο Χένρι. Αν δεν το έχετε προσέξει, τριγυρνάει στην πόλη και θα άξιζε να τον επισκεφτείτε. Να δεις τι έχει κρυμμένο". Με ένα βλέμμα θριάμβου, ο Τζόνας κάθισε πίσω.

103

"Σωστά, ο Χένρι. Καμία πραγματική απόδειξη;"

"Δουλειά σου να βρεις."

"Τίποτα άλλο;" Ο Τρεβ είχε αρκετά να κάνει χωρίς να ακούει αυτές τις ανοησίες. "Δεν μου είπες τίποτα που να μπορώ να κάνω πράξη".

"Το ήξερα. Πάντα προστατεύεις την οικογένειά σου και τους αδύναμους".

"Προστατεύουμε ολόκληρη την κοινότητα, Jonas. Το οποίο με οδηγεί στο να ρωτήσω για δύο περιπτώσεις που μπήκατε στο βιβλιοπωλείο χωρίς να σκοπεύετε να ψωνίσετε. Η πρώτη ήταν νωρίτερα αυτό το μήνα, όταν πετάξατε την περιουσία του βιβλιοπωλείου στο πάτωμα. Γιατί;"

"Γελοίο! Απόδειξέ το."

"Το βίντεο το απέδειξε."

Ο λαιμός και το πρόσωπο του Τζόνας κοκκίνισαν. "Ήταν ατύχημα".

"Και το περασμένο Σάββατο αφήσατε έναν φάκελο πίσω από τον πάγκο. Ποιος ήταν ο σκοπός αυτής της επίσκεψης;"

"Δουλειές του Συμβουλίου! Δεν έχει να κάνει με σένα".

"Έχει σταλεί καταγγελία στο συμβούλιο σχετικά με τη συμπεριφορά σας στην πρώτη περίπτωση, καθώς και για την προσπάθειά σας να εκφοβίσετε τη Σάρλοτ σχετικά με την αίτηση για το townhouse."

"Ο λόγος της εναντίον του δικού μου."

Ο Τρεβ σηκώθηκε. "Θα περάσω να ρωτήσω τον Τεντ για την κατηγορία σου. Μάθε τι του είπε η Σάρλοτ".

"Όχι!"

Ενδιαφέρουσα απάντηση.

Ο Τζόνας ανοιγόκλεισε τα μάτια του μερικές φορές. "Θέλω να πω, δεν χρειάζεται να σπαταλάμε τον πολύτιμο χρόνο του. Αφήστε τον να ασχοληθεί με το πώς θα διαχειριστεί την απώλεια που υπέστη".

"Η απώλεια;"

"Σοβαρά, αξιωματικέ. Τα χαρτιά του Τεντ. Πληρώθηκαν από αθώους πελάτες και τώρα βρίσκονται στα χέρια ενός εγκληματία. Δεν υπάρχει τρόπος να τις εντοπίσουμε. Μου ακούγεται σαν απώλεια".

"Νομίζω ότι πρέπει να ασχοληθώ με τις ανησυχίες σας".

Σπρώχνοντας το κάθισμά του προς τα πίσω, ο Τζόνας σηκώθηκε και κούμπωσε το σακάκι του. "Ήξερα ότι το να έρθω εδώ ήταν χάσιμο χρόνου".

"Κι όμως περίμενες."

"Σημειώστε τα λόγια μου. Ο Χένρι δεν έχει τίποτα καλό στο μυαλό του. Ποτέ δεν ήταν. Αλλά πρέπει να βάλεις λουρί στη Σάρλοτ. Ζημιώνει την πόλη με την άρνησή της να δεχτεί την πρόοδο και ως δήμαρχος δεν θα επιτρέψω να υποφέρει το Κινγκφίσερ Φολς".

"Μπορείς να δεις τον εαυτό σου να βγαίνει έξω;" Με τα χέρια σταυρωμένα και τα πόδια ανοιχτά, ο Τρεβ γνώριζε πολύ καλά ότι υπερέβαινε τον Τζόνας και για πρώτη φορά δεν τον ένοιαζε αν η στάση του εκλαμβανόταν ως απειλητική. Η υπομονή του βρισκόταν μια ακόμη άσχημη δήλωση μακριά από το να σπάσει. Ακόμα και μια ακόμα λέξη για τη Σάρλοτ μπορεί να ήταν αρκετή.

Ο Τζόνας βγήκε έξω, εξασφαλίζοντας ότι όλοι γνώριζαν τη δυσαρέσκειά του χτυπώντας την μπροστινή πόρτα.

"Είναι ο δήμαρχος;" Ο Κόμπι κάθισε στην απέναντι θέση, καθώς ο Τρεβ βυθίστηκε στη δική του.

"Με μπερδεύει κάθε μέρα."

"Θέλεις ακόμα την άποψή μου;"

Χαμογελώντας με τον ενθουσιασμό του Κόμπι, ο Τρεβ του έκανε νόημα να προχωρήσει.

"Όλη η επίσκεψη αφορούσε τον Χένρι. Θέλει να του φορτώσει τις κλοπές".

"Καλή παρατήρηση. Καμιά ιδέα γιατί;"

"Μήπως έχει κάποιο προσωπικό θέμα με τον Χένρι;" ρώτησε ο Κόμπι.

"Ίσως. Στην προηγούμενη εργασία του, ο Χένρι κρυφάκουσε μια σειρά από συνομιλίες μεταξύ μιας ομάδας ανθρώπων, μεταξύ των οποίων και ο Τζόνας. Το περιεχόμενο ήταν αρκετό για να οδηγήσει σε έρευνα και στη συνέχεια σε κατηγορίες εναντίον δύο συνεργατών του Τζόνας".

"Εκδίκηση, τότε."

"Ή ο Χένρι είναι εύκολος στόχος και ο Τζόνας δημιουργεί προβλήματα για να αποπροσανατολίσει από τις ύπουλες προσπάθειές του να πάρει έγκριση για την ανάπτυξη της πολυκατοικίας. Ένα πράγμα που τον έχω δει να κάνει καλά είναι να στέλνει τους ανθρώπους σε λάθος δρόμο για δικό του όφελος".

"Πιστεύεις ότι η Σάρλοτ είπε αυτά τα πράγματα;"

"Όχι. Μου είπε ήδη ότι ρώτησε τον Τεντ αν είχε δει εσένα και τον Τζόνας στο μαγαζί και εκείνος είπε ότι ήταν πολύ απασχολημένος με το μαγείρεμα εκείνο το βράδυ για να το προσέξει. Δεν πήγε παραπέρα". Αλλά κάτι δεν της πήγαινε καλά. "Μπορείς να ελέγξεις τις σημειώσεις που κράτησες όταν μιλήσαμε με τον Τεντ;"

Ο Κόμπι μάζεψε το σημειωματάριό του και ξεφύλλισε τις σελίδες του καθώς γύριζε πίσω. "Εντάξει, το βρήκα. Ποιο μέρος;"

"Δες αν αναφέρει τη Σάρλοτ. Ή τον Τζόνας για το θέμα αυτό".

Για ένα ή δύο λεπτά ο Κόμπι σάρωσε τις σελίδες, γυρίζοντάς τες μερικές φορές πίσω. "Λέει: "Η Σάρλοτ με ρώτησε αν πρόσεξα τον νέο αστυνόμο στο μαγαζί χθες το βράδυ και της είπα ότι μαγείρευα τον περισσότερο καιρό. Επίσης είχα δει τον Τζόνας να μιλάει με τον αστυφύλακα. Είπα όχι, αλλά ο Τζόνας έρχεται συνέχεια". Καμία άλλη αναφορά. Θέλετε να πάω να τον ρωτήσω λίγο παραπάνω;".

"Αφήστε το προς το παρόν. Έχεις τίποτα για τα δακτυλικά αποτυπώματα;"

"Καλύτερα να το ελέγξεις."

Καθώς ο Κόμπι το έκανε αυτό, ο Τρεβ διάβασε τα μηνύματά του. Ένα από τον Τσάρλι ενίσχυσε την ανησυχία του.

Έλεγξα περισσότερα πλάνα. Οι άνθρωποι στο κατάστημα την ώρα της κλοπής περιλαμβάνουν τυχαίους πελάτες, τον Τζόνας (#1 ύποπτος!), τον Χένρι που έφερε την εφημερίδα, και τη Μαργκερίτ, που έκανε μια δωρεά!

Η Μαργκερίτ Μπράουν είχε αλλάξει πολύ τους τελευταίους μήνες από τότε που συνέβαλε στη σύλληψη του συζύγου της, Σιντ. Είχε πέσει με τα μούτρα στη φιλανθρωπική εργασία με την τοπική εκκλησία και η Ρόζι είχε πει ότι ήταν σαν μια νέα γυναίκα χωρίς τον διεφθαρμένο σύζυγό της. Είχε μετακομίσει από το ακίνητο που νοίκιαζαν κοντά στη φάρμα χριστουγεννιάτικων δέντρων πίσω στην πόλη.

Και ο Χένρι; Αν ήταν στο βιβλιοπωλείο, τότε μια κουβέντα ήταν αναπόφευκτη. Κρίμα να τον κάνει να νιώσει ότι είναι ύποπτος, ενώ το μόνο που έκανε ήταν να παραδίδει την εφημερίδα.

"Αφεντικό; Έχω μερικά σπίρτα στα αποτυπώματα".

Το κεφάλι του Τρεβ σηκώθηκε.

"Ο Τζόνας Καρμάικλ είναι ένας από αυτούς. Και ο Χένρι είναι ένας άλλος."

"Από ποια παρτίδα;"

"Βιβλιοπωλείο. Και τα δύο από το βιβλιοπωλείο".

———

"Δεν είδα καν τη Μαργαρίτα εκείνη τη μέρα", είπε η Σαρλότ.

"Τι αγόρασε;"

"Τίποτα, αγάπη μου. Μόνο δωροκάρτες για δωρεά". Η Ρόζι έβαλε τις τελευταίες πινελιές σε μια πανέμορφη βιτρίνα με χριστουγεννιάτικα βιβλία μαγειρικής σε ένα χαμηλό τραπέζι. "Χρειαζόμαστε μερικά χριστουγεννιάτικα φαγητά για να τα προσθέσουμε εδώ".

Η Σαρλότ την ακολούθησε. "Τι λαμπρή ιδέα! Πρέπει να φτιάξουμε κάτι από ένα βιβλίο και έτσι οι πελάτες θα δελεαστούν να αγοράσουν. Μόνο που είμαι απαίσια στη ζαχαροπλαστική".

"Αλλά είμαι μισή αξιοπρεπής. Και μου άρεσε η όψη μερικών μπισκότων σ' αυτό", η Ρόζι πήρε ένα αντίγραφο. "Τα οποία μπορούν να έρθουν να ζήσουν μαζί μου. Μπορεί να δω τι υλικά χρειάζομαι και να φτιάξω μια λίστα με τα ψώνια για το δρόμο προς το σπίτι".

"Λοιπόν, επιστρέφοντας στη Μαργαρίτα..."

"Πλήρωσε για δύο δωροκάρτες. Κάθε μία για πενήντα δολάρια και ζήτησε η μία να είναι για κάποιον κάτω των δέκα ετών και η άλλη για κάποιον άνω των εβδομήντα ετών. Αρκετά γλυκό, στην πραγματικότητα".

"Για κάποιον που συμμετείχε στην απαγωγή της αδελφής μου". Για πρώτη φορά, η Σαρλότ είπε δυνατά αυτό που σκεφτόταν τόσο καιρό. "Ήξερε ότι ο Σιντ και η Άλισον είχαν πει ψέματα στη Ζόι για να την οδηγήσουν στο εξοχικό και μετά την είχαν δέσει. Έδεσαν την όμορφη αδελφή μου!" Ένας λυγμός ξέφυγε και η Σάρλοτ πήρε μια μεγάλη ανάσα.

Τα χέρια της Ρόζι ήταν στο μπράτσο της. "Το ξέρω. Το ξέρω, αγαπημένο μου κορίτσι. Η καημένη η Ζόι πέρασε τόσα πολλά στα χέρια της Άλισον και του Σιντ, αλλά η Μαργαρίτα ήρθε μπροστά. Αν δεν το είχε κάνει, ο Τρεβ ίσως να μην σας είχε βρει και τις δύο εγκαίρως. Αυτό μετράει για κάτι;"

"Δεν ξέρω. Είμαι βαθιά θυμωμένη, Ρόζι. Μόλις το κατάλαβα αυτό". Το γέλιο της ήταν μισόκαρδο. "Μεταξύ αυτού και όλου αυτού του φρικτού χάους με τα χαρτιά... Καιρός να δω τον ψυχολόγο μου γι' αυτό, νομίζω".

"Λοιπόν, νομίζω ότι είναι ώρα να κλείσουμε και μπορώ να το κάνω αυτό, οπότε πήγαινε να ελέγξεις τη Ζόι".

"Είσαι σίγουρη; Θέλω ξαφνικά να τη δω". Η καρδιά της Σάρλοτ χτύπησε δυνατά και λαχτάρησε να σφίξει τη Ζόι. Τέτοια ώρα της ημέρας θα ήταν ακόμα στη γκαλερί.

"Πήγαινε. Θα κλειδώσω πρώτα και μετά θα πάρω λίγα λεπτά για να φτιάξω μια λίστα με τα ψώνια, οπότε εσύ φύγε. Αλλά ενημερώστε με μόλις γυρίσετε και οι δύο σπίτι, σας παρακαλώ".

Η Σαρλότ την αγκάλιασε. "Ναι, μαμά".

"Καλό κορίτσι." Η Ρόζι τη φίλησε στο μάγουλο. "Να

περάσετε καλά οι δυο σας και θα σας δω το πρωί. Νέα μέρα και τα πράγματα θα είναι καλύτερα. Θα δεις."

Λίγα λεπτά αργότερα, η Σαρλότ κατευθύνθηκε προς τη γκαλερί. Ο αργά το απόγευμα ήλιος ήταν ζεστός και τα σύννεφα μαζεύονταν στο βάθος. Ο Δεκέμβριος ήταν ξηρός και η βροχή θα ήταν ευπρόσδεκτη από τους ντόπιους. Οι άνθρωποι ήταν έξω και απολάμβαναν τον καιρό. Οικογένειες, ζευγάρια. Η Σάρλοτ χαιρέτησε όσους γνώριζε. Μια μέρα, θα γινόταν κι εκείνη μια από αυτούς. *Είσαι ήδη.*

Αυτή και ο Τρεβ δεν είχαν πολύ χρόνο αυτή τη στιγμή για να περιπλανιούνται χέρι-χέρι, εκτός αν πήγαιναν ή έρχονταν από το σπίτι της Ρόζι ή του Λου, αλλά μια μέρα... θα έκαναν παιδιά; Η Σάρλοτ δεν ήταν από εκείνες που σκέφτονταν τα ρολόγια και τις βιασύνες, αλλά η πραγματικότητα ήταν ότι αν δεν το έπαιρνε στα σοβαρά, η ευκαιρία θα περνούσε.

Η ίδια της η οικογένεια. Η Ρόζι και ο Λούις ως πεθεροί. Η Ζόι ως μεγάλη αδελφή. Ο Τρεβ, ο σύζυγός της. Και ένα παιδί. Ή δύο. Από τότε που ανακάλυψε ότι ήταν υιοθετημένη, τα κάγκελα της φυλακής που είχε στήσει γύρω της είχαν σταδιακά πέσει. Τα περισσότερα από αυτά. Η ελευθερία από τον κίνδυνο της γενετικής ασθένειας που είχε η Αντζέλικα ήταν τεράστια. Όχι ότι θα μάθαινε ποτέ αν οι πραγματικοί της γονείς είχαν προβλήματα υγείας... εκτός αν τους αναζητούσε. Κι αν...

Σταμάτησε και κάποιος παραλίγο να πέσει πάνω της.

Ο Χένρι.

"Λυπάμαι πολύ, Χένρι".

"Εγώ φταίω. Δεν πρόσεχα πού περπατούσα". Ο Χένρι κοίταξε αλλού.

Ήταν λιπόσαρκος. Υπήρχαν γραμμές στο πρόσωπό του που δεν είχε προσέξει ποτέ. Παρόλο που είχε περάσει τα πενήντα, ο Χένρι έμοιαζε πάντα πολύ νεότερος. Πριν η ζωή του καταρρεύσει, χαμογελούσε πολύ και φρόντιζε τον εαυτό του.

"Πώς είσαι; Μου έλειψες τις προάλλες όταν έφερες την

εφημερίδα... παίρνεις λίγες ώρες δουλειά για να τις παραδίδεις;"

"Μάλλον. Όχι αρκετά για να πληρώσω τους λογαριασμούς." Σήκωσε το κεφάλι του. "Είχα κάποιες οικονομίες και τις χρησιμοποιώ προς το παρόν".

"Είμαι σίγουρη ότι θα βρεθεί μια δουλειά".

"Ναι. Όχι. Αμφιβάλλω αν κάποιος με θέλει εδώ στην πόλη, πόσο μάλλον να δουλεύω γι' αυτόν".

"Υπάρχουν πολλοί άνθρωποι που χαίρονται που επέστρεψες, Χένρι. Νομίζω ότι ο Τεντ χρειάζεται προσωπικό. Ανέφερε ότι είχε κάποιες παραιτήσεις".

"Δεν το ήξερα αυτό."

"Είσαι τόσο καλός με τους πελάτες. Ίσως αξίζει να του μιλήσεις".

Ανασήκωσε τους ώμους, αλλά υπήρχε μια λάμψη ενδιαφέροντος στα μάτια του. Με ένα νεύμα, συνέχισε να προσπερνά τη Σάρλοτ. Η καρδιά της τον πλησίασε. Μήπως δεν είχε οικογένεια ή φίλους που θα τον στήριζαν;

Το τηλέφωνό της χτύπησε ένα μήνυμα. Τρεβ.

Μπορώ να περάσω από το διαμέρισμα σε μια ώρα περίπου; Θα ήθελα να σε ενημερώσω για τα πράγματα. Και να σε δω.

Απάντησε με ένα "ναι" και μια καρδιά αγάπης και έφυγε για να προλάβει τη Ζόι και να επιστρέψει εγκαίρως για την επίσκεψη του Τρεβ. Το μυαλό της επέστρεψε στη σκέψη που την είχε σταματήσει πριν. Η αναζήτηση των βιολογικών της γονέων ήταν μια επιλογή; Κατά κάποιο τρόπο, δεν το είχε σκεφτεί. Η ανακούφιση που ένιωθε ότι δεν ήταν η βιολογική κόρη της Αντζέλικα ήταν αρκετή. Αλλά τι θα γινόταν αν τους έψαχνε; Θα ήθελε καν να το κάνει;

Στη γωνία πριν από τη γκαλερί περίμενε να περάσει ένα αυτοκίνητο. Η γκαλερί ήταν κλειστή, αλλά υπήρχε ένα όχημα στο πάρκινγκ. Ένα οικείο, και καθώς πήγε να βγει από το μονοπάτι, η πόρτα του οδηγού άνοιξε και ο Μπράις βγήκε έξω. Ντυμένος με τζιν παντελόνι και μπλουζάκι, ήταν πιο άνετος από ό,τι θυμόταν η Σάρλοτ να τον βλέπει. Άρα δεν δούλευε.

Αντί να διασχίσει το δρόμο, η Σάρλοτ περίμενε. Ο Μπράις πέρασε το χέρι του από τα μαλλιά του, καθώς πλησίασε στην πόρτα της γκαλερί και χτύπησε το κουδούνι. Μια στιγμή αργότερα, η Ζόι άνοιξε την πόρτα και ακόμα και από μακριά, το χαμόγελό της ήταν ένα καλωσόρισμα. Έκανε ένα βήμα πίσω και ο Μπράις μπήκε μέσα από την πόρτα.

Λοιπόν. Μπορεί να πάω σπίτι.

Η Ζόι ήταν ασφαλής με τον Μπράις. Κανείς δεν θα απήγαγε ξανά την αδελφή της, ούτε θα την κοίταζε στραβά, αν ο Μπράις ήταν κοντά της. Όσο κι αν του άρεσε η σκληρή περσόνα που παρουσίαζε, η Σάρλοτ είχε δει την ευγενική πλευρά του αρκετά για να ξέρει ότι ήταν καλός άνθρωπος.

Λίγο αμήχανη, η Σάρλοτ περιπλανήθηκε προς το διαμέρισμα. Ο κεντρικός δρόμος ήταν τόσο όμορφος με τα χριστουγεννιάτικα στολίδια. Ακόμα και με τον Τζόνας δήμαρχο, οι έμποροι είχαν πείσει το συμβούλιο να στολίσει την πόλη φέτος και αυτό είχε αποδώσει καρπούς, με περισσότερους επισκέπτες στην πόλη απ' ό,τι αναμενόταν μετά τη δύσκολη χρονιά. Αυτό και το σχέδιο του Δέντρου της Δωρεάς.

Αλλά ο Τζόνας ήθελε να αποτύχει και αν οι κλοπές συνεχίζονταν, θα έχαναν οι Κινγκφίσερ Φολς όλα όσα οι έμποροι εργάστηκαν τόσο σκληρά για να τα καταφέρουν;

ΚΕΦΆΛΑΙΟ 12

"Η ΖΌΙ ΔΟΥΛΕΎΕΙ ΜΈΧΡΙ ΑΡΓΆ;" Ο ΤΡΕΒ ΜΕΤΈΦΕΡΕ ΈΝΑ ανοιγμένο μπουκάλι κρασί και δύο ποτήρια στο μπαλκόνι και τα έβαλε στο τραπέζι. "Αν εσείς οι δύο δεν έχετε φάει, θα χαρώ να παραγγείλω κάτι για όλους μας".

"Δεν ξέρω πότε θα γυρίσει σπίτι". Η Σάρλοτ γούρλωσε τα μάτια της.

"Αυτό ήταν ένα αστείο βλέμμα".

"Συγγνώμη. Θα της στείλω μήνυμα και θα δω αν θέλει να έρθει μαζί μας". Η Σαρλότ έγραψε ένα μήνυμα και το έστειλε.

"Ήρθε ένας επισκέπτης, οπότε μπορεί να είναι απασχολημένη".

"Επισκέπτης;"

"Ω, μου αρέσει αυτό το κρασί. Μπορώ να έχω λίγο;" Οτιδήποτε για να αλλάξει το θέμα.

Ο Τρεβ γέλασε και έβαλε το κρασί.

"Έπεσα πάνω στον Χένρι σήμερα... για την ακρίβεια, παραλίγο να πέσει πάνω μου, πράγμα που ήταν αποκλειστικά δικό μου λάθος".

"Ίσως το χρειάζεσαι αυτό." Ο Τρεβ έδωσε στη Σαρλότ ένα ποτήρι και σήκωσε το δικό του. "Στην εύρεση των σωστών λέξεων".

"Στην υγειά μας. Ναι, καλή πρόποση". Ήπιε μια γουλιά.

"Υπέροχο κρασί. Τέλος πάντων, δεν τα πάει και τόσο καλά οικονομικά. Όχι ότι βγήκε και το είπε. Αλλά τον ρώτησα για την πτώση του χαρτιού του και παραδέχτηκε ότι δεν πληρώνει τους λογαριασμούς και ότι εξαντλεί τις οικονομίες του. Η Ρόζι θέλει πολύ να τον κάνει αποδέκτη της δωρεάς μετρητών που κάνει τα Χριστούγεννα".

"Πολύ ευγενικό εκ μέρους της να τον σκεφτεί. Ο Ντάρσι έχει κάποια δουλειά, οπότε πρέπει να ενημερώσω τον Χένρι όταν τον δω αύριο".

"Αύριο;"

Οι μύες γύρω από το στόμα του Τρεβ τεντώθηκαν. Η διάθεσή του άλλαξε.

"Τι συνέβη, Τρεβ;"

Το τηλέφωνο της Σαρλότ χτύπησε, αλλά το αγνόησε.

"Πήραμε μερικά αποτυπώματα από το βιβλιοπωλείο. Του Χένρι ήταν στον πάγκο, κάτι που είναι κατανοητό, αλλά και ένα στο ίδιο το δέντρο. Λοιπόν, μία από τις κάρτες που ξεσκονίσαμε".

Το τηλέφωνο χτύπησε ξανά και η Σάρλοτ το έλεγξε. "Η Ζόι βγαίνει για φαγητό και θα επιστρέψει αργότερα".

"Είναι… συγγνώμη, δεν με αφορά με ποιον βγαίνει".

"Τον Μπράις. Ναι, τον είδα να μπαίνει στη γκαλερί νωρίτερα". Η Σάρλοτ χαμογέλασε. "Τι συμβαίνει με τις γυναίκες του Ντιν και τους αστυνομικούς;"

Ο Τρεβ έσκυψε απέναντι και φίλησε τη Σαρλότ. "Δεν θα μπορούσα να είμαι πιο χαρούμενος για την επιλογή σου".

Η λάμψη στην καρδιά της βοήθησε να απαλύνει το σφίξιμο γύρω από τον Χένρι. Δεν ήταν έτοιμη να πιστέψει ότι είχε κλέψει τίποτα. "Θα υπάρξει εξήγηση γιατί τα αποτυπώματά του ήταν στην κάρτα. Μπορούμε να το εντοπίσουμε αν χρειαστεί".

"Ο Κόμπι έγραψε τι υπήρχε στο συγκεκριμένο, οπότε ίσως το μαζέψω το πρωί, αν δεν σας πειράζει. Υπάρχει και κάτι άλλο. Υπήρχαν κι άλλα αποτυπώματα. Του Τζόνας".

"Φυσικά και υπήρχαν! Έχω πει από την αρχή ότι είναι υπεύθυνος και…"

"Γλυκιά μου... συγγνώμη που διακόπτω, αλλά σε ποιον το είπες αυτό;"

Η Σαρλότ κάθισε πίσω με κατσούφιασμα. "Είπε... ότι ο Τζόνας είναι υπεύθυνος για την κλοπή των καρτών;"

Έγνεψε.

"Εσύ. Και η Ρόζι. Αλλά της το έχω πει πολλές φορές, αν αυτό μετράει;"

"Είσαι σίγουρη ότι δεν έχεις εκθέσει τις σκέψεις σου στην Έστερ, στον Τεντ ή σε κανέναν άλλον;"

"Αρκετά σίγουρη, Τρέβορ." Τι νόμιζε ότι έκανε, τριγυρνούσε στην πόλη κουτσομπολεύοντας; Εκείνος χαμογέλασε με τη χρήση του πλήρους ονόματός του και το ύφος της και εκείνη βρήκε τον εαυτό της να χαμογελάει κι εκείνη. "Συγγνώμη. Γιατί ρωτάς;"

"Είχες πάρει φωτιά. Είχα την ευχαρίστηση της παρέας του Τζόνας σήμερα το απόγευμα, που μου είπε ότι πρέπει να ερευνήσω τον Χένρι. Μετά ήρθαν τα αποτυπώματα με εμπλεκόμενους και τους δύο, πράγμα που μας κάνει να περιμένουμε ενδιαφέρουσες στιγμές. Αυτό είναι μεταξύ μας, αλλά νομίζω ότι πρέπει να ξέρεις ότι ο Τζόνας έχει την εντύπωση ότι οι κλεμμένες δωροκάρτες δεν μπορούν να εντοπιστούν".

"Αλήθεια;" Τα καλύτερα νέα της ημέρας. "Και δεν σκοπεύετε να διορθώσετε την υπόθεση;"

"Με ξέρεις πολύ καλά, γλυκιά μου. Πού βρίσκεσαι με τους αντικαταστάτες;"

"Ο φίλος της Χάρπριτ -αυτός που τύπωσε τα πρωτότυπα- είχε την καλοσύνη να προωθήσει τις νέες κάρτες ως βιαστική δουλειά και θα τις έχουμε την Πέμπτη. Κάθε μία έχει έναν μοναδικό αριθμό και θα αφήσω και πάλι την καημένη τη μητέρα σου μόνη της στο βιβλιοπωλείο για να επισκεφτεί κάθε έμπορο και να τους βοηθήσει να ανταλλάξουν τις δικές τους".

"Μπορούμε να το κρατήσουμε μυστικό;"

Η Σαρλότ γέλασε και σηκώθηκε όρθια. "Αν προτείνεις να

κρατήσουμε μυστικά από τον δήμαρχο, τότε ναι. Νιώθω σίγουρη ότι αυτό θα παραμείνει εμπιστευτικό. Πεινάς;" Ο Τρεβ σηκώθηκε. "Τι θα ήθελες να φας;" "Ξαφνικά λαχταρώ ψάρι με πατάτες τηγανιτές. Πάμε μια βόλτα;"

———

Το μαγαζί του Τεντ ήταν πολύ πιο ήσυχο από ό,τι το προηγούμενο βράδυ, όταν η Σάρλοτ είχε περάσει από εκεί. Βρισκόταν πίσω από τον πάγκο, τυλίγοντας μια παραγγελία σε λευκό χαρτί και γράφοντας ένα όνομα με μαρκαδόρο, πριν το προσθέσει σε μια άλλη παραγγελία κάτω από μια λάμπα θέρμανσης.

"Δεν αλλάζω γνώμη, αγάπη μου". είπε ο Τεντ στη Σαρλότ. "Τίποτα προσωπικό. Και έκανες κάτι καλό, αλλά δεν μπορώ να πάρω το ρίσκο".

"Ήρθα μόνο για το νόστιμο φαγητό σου", είπε η Σάρλοτ. "Αλλά τώρα που το αναφέρεις, έχω μια λύση, αν αλλάξεις γνώμη".

Κούνησε το κεφάλι του. "Έχεις δει τις τοπικές ειδήσεις;"

Η Σαρλότ άνοιξε το τηλέφωνό της. "Η ηλεκτρονική εφημερίδα;"

"Ναι. Πέρασε μια δημοσιογράφος και μίλησε με τον Νταγκ και τον Μάικ στο κατάστημα παπουτσιών. Δεν μπορούμε να αντέξουμε τέτοια κακή δημοσιότητα. Κακό για την πόλη. Κακό για όλους μας και ό,τι καλό μπορεί να προκύψει από το έργο, πρέπει να σκεφτώ μακροπρόθεσμα".

Ενώ ο Τρεβ παρήγγειλε για αυτούς, η Σάρλοτ διάβασε το άρθρο στην ιστοσελίδα της τοπικής εφημερίδας. Αυτή ανανεωνόταν καθώς έρχονταν νέα και η φυσική εφημερίδα τυπώνονταν μόνο μία φορά την εβδομάδα για παράδοση το Σάββατο. Κατσούφιασε και άφησε το τηλέφωνο στην άκρη. "Απλώς λέει ότι υπήρξε μια σειρά από κλοπές δωροκαρτών που ερευνά η αστυνομία. Τουλάχιστον ο δημοσιογράφος δεν έκανε εντυπωσιασμό στο ρεπορτάζ".

Βγήκαν έξω για να περιμένουν το γεύμα τους. "Λοιπόν, γιατί αυτή η βλοσυρή έκφραση;" Ο Τρεβ έπιασε το χέρι της. "Τι σε ανησυχεί;"

"Προτιμώ να μην έχω τίποτα εκεί έξω που θα μπορούσε να κάνει τους πελάτες να το σκεφτούν δύο φορές πριν δωρίσουν".

"Δεν διαβάζουν όλοι την εφημερίδα στο διαδίκτυο, γλυκιά μου. Και όσο οι άνθρωποι είναι καθησυχασμένοι ότι οι δωρεές τους δεν θα χαθούν, δεν θα πρέπει να υπάρχει αντίκτυπος. Τουλάχιστον, το ελπίζω".

Η Σαρλότ ακούμπησε στον Τρεβ. "Υποθέτω ότι θα μάθουμε τις επόμενες δύο ημέρες. Η παραλαβή των νέων καρτών δεν μπορεί να έρθει αρκετά γρήγορα".

Στην άλλη άκρη του δρόμου, ο Τζόνας βγήκε από το αυτοκίνητό του κρατώντας σακούλες με ψώνια. Έφτασε στα μισά του δρόμου προς το σούπερ μάρκετ και γύρισε πίσω για να κλειδώσει το αυτοκίνητο. Τα μάτια του συνάντησαν τα μάτια της Σαρλότ από μακριά και σταμάτησε.

"Μην τον αφήσεις να σε επηρεάσει". Ο Τρεβ τύλιξε τα χέρια του γύρω από τη Σάρλοτ. "Μια από αυτές τις μέρες, ο δήμαρχος Καρμάικλ θα κάνει ένα λάθος από το οποίο δεν θα μπορεί να ξεφύγει. Και σκοπεύω να είμαι εκεί όταν το κάνει με ένα ζευγάρι χειροπέδες".

"Τις γυαλίζεις εν τη αναμονή;"

"Κάθε μέρα."

Δεν μπορούσε να κρατηθεί. Η Σαρλότ ξέσπασε σε γέλια. Με ένα έξαλλο βλέμμα, ο Τζόνας γύρισε και απομακρύνθηκε.

Αντί να επιστρέψουν στο διαμέρισμα για να φάνε, ο Τρεβ και η Σάρλοτ περιπλανήθηκαν στην πλατεία και κατέλαβαν ένα παγκάκι κοντά στο σιντριβάνι. Το βράδυ είχε υγρασία καθώς πλησίαζε μια καταιγίδα, αλλά για τον Τρεβ φαινόταν ότι ήταν λίγες ώρες μακριά. Άνοιξε το πακέτο με το ψάρι και τις χοντρές πατάτες ανάμεσά τους και το λαχταριστό άρωμα αλατιού και ξιδιού γέμισε τον αέρα.

"Αυτή ήταν μια εμπνευσμένη επιλογή δείπνου, γλυκιά μου".

"Και μια τέλεια επιλογή τοποθεσίας." Το χαμόγελο του Τσάρλι γέμισε την καρδιά του και κάποιο από το άγχος της ημέρας έφυγε.

Ο κόσμος περνούσε από την πλατεία πηγαίνοντας για φαγητό ή για βόλτα. Η οθόνη στο σιντριβάνι ταίριαζε με τα εναλλασσόμενα φώτα που ήταν κρεμασμένα πάνω από το κεφάλι και το χριστουγεννιάτικο δέντρο έλαμπε. Αυτή ήταν η πιο όμορφη πλατεία που θυμόταν να έχει δει ο Τρεβ.

"Μην κοιτάς τώρα… καλά, κοίτα αλλά προσποιήσου ότι δεν κοιτάς". ψιθύρισε η Σαρλότ.

Ο Τρεβ ακολούθησε το οπτικό της πεδίο. Η Ζόι και ο Μπράις κατευθύνθηκαν προς την Ιταλία, με το χέρι της να περνάει από το δικό του και τη συγκεντρωμένη συνομιλία τους να εγγυάται ότι δεν πρόκειται να δουν ποιος μπορεί να παρακολουθεί.

"Μπράβο τους."

"Θα δούμε."

"Σου αρέσει ο Μπράις, Τσάρλι. Παραδέξου το".

"Τον συμπαθώ. Αλλά καλύτερα να μην πειράξει την αδελφή μου".

"Είσαι γλυκιά". Ο Τρεβ ήξερε ότι χαμογελούσε, αλλά δεν μπορούσε να σταματήσει τον εαυτό του. "Η Ζόι είναι πόσο… δεκαπέντε χρόνια μεγαλύτερη από σένα; Και έχει ταξιδέψει σε όλο τον κόσμο. Είμαι σίγουρος ότι είναι αρκετά ικανή να πάρει τις δικές της αποφάσεις".

"Είναι επίσης έμπιστη, μόλις ξεπεράσεις τις άμυνές της".

Ο Τρεβ διάλεξε ένα τσιπ και το πρόσφερε στη Σαρλότ, κρεμώντας το κοντά στο στόμα της. Εκείνη γέλασε και το πήρε με τα δόντια της.

"Η Ζόι σου μοιάζει πολύ". Με το στόμα της γεμάτο, η Σάρλοτ δεν μπόρεσε να απαντήσει καθώς εκείνος συνέχισε.

"Εμπιστευτική. Στοργική και ευγενική. Πολύ όμορφη. Και έξυπνη. Σούπερ έξυπνη".

Η Σαρλότ κατάπιε. "Μιλάς για τη Ζόι;"

"Είμαι σίγουρος ότι είναι όλα αυτά τα πράγματα, αλλά στα μάτια μου εσύ είσαι όλα αυτά και πολλά περισσότερα". Έσκυψε πιο κοντά. "Και σ' αγαπώ τόσο πολύ, Σάρλοτ Ντιν". Ήταν αυτή η κατάλληλη στιγμή, σε ένα παγκάκι να τρώει ψάρι με πατάτες; "Εσύ! Σταμάτα τώρα, κλέφτη."

Πέρα από το σιντριβάνι, δύο άνδρες στέκονταν σε απόσταση λίγων μέτρων. Ο ένας ήταν ο Μάικ, ιδιοκτήτης του καταστήματος υποδημάτων. Ήταν η φωνή του που διέκοψε για άλλη μια φορά τον Τρεβ από το να πει αυτό που έπρεπε να πει στη Σάρλοτ. Ο Μάικ κούνησε τα χέρια του σε έναν άλλο άντρα που φορούσε ένα σακίδιο πλάτης, με τους ώμους του πεσμένους. Χένρι.

"Με συγχωρείς, Τσάρλι. Επιστρέφω αμέσως". Ο Τρεβ έφυγε από την πλατεία.

"Θέλω να δω τι έχεις στην τσάντα σου!" φώναξε ο Μάικ.

"Τα πράγματά μου. Τίποτα άλλο". Το κεφάλι του Χένρι ήταν σκυμμένο.

"Δείξε μου."

Καθώς ο Μάικ άρπαξε το σακίδιο του Χένρι, ο Τρεβ μπήκε ανάμεσά τους. "Σταματήστε. Κάνε πίσω, Μάικ".

"Δεν είναι παρά ένας κλέφτης. Ένας εγκληματίας που κυκλοφορεί ελεύθερος στους δρόμους μας".

"Σου είπα να κάνεις πίσω".

Το πρόσωπο του Μάικ ήταν κόκκινο από την οργή, αλλά πρέπει να άκουσε το "αλλιώς" στον τόνο του Τρεβ, γιατί έκανε ένα μεγάλο βήμα προς τα πίσω.

"Θα σου μιλήσω σε ένα λεπτό". Είπε ο Τρεβ. "Μην κουνηθείς."

Γύρισε προς τον Χένρι, τα μάτια του οποίου ήταν πανικόβλητα. "Είσαι καλά, φίλε;"

Το στόμα του Χένρι άνοιξε και μετά έκλεισε. Η Σαρλότ εμφανίστηκε στο πλευρό του. "Τι θα έλεγες να έρθεις και να καθίσεις εδώ για ένα λεπτό". Του τράβηξε το χέρι και ο Χένρι πήγε μαζί της.

"Τον αφήνεις να φύγει;" Ο Μάικ ξεφούρνισε.

Ο κόσμος είχε σταματήσει για να παρακολουθήσει.

"Προχωρήστε, ευχαριστώ". Ο Τρεβ δεν άφηνε να εξελιχθεί σε τσίρκο. Κοίταξε τον Μάικ. "Έχεις κάποιο λόγο να πιστεύεις ότι ο Χένρι έχει κλέψει κάτι;"

"Είναι εγκληματίας."

"Δεν υπάρχει καταδίκη εναντίον του".

"Δεν με νοιάζει. Υποθέτω ότι είναι πίσω από την κλοπή των δωροκαρτών. Οι πωλήσεις μου έχουν πέσει εξαιτίας του και αν ψάξεις στην τσάντα του θα τις βρεις".

"Πού το βασίζεις αυτό;" είπε ο Τρεβ, ρίχνοντας μια ματιά στη Σάρλοτ που είχε πείσει τον Χένρι να καθίσει στον πάγκο και του πρόσφερε πατατάκια.

"Πάντα τριγυρνάει. Κουβαλάει το σακίδιο παντού. Έχει πρόσβαση σε καταστήματα με την πτώση χαρτιού. Συμπεριφέρεται σαν άστεγος."

"Πρώτον, δεν είναι άστεγος, αλλά αν ήταν, πώς αυτό τον κάνει ύποπτο; Έχεις βρεθεί ποτέ σε δύσκολη θέση, Μάικ;"

Με ένα ξεφούσκωμα, ο Μάικ κοίταξε αλλού.

"Έχετε δει τον Χένρι να κάνει κάτι ύποπτο."

"Όχι εγώ." Κοίταξε πίσω. "Αλλά όλοι μιλάνε ότι αυτός είναι ο κλέφτης".

"Δεν έρχονται όλοι με στοιχεία. Αν και όταν βρείτε κάποια, τότε καλέστε με. Ορίστε η κάρτα μου. Αλλά διαφορετικά, θα σας συνιστούσα να τον αφήσετε στην ησυχία του. Υπάρχει μια έρευνα σε εξέλιξη και δεν θα ήθελα να χρειαστεί να σου μιλήσω για παρεμπόδιση, Μάικ".

Πιο συγκρατημένος, ο Μάικ έγνεψε. "Συγγνώμη. Θα τον αφήσω ήσυχο". Με αυτό απομακρύνθηκε. Ο Τρεβ αναστέναξε και ενώθηκε με τη Σάρλοτ και τον Χένρι.

"Δεν έκανα τίποτα κακό." Ο Χένρι σηκώθηκε όρθιος, πετώντας τις πατάτες στον αέρα. Η Σάρλοτ άρπαζε τα υπολείμματα του γεύματος και τα τύλιξε ξανά.

"Ήρεμα. Είπα στον Μάικ να σε αφήσει ήσυχο. Αλλά αν αυτός ή οποιοσδήποτε άλλος σε ενοχλήσει έτσι, θα με πάρεις τηλέφωνο. Εντάξει;"

Ο Χένρι σήκωσε το σακίδιό του. "Ελέγξτε το. Σε παρακαλώ. Τότε θα ξέρεις τι κουβαλάω μαζί μου". Το άφησε στο κάθισμα και ξεκούμπωσε κάθε τσέπη. "Το εννοώ, Τρεβ. Σε παρακαλώ, ρίξε μια ματιά γιατί κανείς δεν με πιστεύει".

"Εγώ σε πιστεύω. " Η Σαρλότ έμεινε καθιστή, με τα μάτια της έντονα. "Σε παρακαλώ, μην επιτρέψεις σε ένα φοβισμένο και κακόβουλο άτομο να σε κάνει να ζωγραφίζεις τους πάντες με τη στενή του άποψη για τον κόσμο".

"Η Τσάρλι έχει δίκιο. Και θα ρίξω μια ματιά επειδή το ζήτησες. Μόνο επειδή μου το ζήτησες. Αλλά εσύ θα χειριστείς την τσάντα". Ο Τρεβ μπορούσε εύκολα να δει το περιεχόμενό της, καθώς ο Χένρι κρατούσε τη μια τσέπη και μετά την άλλη ορθάνοιχτη. Πορτοφόλι, τηλέφωνο, κλειδιά. Δύο χάρτινα βιβλία. Το πλατύγυρο καπέλο για το οποίο ήταν γνωστός. Μια αλλαξιά ρούχα, τα οποία ο Χένρι σήκωσε για να δει ο Τρεβ ότι δεν υπήρχε τίποτα από κάτω. Και ένα μπουκάλι νερό.

"Ευχαριστώ, φίλε."

"Έπρεπε να τα δείξεις στον Μάικ." Μουρμούρισε ο Χένρι.

"Όχι. Δεν τον αφορά". Ο Τρεβ περίμενε μέχρι η τσάντα να ξανακλείσει με το φερμουάρ. "Δεν θα με πείραζε όμως να κάνουμε μια κουβέντα αύριο στο σταθμό. Ή μπορώ να έρθω σε σένα".

"Το ήξερα."

"Ο Χένρι απόψε δεν έχει καμία σχέση με αυτό. Αν μη τι άλλο, βάζω τα δυνατά μου για να σε αποκλείσω από την έρευνα, γι' αυτό κάνε μου τη χάρη, ε;" Ο Τρεβ κράτησε τον τόνο του ελαφρύ. "Έχω και ένα στοιχείο για μια δουλειά που μπορεί να σε ενδιαφέρει".

"Τι ώρα;"

"Εννέα στο σταθμό εντάξει;"

"Εντάξει. Μπορώ να φύγω;"

"Χρειάζεστε κάτι;" Η Σαρλότ ρώτησε τον Χένρι. "Εκτός από καναπεδάκια και πατατάκια;"

Μια αχτίδα χαμόγελου άγγιξε τα χείλη του. "Ευχαριστώ. Απλώς χρειάζομαι μια ευκαιρία να πάρω πίσω την περηφάνια μου και υποθέτω ότι είμαι ο μόνος που μπορεί να το κάνει". Με αυτά τα λόγια, έριξε την τσάντα στους ώμους του και απομακρύνθηκε.

"Έχει δίκιο." Η Σαρλότ τον παρακολουθούσε να φεύγει. "Μακάρι να μπορούσα να σκεφτώ κάποιον τρόπο να τον βοηθήσω να το πετύχει".

"Τον βοηθάς, γλυκιά μου. Κάθε φορά που τον υποστηρίζεις και τον ενθαρρύνεις, του δείχνεις το δρόμο".

Η Σαρλότ ήξερε ότι είχε δίκιο. Ακόμα κι έτσι, έπρεπε να υπάρχει κάτι περισσότερο που θα μπορούσε να κάνει.

ΚΕΦΆΛΑΙΟ 13

ΌΤΑΝ ΈΦΤΑΣΕ Η ΠΈΜΠΤΗ, Η ΣΑΡΛΌΤ ΉΤΑΝ ΠΑΝΈΤΟΙΜΗ ΝΑ παραλάβει τις νέες δωροκάρτες. Τις τελευταίες δύο ημέρες είχαν σημειώσει κάμψη όχι μόνο οι δωρεές στο δέντρο δωρεών του βιβλιοπωλείου, αλλά και οι πωλήσεις. Οι συζητήσεις στην πόλη κυμαίνονταν από οργή για τις κλοπές μέχρι εικασίες για το ποιος ήταν πίσω από όλα αυτά. Το όνομα του Χένρι αναφέρθηκε περισσότερες από μία φορές και η Σάρλοτ ήταν έτοιμη να μαλώσει τον επόμενο που θα το έλεγε.

"Έχεις επηρεαστεί κι εσύ;" Η Σαρλότ βοήθησε τη Χαρπρίτ να χωρίσει τις κάρτες σε σωρούς. Κάθισαν και οι δύο πίσω από τον μακρύ γυάλινο πάγκο της Χάρπριτ. "Έρχεται λιγότερος κόσμος;"

"Ναι, και το χειρότερο είναι το εστιατόριο με κάποιες ακυρωμένες κρατήσεις. Πολύ ασυνήθιστο για αυτή την εποχή του χρόνου και ανησυχητικό, επειδή ο πατέρας μου αγοράζει τα πάντα φρέσκα και δεν μπορούμε να ανεχτούμε, ούτε να αντέξουμε, τη σπατάλη".

"Επικοινώνησα με τον δημοσιογράφο που έγραψε το άρθρο τη Δευτέρα", δήλωσε η Σάρλοτ. "Είπε ότι θα επικαιροποιήσει το άρθρο της για να ενημερώσει τον κόσμο ότι όλοι έχουμε κάρτες με δυνατότητα εντοπισμού, οπότε το πρόγραμμα Δέντρο Δωρεάς θα λάβει και πάλι υποστήριξη, ελπίζω...".

"Δεν μπορείς να κατηγορείς τον εαυτό σου, Τσάρλι."

"Αλλά το κάνω. Το μόνο που βλέπω είναι ταλαιπωρημένους καταστηματάρχες και ανήσυχους αγοραστές. Αν το είχα σκεφτεί περισσότερο, αν είχα βάλει τους αριθμούς παρακολούθησης από την αρχή...".

"Ο κλέφτης μπορεί να είχε εμφανιστεί και έτσι ακόμα. Γι' αυτό σταμάτα το. Να ανησυχείς για την αναστάτωση που θα έχουμε πάλι, η οποία θα ενοχλήσει τον αγαπητό μας δήμαρχο της πόλης". Η Χαρπρίτ έκανε μια γκριμάτσα. "Σας είπα ότι μπήκε εδώ μέσα χθες;"

"Όχι. Τι συνέβη;"

"Είχα έναν πελάτη και μπήκε μέσα για να μου "υπενθυμίσει" ότι δεν έχω πληρώσει το τιμολόγιο του συμβουλίου. Να σου πω, Τσάρλι, εξοργίστηκα!" Τα μάτια της Χάρπριτ έλαμψαν από θυμό. "Απομακρύνθηκα από τον πελάτη και ζήτησα από τον Τζόνας να φύγει από το κατάστημα".

"Είσαι επίσημα η ηρωίδα μου".

"Ευχαριστώ, αλλά με ποιο κόστος; Μου σφύριξε φεύγοντας ότι αν όλοι μας αρνηθούμε να πληρώσουμε, τότε θα φροντίσει προσωπικά να ανακληθούν οι άδειες σήμανσης ως πρώτο βήμα. Και προειδοποίησε ότι θα στείλει επιθεωρητές υγείας στα εστιατόρια. Όχι ότι μας νοιάζει γιατί το India Gate House συμμορφώνεται, αλλά είναι οι απειλές που δεν μπορώ να αντέξω".

Η Σαρλότ έβγαλε το τηλέφωνό της. "Θα μπορούσα να στείλω μήνυμα στον Νταγκ και να δω αν ξέρει τι εξουσία έχει το συμβούλιο για να το επιβάλει αυτό". Χτύπησε ένα μήνυμα. "Θα σας ενημερώσω μόλις λάβω απάντηση".

"Ευχαριστώ. Είπε ότι αν τον πληρώσω με μετρητά, υπάρχει έκπτωση εκατό δολαρίων".

"Τι;" Η Σάρλοτ τελείωσε το μάζεμα του μεριδίου της από τα χαρτιά σε ένα καλάθι και σηκώθηκε. "Από πότε έχουμε έκπτωση όταν όλοι μας έχουμε περάσει μια εβδομάδα μετά την προθεσμία του; Οι εκπτώσεις γίνονται για την έγκαιρη πληρωμή".

"Πιθανότατα τα τσέπωσε ο ίδιος."

"Μπορείς να ρωτήσεις όλους όσους τα αφήνεις αυτά αν έχουν πληρώσει; Είμαι περίεργος τώρα για το παιχνίδι του".

Αφού η Χάρπριτ κλείδωσε το μαγαζί της, πήγαν σε διαφορετικές κατευθύνσεις. Η Σάρλοτ κάλυπτε το κατάστημα παπουτσιών, το κατάστημα του Λούις, τη γκαλερί, το κατάστημα της Έσθερ και τη φάρμα με τα χριστουγεννιάτικα δέντρα. Θα άφηνε πρώτα τις κάρτες του βιβλιοπωλείου στη Ρόζι για να ξεκινήσει την αλλαγή, μετά θα περνούσε από τα υπόλοιπα στην πόλη και τελικά θα ανέβαινε μέχρι τη φάρμα.

Όταν έφτασε στο κατάστημα παπουτσιών, ο Μάικ δεν έδειχνε να χαίρεται που την είδε. "Μπορώ να τα κάνω εγώ αυτά".

"Αν βοηθήσω εγώ, θα πάρει το μισό χρόνο και δεν θα σε επηρεάσει τόσο πολύ. Έπρεπε να είχα τυπώσει αριθμούς στα πρωτότυπα, οπότε θέλω να βεβαιωθώ ότι δεν υπάρχει πλέον κίνδυνος για εσάς ή οποιονδήποτε άλλο εμπλεκόμενο".

"Είδα την ηλεκτρονική εφημερίδα." Ήρθε γύρω από τον πάγκο. "Έλεγε ότι οι νέες κάρτες είναι ανιχνεύσιμες. Αλλά τι γίνεται με τις κλεμμένες κάρτες; Τι θα γίνει αν κάποιος τις φέρει για να τις εξαργυρώσει;"

"Δίκαιη ερώτηση. Είναι αρκετά διαφορετικά στην όψη", έδειξε το ένα. "Χωρίς χιόνι στην εικόνα και με αριθμούς στο πίσω μέρος. Κάθε κάρτα που έχετε στο δέντρο θα κοπεί μόλις αντιγράψουμε τα στοιχεία της και καταγράψουμε τον αριθμό της".

"Ω, το καταλαβαίνω. Μόλις τα μοιράσουμε, θα διαγράψουμε όποια εξαργυρώνονται".

"Και όποιος προσπαθήσει να εξαργυρώσει τις παλιές κάρτες θα αναγνωριστεί πολύ γρήγορα ως ο κλέφτης ή θα συνδεθεί με κάποιον τρόπο με τον κλέφτη".

Στο πίσω μέρος του καταστήματος υπήρχε μια ανοιχτή πόρτα που οδηγούσε σε ένα ιδιωτικό δωμάτιο. Μακριές χάντρες κρέμονταν από το πάνω μέρος του πλαισίου της πόρτας και υπήρχε μια ελαφριά κίνηση και ένας κρότος καθώς ακουμπούσαν. Η Σάρλοτ έριξε μια ματιά. "Ω, συγγνώμη, είχατε παρέα;"

Ο Μάικ κούνησε το κεφάλι του. "Κανείς εδώ εκτός από εμάς. Κανείς απολύτως. Μόνο ο άνεμος".

Ποιος άνεμος;

Ένα τσίμπημα συναγερμού διαπέρασε τη σπονδυλική στήλη της Σάρλοτ. "Σωστά. Λοιπόν, ας τελειώνουμε με αυτά". Άρχισε να αφαιρεί τα στολίδια σε σχήμα χριστουγεννιάτικου δέντρου.

Ο Μάικ γύρισε γύρω από τον πάγκο για να τη βοηθήσει και τοποθετήθηκε ανάμεσα σε εκείνη και τη θέα της πίσω πόρτας. "Λοιπόν, για να επιβεβαιώσω", η φωνή του ήταν πιο δυνατή απ' ό,τι έπρεπε. "Λες ότι οι κλεμμένες κάρτες είναι πλέον άχρηστες και θα οδηγήσουν κατευθείαν στο άτομο που τις έκλεψε;"

"Ναι. Και το καλύτερο;" Ανέβασε τη φωνή της για να ταιριάζει με τη δική του.

Λοιπόν, ποιος είναι σε αυτό το δωμάτιο;

"Ο Τρεβ έχει έναν ύποπτο που άφησε τα αποτυπώματά του σε κάθε τοποθεσία όπου λήφθηκαν κάρτες. Έχει κάνει αίτηση για ένταλμα έρευνας σε ένα τοπικό... γραφείο".

Πάρα πολύ;

Η Σάρλοτ βιάστηκε να βοηθήσει τον Μάικ, χωρίς να πει τίποτε άλλο μέχρι να κοπούν τα παλιά χαρτιά σε κομμάτια. "Φοβερό. Σωστά, λοιπόν, έχω μερικά άλλα μαγαζιά να επισκεφτώ, οπότε ας ελπίσουμε ότι θα έχεις πολλούς πελάτες".

Επιστρέφοντας στο δρόμο, βιαζόταν να φτάσει στην επόμενη στάση της, ελέγχοντας ένα μήνυμα που έφτανε στο τηλέφωνό της.

Άγνωστος αριθμός. Χωρίς κείμενο αλλά με μία εικόνα.

Η Σάρλοτ σταμάτησε κοντά στο κατάστημα της Έσθερ για να το ανοίξει και το στόμα της έμεινε ανοιχτό. Ήταν τραβηγμένη έξω από το κατάστημα παπουτσιών, πιθανώς πάνω από το δρόμο από τη γωνία. Δύο άντρες στέκονταν στην πόρτα,

125

PHILLIPA NEFRI CLARK

κοιτάζοντας προς την κατεύθυνση που είχε πάρει εκείνη. Ο Μάικ και ο Τζόνας.

Ζούμαρε στο κόκκινο κείμενο που πρόσθεσε ο αποστολέας πάνω από τα κεφάλια τους. *Δευτερόλεπτα αφότου έφυγες.*

———

"Ακολούθησα ένα μακρύ και δαιδαλώδες μονοπάτι εταιρειών για να βρω πραγματικούς ανθρώπους, αφεντικό". Ο Κόμπι έπεσε στο κάθισμα απέναντι από τον Τρεβ. "Κάποιος μπήκε σε μεγάλο κόπο για να καταστήσει σχεδόν αδύνατο να μάθουμε ποιος βρίσκεται πίσω από την εφαρμογή ανάπτυξης. Αλλά εγώ τα κατάφερα".

"Προχωρήστε."

"Η γη που ανήκε προηγουμένως στην ΓκλένιςΔέντρο Δωρεάς αγοράστηκε σε τιμή κάτω της αγοραίας αξίας περίπου ένα μήνα μετά τη σύλληψη του Σιντ Μπράουν και του Τέρανς Μέρντοχ. Τους αναφέρω επειδή ο τελευταίος είχε καταθέσει προσφορά για τη γη λίγο νωρίτερα, η οποία απορρίφθηκε. Για οποιονδήποτε λόγο, αυτή η πολύ χαμηλότερη προσφορά ήταν επιτυχής".

"Από τη σήμανση, το όνομα του κατασκευαστή ήταν άγνωστο. Τους εντοπίσατε;"

Ο Κόμπι έγνεψε. "Η υποβολή για την ανάπτυξη είναι αρκετά απλή, αλλά οδηγεί, τελικά, σε αυτό που θα αποκαλούσα εταιρεία-βιτρίνα που σχηματίστηκε μεταξύ του Τζόνας Καρμάικλ και του Μάικλ Γουέην. Γνωστός ως Μάικ Γουέην".

"Ο οποίος είναι ο ιδιοκτήτης του καταστήματος παπουτσιών. Αυτή η ύπουλη μικρή αλεπού... που προσπαθούσε να προκαλέσει μεγάλη σκηνή τις προάλλες στην πλατεία. Κατηγορεί τον Χένρι για κλοπή και όλο αυτό το διάστημα, είναι ένας από τους πιο κοντινούς ανθρώπους του Τζόνας". Ο Τρεβ έσπρωξε το κάθισμά του προς τα πίσω και κατευθύνθηκε με βήμα προς την καφετιέρα. "Αυτό εξηγεί τόσα πολλά τώρα".

"Δεν είναι όμως παράνομο να σχηματίσετε μια εταιρική σχέση".

"Ίσως όχι. Ή ίσως έχουν περισσότερα να κρύψουν. Θα πρέπει να ρωτήσω τον Νταγκ, αλλά φαντάζομαι ότι το να είσαι δήμαρχος και να χειρίζεσαι πολλαπλές αναπτυξιακές αιτήσεις στον ίδιο δήμο διαπερνάει μερικά όρια". Αντί να φτιάξει καφέ, ο Τρεβ επέστρεψε στο γραφείο του. "Είμαι έτοιμος να επισκεφθώ τον δήμαρχό μας για μια κουβέντα. Θέλεις να μου κάνεις παρέα;"

Ο Κόμπι δεν χρειάστηκε δεύτερη πρόσκληση και ένα λεπτό αργότερα ο Τρεβ κλείδωνε την μπροστινή πόρτα.

"Τρεβ;" Ο Χάρπριτ έτρεξε κατά μήκος του μονοπατιού. "Μπορώ να σου μιλήσω;"

"Τι συμβαίνει. Θέλεις να πάμε μέσα;"

Η Χάρπριτ κούνησε το κεφάλι της και σήκωσε το καλάθι με τις δωροκάρτες. "Έχω ακόμα μερικά μέρη να πάω με αυτές. Όχι, μόλις ήρθα από τον Τεντ και μου είπε κάτι που με ενοχλεί. Δεν ξέρω αν είναι παράνομο, αλλά ο Τζόνας τον ανάγκασε να πληρώσει αυτό το γελοίο τιμολόγιο για χριστουγεννιάτικες διακοσμήσεις".

"Αναγκαστικά;"

"Πριν φτάσω εκεί, ήρθε ο Τζόνας και του είπε ότι ο χρόνος τελείωσε για όλους τους εμπόρους, ή κάτι τέτοιο. Ήθελε πληρωμή επί τόπου ή θα έκλεινε το μαγαζί μέχρι να πληρωθεί".

"Δεν μπορεί να το κάνει αυτό."

"Το ξέρω. Αλλά ο Τεντ φοβήθηκε μετά την κλοπή των καρτών του. Και ο Τζόνας επέμενε να πληρώσει μετρητά, αλλά έριξε το κόστος κατά εκατό δολάρια. Είμαι τόσο θυμωμένος!" είπε η Χαρπρίτ. "Μόνο σήμερα το πρωί ανέφερα στη Σάρλοτ ότι ο Τζόνας πρόσφερε την ίδια έκπτωση χθες αν πλήρωνα επί τόπου".

"Ελπίζω να μην το έκανες".

"Τον πέταξα έξω από το μαγαζί μου."

Ο Τρεβ ήθελε να ξεσπάσει σε γέλια, αλλά δεν ήξερε αν θα προσβαλλόταν. Τι ωραία που την είδε να στέλνει τον δήμαρχο να τα μαζεύει. Αντ' αυτού, έβγαλε το τηλέφωνό του. "Ευχαριστώ. Θα τηλεφωνήσω στο γραφείο του δημοτικού συμβουλίου και θα μάθω περί τίνος πρόκειται. Και θα επισκεφτώ τον Τεντ όταν μπορέσω για να ελέγξω αν είναι καλά".

"Το εκτιμώ αυτό. Και σας ευχαριστώ που το παίρνετε στα σοβαρά. Οι προηγούμενες αρχές επιβολής του νόμου θα γελούσαν μαζί μου".

"Ναι, αλλά τώρα είναι πίσω από τα κάγκελα. Τηλεφωνήστε αν συναντήσετε κάποιον άλλον που είχε την ίδια εμπειρία με τον Τεντ, εντάξει;"

Ο Χάρπριτ συμφώνησε και είπε αντίο.

Ο Τρεβ τηλεφώνησε στο γραφείο του συμβουλίου. "Θέλεις να οδηγήσεις;" Πέταξε τα κλειδιά στον χαρούμενο Κόμπι, καθώς κάποιος απάντησε. Η κλήση ήταν σύντομη και παράξενη. Ο Τρεβ ανέβηκε στη θέση του συνοδηγού μόλις έκλεισε το τηλέφωνο.

"Σωστά, έτσι τα γραφεία του δημοτικού συμβουλίου έχουν ελάχιστο προσωπικό αυτή την εποχή. Οι υπηρεσίες έκτακτης ανάγκης, οι δασοφύλακες και τα συναφή. Δεν έχουν κανένα αρχείο για την έκδοση τιμολογίων για τις επιχειρήσεις. Η κυρία που απάντησε ήταν εντελώς μπερδεμένη και είπε ότι οτιδήποτε τέτοιο θα χρειαζόταν έγκριση σε συνεδρίαση του συμβουλίου και θα στέλνονταν με το ταχυδρομείο, δεν θα έπεφτε από τον δήμαρχο. Παρακολουθεί όλες τις συνεδριάσεις για να κρατάει πρακτικά και δεν θυμάται να έχει τεθεί αυτό το θέμα".

Ο Κόμπι έκανε όπισθεν με το περιπολικό. "Ο Τζόνας το κάνει αυτό για να βγάλει λεφτά για τον εαυτό του;"

"Λίγο ριψοκίνδυνο αν είναι έτσι. Φανταστείτε ότι δεν έδωσε τιμολόγια στον Νταγκ ή στην Έστερ, αλλά σίγουρα θα ήξερε ότι κάποιος σαν τη μαμά ή τη Χαρπρίτ θα αρνιόταν να πληρώσει και ίσως επικοινωνούσε με τα γραφεία για να διαμαρτυρηθεί;"

"Προς τα πού πάμε;"

"Συγγνώμη. Σωστά. Θα δούμε αν ο Τζόνας είναι στο δικηγορικό του γραφείο".

"Σε άκουσα να μιλάς με τη Σάρλοτ στο τηλέφωνο νωρίτερα".

"Είναι ένας από τους λόγους που κατευθυνόμαστε προς τα εδώ. Έχω λόγους να πιστεύω ότι ο Τζόνας άκουσε μια συζήτηση μεταξύ του Τσάρλι και του Μάικ για τις κλεμμένες δωροκάρτες. Με λίγη τύχη, μπορεί να τον βρούμε να τις έχει στην κατοχή του".

"Να χρησιμοποιήσω τη σειρήνα;"

"Όχι. Θα οδηγήσουμε με τάξη, σας ευχαριστώ".

"Δεν θέλεις να τον ειδοποιήσεις;"

"Ή να τρομάξουμε τους κατοίκους της πόλης μας". Ο Τρεβ έστειλε μήνυμα στον Μπράις για να δει αν ήταν εδώ γύρω και ήθελε να τους ακολουθήσει. Χρειάστηκε λιγότερο από ένα λεπτό για να λάβει ένα ενθουσιώδες ναι. Ωραία. Η σύλληψη του Τζόνας Καρμάικλ ήταν στη λίστα επιθυμιών του Τρεβ εδώ και καιρό και δεν ήθελε να ρισκάρει να κάνει κάποιο λάθος.

ΚΕΦΆΛΑΙΟ 14

"ΤΑ ΑΦΉΝΩ ΕΔΏ ΜΈΧΡΙ ΝΑ ΓΥΡΊΣΩ, ΡΌΖΙ". Η ΣΆΡΛΟΤ μετέφερε το καλάθι με τις δωροκάρτες πίσω από τον πάγκο. "Η Χάρπριτ μπορεί να έρθει και να τελειώσει για μένα, αν προλάβει, αλλιώς θα συνεχίσω αργότερα".

"Αργότερα, πότε; Τι σκαρώνεις;" Η Ρόζι ακολούθησε τη Σάρλοτ στην πίσω πόρτα. "Και τι συμβαίνει στην πόλη σήμερα;"

"Τι εννοείς;"

"Φορτηγά με σκυρόδεμα πηγαινοέρχονται. Και υπάρχει μια ομάδα επαγγελματιών στη γωνιακή καφετέρια. Ο Λιού λέει ότι ετοιμάζεται ένα εκθεσιακό κέντρο στο οικόπεδο δίπλα στο δάσος".

"Αλλά η ημερομηνία υποβολής ενστάσεων για την υποδιαίρεση δεν έχει παρέλθει ακόμη. Χτίζουν όντως κάτι εκεί πάνω χωρίς άδεια; Όσον αφορά αυτό που κάνω εγώ; Πρέπει να πάω στη φάρμα χριστουγεννιάτικων δέντρων με τις κάρτες τους και θέλω να το κάνω πριν από το μεσημέρι. Τίποτα το σκοτεινό". Είπε η Σάρλοτ.

"Καλύτερα όχι, νεαρή μου. Πολλά άσχημα πράγματα συμβαίνουν ξανά. Ο Τζόνας ήταν εδώ".

Η Σαρλότ παραλίγο να ρίξει το τηλέφωνό της. "Πότε;"

"Αφού έφυγες. Ζήτησε πάλι πληρωμή. Τέλος πάντων,

έβγαλα το τιμολόγιο και πήγα να το σκίσω μπροστά του, αλλά μετά πρόσεξα το επιστολόχαρτο".

"Το επιστολόχαρτο του συμβουλίου;"

"Παλιά έκδοση. Άλλαξαν από το λογότυπο με τα βουνά σε αυτό με τους καταρράκτες πριν από ένα χρόνο, οπότε είτε χρησιμοποιούν παλιό χαρτί είτε κάποιος το απέκτησε. Για ιδιωτική χρήση".

"Λοιπόν, τι έκανες;"

"Έβαλα το τιμολόγιο πίσω στην τσάντα μου και του ζήτησα να φύγει από το χώρο μου. Εκείνος συνέχισε, φυσικά. Απείλησε να μας σταματήσει να εμπορευόμαστε. Ήρθε μια οικογένεια και αυτός την κοπάνησε στο δρόμο".

"Θεέ μου. Είσαι καλά. Έπρεπε να μου είχες τηλεφωνήσει".

Η Ρόζι φαινόταν ευχαριστημένη με τον εαυτό της. "Χρειάζεται κάτι περισσότερο από έναν εξαγριωμένο νταή για να με αναστατώσεις, αγάπη μου. Αλλά σε παρακαλώ, πρόσεχε. Κάτι συμβαίνει και δεν θέλω να είσαι κοντά σε κίνδυνο".

Η Σάρλοτ βγήκε από το δρόμο, λίγο έκπληκτη που το αυτοκίνητο ξεκίνησε με την πρώτη φορά μετά από εβδομάδες χωρίς οδήγηση. Η Ρόζι δεν έπρεπε να ανησυχεί. Δεν είχε καμία πρόθεση να συναντήσει τον Τζόνας μόνη της. Ο Τρεβ είχε βρει τα αποτυπώματά του σε διάφορα σημεία και συνέθετε μια υπόθεση εναντίον του δημάρχου.

Κατά μήκος του κεντρικού δρόμου, πολλά φορτηγά και φορτηγά αυτοκίνητα καταλάμβαναν μεγάλο μέρος του χώρου στάθμευσης. Τουλάχιστον δώδεκα εργάτες που φορούσαν φλούο γιλέκα κάθονταν έξω στο γωνιακό καφέ με γεύματα. Κατά πάσα πιθανότητα, αυτοί ήταν από τη νέα ανάπτυξη. Ο Τζόνας θα έπρεπε να ζητήσει συμβουλές για το πώς να επισπεύσουν τα πράγματα, επειδή στις πολυκατοικίες δεν υπήρχε κίνηση εκεί εδώ και μήνες, χάρη στις αντιδράσεις της πόλης.

Σήμερα ήταν πιο ήσυχα στο δρόμο προς τα Δάση. Μόνο ένα αυτοκίνητο πέρασε από την άλλη πλευρά με ένα δέντρο δεμένο στην οροφή του.

Λίγο πιο πάνω από την είσοδο του παλιού σπιτιού της Γκλένις, ένα αρχαίο αγροτικό αυτοκίνητο ήταν σταθμευμένο προς τη λάθος κατεύθυνση στην άλλη πλευρά του δρόμου, σχεδόν θαμμένο μέσα στους θάμνους στο κατάφυτο πεζοδρόμιο.

"Χένρι;"

Η Σαρλότ σταμάτησε κοντά στην άκρη του στενού δρόμου. Αφού πήρε το τηλέφωνό της και κλείδωσε τις πόρτες, πέρασε στην άλλη πλευρά. Σίγουρα δεν ήταν το αυτοκίνητό του εδώ πάνω; Αλλά ήταν. Το σακίδιό του βρισκόταν στο κάθισμα του συνοδηγού.

"Πού στο καλό είσαι;"

Είχε χαλάσει στο δρόμο για τη Φάρμα Χριστουγεννιάτικων Δέντρων; Ήξερε ότι ο Τρεβ του είχε μιλήσει για την προσφορά εργασίας του Ντάρσι τις προάλλες, όταν ο Χένρι ήρθε στο σταθμό.

Το τηλέφωνό της χτύπησε ένα μήνυμα. Ο ίδιος άγνωστος αριθμός. Παραλίγο να της πέσει το τηλέφωνο στη βιασύνη της να ανοίξει την εικόνα.

Στην αρχή δεν αναγνώρισε το σκηνικό. Υπήρχαν κλαδιά μεταξύ του φωτογράφου και του θέματος, το οποίο ήταν ένα αυτοκίνητο με ανοιχτό πορτμπαγκάζ. Ένας άντρας με κοστούμι στεκόταν κοντά στο αυτοκίνητο βάζοντας λαστιχένιες μπότες. Ένας άντρας που λεγόταν Τζόνας Καρμάικλ. Τέσσερις λέξεις με κόκκινο χρώμα προστέθηκαν στην εικόνα. *Το παλιό σπίτι της Γκλένις Λέην.*

"Ω, όχι, όχι, όχι." Η Σάρλοτ κάλεσε τον Τρεβ. Η κλήση πήγε στον τηλεφωνητή. "Εγώ είμαι. Είμαι σίγουρη ότι ο Χένρι ακολουθεί τον Τζόνας και ότι βρίσκονται και οι δύο στο παλιό σπίτι της Γκλένις. Μια άλλη φωτογραφία ήρθε μόλις τώρα. Το φορτηγάκι του Χένρι είναι παρκαρισμένο εδώ στο δρόμο προς το δάσος".

Η Σαρλότ έφτασε στη μέση του δρόμου και σταμάτησε. Θα έπρεπε να περιμένει τον Τρεβ να της τηλεφωνήσει. Κι αν δεν το έπαιρνε; Πάτησε ένα μήνυμα.

Βρήκαμε το αυτοκίνητο του Χένρι, αλλά όχι τον Χένρι. Μπορείς να έρθεις να ρίξεις μια ματιά.

Κάτι την έκανε να βάλει το τηλέφωνο στη δόνηση. Έπρεπε να βρει τον Χένρι πριν τον δει ο Τζόνας και ένα κουδούνισμα του τηλεφώνου θα την πρόδιδε.

Έτρεξε μέσα από την ανοιχτή πύλη στο δρόμο. Η πυκνή βλάστηση εμπόδιζε τη θέα της να δει οτιδήποτε πέρα από την πρώτη στροφή. Από τη μνήμη της, ο δρόμος ελίσσεται μπρος-πίσω καθώς κατέβαινε προς το εξοχικό. Ο Χένρι πρέπει να κρύβεται στους θάμνους. Θα τον έβρισκε και μετά θα μπορούσαν και οι δύο να επιστρέψουν στο δρόμο και να περιμένουν τον Τρεβ.

ΚΕΦΆΛΑΙΟ 15

Ο ΤΡΕΒ ΈΚΛΕΙΣΕ ΤΟ ΤΡΊΤΟ ΣΥΝΕΧΌΜΕΝΟ ΤΗΛΕΦΏΝΗΜΑ ΤΟΥ, απογοητευμένος από την έλλειψη δράσης. Το γραφείο του Τζόνας ήταν κλειδωμένο και ο άνθρωπος δεν ήταν πουθενά τριγύρω. Ούτε το αυτοκίνητό του. Ως μέρος ενός κοινού κτιρίου υπήρχε ένας βοηθός του, ο οποίος αρνιόταν κατηγορηματικά να τον βοηθήσει.

"Σας είπα και πριν, είναι ένας από τους εργοδότες μου και δεν είπε πού θα πήγαινε". Σταύρωσε τα χέρια της και κοίταξε επίμονα τον Τρεβ. "Θα χρειαστείτε ένταλμα προτού ξεκλειδώσω την πόρτα".

Είχε ζητήσει ένα.

"Από ποιον ήταν το τελευταίο τηλεφώνημα;" Ο Μπράις είχε προσπαθήσει να γοητεύσει την Π.Α. για να ξεκλειδώσει την πόρτα και εκείνη είχε γυρίσει την πλάτη. "Ακούστηκε σαν να αφορούσε τον δήμαρχο".

"Ναι. Χάρπριτ. Ένας άλλος έμπορος παραδέχτηκε ότι πλήρωνε τον Τζόνας με μετρητά για να παραμείνει ανοιχτός. Αυτός είναι ο τρίτος που βρήκαμε μέχρι στιγμής. Υποθέτω ότι έχει αρχίσει να ξεφεύγει η υπόθεση".

"Καμιά ιδέα για το πού βρίσκεται;"

"Έστειλα τον Κόμπι στο σπίτι του". Το τηλέφωνο του Τρεβ

χτύπησε. "Είναι η Σάρλοτ." Διάβασε δυνατά το μήνυμα, με το μέτωπό του να τσαλακώνεται. "Βρήκαμε το αυτοκίνητο του Χένρι, αλλά όχι τον Χένρι. Μπορείς να έρθεις να ρίξεις μια ματιά".

"Μια ματιά πού;" ρώτησε ο Μπράις.

"Μου ξέφυγε μια κλήση της". Ο Τρεβ μπήκε στον τηλεφωνητή του και κράτησε το τηλέφωνο για να ακούσει ο Μπράις.

"Εγώ είμαι. Είμαι σίγουρη ότι ο Χένρι ακολουθεί τον Τζόνας και ότι βρίσκονται και οι δύο στο παλιό σπίτι της Γκλένις. Μια άλλη φωτογραφία ήρθε μόλις τώρα. Το αμάξι του Χένρι είναι παρκαρισμένο εδώ πάνω στο δρόμο προς το δάσος".

Και οι δύο άνδρες χρησιμοποίησαν την ίδια ισχυρή λέξη και βγήκαν έξω, ο Τρεβ κάλεσε τη Σάρλοτ ενώ ο Μπράις τον Κόμπι. Εκείνη δεν απάντησε. Ο πανικός έσφιξε την καρδιά του καθώς άφησε ένα μήνυμα γι' αυτήν. "Τσάρλι, πήγαινε στη φάρμα με τα χριστουγεννιάτικα δέντρα και μείνε εκεί μέχρι να σου τηλεφωνήσω. Μην πας στην άλλη ιδιοκτησία. Είμαστε καθ' οδόν".

Κατευθύνθηκαν προς το αυτοκίνητο του Μπράις χωρίς σήμανση. "Είπα στον Κόμπι να ανέβει εκεί πάνω και να περιμένει στο δρόμο". Ο Μπράις μπήκε στη θέση του οδηγού. "Ρώτησε αν οι σειρήνες ήταν εντάξει".

"Του είπες όχι".

"Σίγουρα." Γέλασε. "Πρέπει να αγαπάς τους πρωτάρηδες."

Ο Μπράις δεν έχασε χρόνο για να βγει από την πόλη. Ένα τσιμεντένιο φορτηγό τον καθυστέρησε και χρειάστηκε ένα ή δύο λεπτά για να το παρακάμψει. "Πού πάει;"

"Οι φήμες λένε ότι μια πλάκα χύνεται σήμερα σε αυτή τη νέα ανάπτυξη. Δεν έχει εγκριθεί και παρόλα αυτά ο Τζόνας προχωράει μπροστά και καυτηριάζει τους κανόνες ξανά".

"Αποχρώσεις του υποκόσμου."

"Τι;" Ο Τρεβ έλεγξε το τηλέφωνό του. Τίποτα από τη Σάρλοτ.

"Ξέρεις. Κρύψε ένα πτώμα κάτω από μια πλάκα". είπε ο Μπράις.

"Πηγαίνει αυτό το πράγμα πιο γρήγορα;"

―――――

Το μόνο που έκαναν οι θάμνοι ήταν να γρατζουνάνε τα χέρια και τα πόδια της Σάρλοτ και εκείνη εγκατέλειψε την προσπάθεια να περάσει με το ζόρι και πήρε το δρομάκι. Θα άκουγε αν πλησίαζε ένα αυτοκίνητο και θα έσκυβε πίσω από ένα δέντρο ή κάτι τέτοιο.

Ήταν ήσυχα, εκτός από το μακρινό βουητό ενός αλυσοπρίονου. Ο Ντάρσι ή ένας από τους εργάτες του, πιθανότατα. Αλλά εδώ ήταν σαν να μην υπήρχε ζωή στη γη. Ούτε κελαηδίσματα πουλιών, ούτε σημάδια πουλιών. Κανένα θρόισμα στη χαμηλή βλάστηση από μικρά πλάσματα. Ανατρίχιασε παρά τη ζέστη της ημέρας. Αυτό το μέρος ήταν ανατριχιαστικό.

Μέχρι τώρα είχε φτάσει στα μισά του δρόμου προς το φοβερό εξοχικό σπίτι που ζούσε κάποτε η Γκλένις. Το μέρος όπου ο Σιντ και η Αλισον κρατούσαν τη Ζόι αιχμάλωτη κατά τη διάρκεια της νύχτας. Έστριψε σε μια στροφή περιμένοντας περισσότερα καταπράσινα αγκάθια και θάμνους. Αντ' αυτού, η γη ήταν καθαρισμένη. Το σπίτι κατεδαφίστηκε. *Μεγάλη βελτίωση.*

Ήταν όμως εκτεθειμένη και ανέβηκε ένα μικρό ανάχωμα μέχρι ένα δέντρο, όπου βρήκε καταφύγιο πίσω από τον παχύ κορμό του. Όταν κοίταξε γύρω της, η έκταση της καταστροφής της προκάλεσε ένα μικρό αγκομαχητό και κάλυψε τα χέρια της με το στόμα της για να μην ακουστεί.

Εκεί που κάποτε βρισκόταν το εξοχικό σπίτι ήταν μια μεγάλη επίπεδη περιοχή σε σχήμα σπιτιού, η οποία ήταν σημαδεμένη με χαλύβδινο οπλισμό. Η μισή ήταν γεμάτη με στεγνό σκυρόδεμα. Μια έκταση στο μέγεθος του γηπέδου ποδοσφαίρου γύρω του είχε εξαφανιστεί εκτός από ένα παλιό υπόστεγο. Παρόλο που η Σάρλοτ είχε επισκεφτεί το μέρος μόνο μια φορά, ήξερε ότι εκεί υπήρχαν παλιά δέντρα και μερικοί όμορφοι, αν και απεριποίητοι, ντόπιοι θάμνοι. Μεγάλο μέρος από αυτά δεν επιτρεπόταν να αφαιρεθεί χωρίς άδεια και ήταν απίθανο να χορηγηθεί μία πριν εξεταστεί η αίτηση ανάπτυξης.

Όχι, κάποιος απογύμνωνε αυτή τη γη χωρίς να σκεφτεί τη νομική διαδικασία, πόσο μάλλον τις επιπτώσεις στο περιβάλλον. Τα χέρια της έσφιξαν σε γροθιές. Ακριβώς όπως και στα πρώτα στάδια της ανάπτυξης των πολυκατοικιών.

Το τηλέφωνό της δονήθηκε και υποχώρησε πίσω από το δέντρο. Υπήρχαν δύο αναπάντητες κλήσεις από τον Τρεβ και ένα μήνυμα.

Τσάρλι, σε παρακαλώ πήγαινε στη φάρμα με τα χριστουγεννιάτικα δέντρα και μείνε εκεί προς το παρόν.

Κατά τη διάρκεια της απάντησης, ο άγνωστος αριθμός έστειλε ένα σωρό φωτογραφίες.

Ο Τζόνας μεταφέρει μια πλαστική σακούλα και ένα μικρό χριστουγεννιάτικο δέντρο από το πορτμπαγκάζ του αυτοκινήτου του.

Ο Τζόνας με ένα φτυάρι.

Ο Τζόνας σκάβει μια τρύπα στο μη τσιμεντοστρωμένο τμήμα της οριοθετημένης περιοχής.

Στο τελευταίο υπήρχε μόνο κόκκινο κείμενο.

Χρειάζομαι την αστυνομία εδώ τώρα. Χένρι.

"Καλός άνθρωπος." Ψιθύρισε και τα προώθησε στον Τρεβ με ένα μήνυμα.

Τον έπιασα! Δεν μπορούμε να αφήσουμε τους μπετονιέρηδες να επιστρέψουν. Είμαι αρκετά ασφαλής.

Το μόνο που έπρεπε να κάνει ήταν να βρει τον Χένρι και να τους πάει και τους δύο πίσω στο δρόμο για να περιμένουν. Εκεί που ήταν πραγματικά ασφαλές.

Σύρθηκε κατά μήκος της πλευράς του δρόμου.

Το αυτοκίνητο του Τζόνας ήταν σταθμευμένο κοντά στο υπόστεγο, με το πορτμπαγκάζ ανοιχτό. Μιλούσε στο τηλέφωνό του κοντά στη μισοτελειωμένη πλάκα, φορώντας λαστιχένιες μπότες πάνω από το παντελόνι του. Στηρίχτηκε σε ένα φτυάρι και η φωνή του μεταφερόταν απέναντι, ήταν θυμωμένος με όποιον κι αν μιλούσε.

"Γρήγορα. Θέλω το φορτηγό εδώ χθες". Ο Τζόνας έριξε το τηλέφωνο σε μια τσέπη.

Πώς θα μπορούσε να σταματήσει ένα φορτηγό με μπετόν αν έφτανε πριν από τον Τρεβ; Οι φωτογραφίες θα ήταν αρκετά αποδεικτικά στοιχεία ή η αστυνομία θα έπρεπε να ασχοληθεί με τόνους υγρού σκυροδέματος και άξιζε καν να προσπαθήσει να σκάψει από κάτω, αν το μόνο που θάφτηκε ήταν κλεμμένες δωροκάρτες; Μήπως ο Τζόνας επρόκειτο να ξεφύγει με ένα ακόμη έγκλημα;

Ο Κινγκφίσερ Φολς μπορεί να μην ανακάμψει αν ο Τζόνας ελευθερωθεί ξανά. Ελεύθερος να συνεχίσει την καταστροφική του πορεία εναντίον του ίδιου του τόπου που είχε εκλεγεί να προστατεύει και να φροντίζει. Το στομάχι της Σάρλοτ γύρισε.

Με το φτυάρι στο χέρι, ο Τζόνας πέρασε πάνω από τον μεταλλικό οπλισμό για να φτάσει σε ένα σωρό χώμα. Αφού σκούπισε το μέτωπό του με το χέρι του, άρχισε να γεμίζει την τρύπα. Η κορυφή του χριστουγεννιάτικου δέντρου ξεπρόβαλλε και χτύπησε το πόδι του πάνω της και το έριξε κάτω από το οπτικό πεδίο. Τα στοιχεία εξαφανίζονταν μπροστά στα μάτια της.

Η Σαρλότ έπρεπε να μεταφέρει τον Χένρι σε ασφαλές μέρος. Είχε δει τον Τζόνας εδώ και οι φωτογραφίες θα θεωρούνταν σίγουρα αποδεικτικό στοιχείο.

Έστειλε ένα μήνυμα στον άγνωστο αριθμό. Ο Χένρι.

Είμαι εδώ. Εσύ πού είσαι;

Ο Τζόνας αναπήδησε και κοίταξε γύρω του.

Είχε ακούσει το τηλέφωνο του Χένρι;

"Βγες έξω." φώναξε ο Τζόνας;.

Δίπλα στο υπόστεγο, έξω από το οπτικό πεδίο του Τζόνας, ο Χένρι ισορρόπησε. Τα μάτια του συνάντησαν τα μάτια της Σαρλότ και εκείνη ήξερε αυτή την έκφραση. Ήταν τρομοκρατημένος. Του κούνησε το κεφάλι και κράτησε το δάχτυλό της στα χείλη της σαν να ήθελε να πει "σσσς".

"Όποιος με κατασκοπεύει, να βγει έξω τώρα". Ο Τζόνας σήκωσε το φτυάρι του και σε ένα λεπτό βγήκε από την άδεια πλάκα και κατευθύνθηκε προς το υπόστεγο. "Θα το μετανιώσεις που με ακολούθησες".

Η Σάρλοτ περπάτησε στη μέση του δρόμου. "Κανείς δεν σε ακολουθεί, Τζόνας. Ήρθα απλώς να ξαναζήσω παλιές αναμνήσεις από αυτό το μέρος".

ΚΕΦΑΛΑΙΟ 16

"ΜΠΑ, ΜΠΑ. ΔΕΝ ΜΠΟΡΟΥΣΕΣ ΝΑ ΦΥΓΕΙΣ ΜΟΝΗ ΣΟΥ, ΕΤΣΙ ΔΕΝ ΕΙΝΑΙ;" Ο Τζόνας χαμογέλασε. Πέταξε το φτυάρι στην άκρη και πάτησε τα πόδια του. "Πάντα ανακατεύεσαι στις δουλειές των άλλων. Να προκαλείς κακό σε αθώους, μόνο και μόνο για να αποδείξεις ότι είσαι καλύτερη από αυτούς".

"Θα ήθελα να ξεθάψεις αυτό που μόλις έθαψες".

Η Σαρλότ σταμάτησε να περπατάει όταν έφτασε αρκετά κοντά ώστε να βλέπει τα μάτια του, αλλά αρκετά μακριά για να τρέξει αν χρειαζόταν.

Ο Τζόνας αναπνέει. "Δεν έχω ιδέα τι εννοείς".

"Πολύ αργά. Έχω ένα σωρό φωτογραφίες που σε δείχνουν να θάβεις το χριστουγεννιάτικο δέντρο του Βίνι και μια πλαστική σακούλα με αυτά που φαντάζομαι ότι είναι οι κλεμμένες δωροκάρτες".

Το χρώμα έφυγε από το πρόσωπό του. "Δείξε μου."

"Γιατί τα κάνεις; Όλα αυτά;"

Η ερώτηση τον διασκέδασε. "Ποιο απ'όλας;"

"Θα μπορούσες να γίνεις συνέταιρος σε δικηγορικό γραφείο. Γιατί να γίνεις δήμαρχος μιας μικρής πόλης;" Αν μπορούσε να τον κρατήσει να μιλάει, ο Τρεβ θα έφτανε. *Αλλά βιαστείτε!*

"Οι τιμές των οικοπέδων μειώνονται όταν υπάρχει μεγάλη εγκληματικότητα. Και μου αρέσει να αγοράζω γη σχεδόν δωρεάν".

"Ακόμα και οι κάρτες του Δέντρου της Δωρεάς; Αυτό έγινε για να βοηθήσεις τους ανθρώπους, οπότε γιατί να το σαμποτάρεις;"

"Εσύ είσαι ο ψυχίατρος. Εσύ να μου πεις".

"Ευχαρίστως. Νομίζω ότι είσαι πολύ έξυπνος αλλά δεν έχεις ενσυναίσθηση. Είσαι καυχησιάρης και εγωκεντρικός. Είσαι φιλόδοξος αλλά σου λείπει η υπομονή. Κοίταξε αυτό το μέρος". Η Σαρλότ κούνησε το χέρι της γύρω της. "Αντί να περάσεις από τα κατάλληλα κανάλια, έφερες μια ομάδα εδώ μέσα με αλυσοπρίονα".

"Εγώ *είμαι* το κατάλληλο κανάλι. Είναι απίστευτη η επιρροή που ασκώ ως δικηγόρος *και* δήμαρχος. Ό,τι λέω εγώ, ισχύει". Κοίταξε τη Σάρλοτ. "Αλλά εσύ και η μικρή σου ομάδα επαναστατών έπρεπε να καταστρέψετε τα πάντα". Ο Τζόνας έκανε μερικά βήματα προς το μέρος της και εκείνη έκανε μερικά βήματα πίσω. "Η ανάπτυξη των κατοικιών της πόλης θα προχωρήσει όπως και αυτή εδώ. Όλοι θα στεναχωρηθούν που έφυγες, αλλά θα σε ξεπεράσουν".

"Πού θα πάω;"

"Πολύς χώρος κάτω από την πλάκα."

"Έλα τώρα, Τζόνας. Ο φόνος δεν είναι το φόρτε σου". Πώς η φωνή της ακουγόταν τόσο φυσιολογική όταν τα πόδια της έτρεμαν. "Ή μήπως ήσουν πίσω από το θάνατο του Σέσιλ;"

Τα μάτια του Τζόνας ήταν ψυχρά. Έβγαλε ένα πιστόλι από μια θήκη κάτω από το σακάκι του. "Δώσε στο γιατρό ένα χρυσό αστέρι". Έκανε κάτι στο όπλο και αυτό έκανε ένα κλικ.

Δεν υπήρξε πανικός. Η Σαρλότ θα τον μεταπείσει. Ο Τρεβ θα έφτανε και θα συλλάμβανε τον Τζόνας. Ήταν μια χαρά. Ο Τζόνας δεν θα της έκανε κακό γιατί τίποτα από όλα αυτά δεν ήταν αληθινό. Δεν θα μπορούσε να είναι. Είχε μια ζωή μπροστά της. Ο Τρεβ θα γινόταν σύζυγός της και θα έκαναν οικογένεια και θα γερνούσαν μαζί.

"Δεν έχεις ιδέα πόσο τυχερή είσαι που στέκεσαι όρθια, επειδή ήσουν η επόμενη μετά τον Σέσιλ 1. Στην πραγματικότητα, τώρα που τα ξέρεις όλα αυτά, γιατί να περιμένω;"

"Δεν χρειάζεται να είναι έτσι. Μπορούμε να βρούμε μια λύση".

"Πολύ λίγο, πολύ αργά. Αντίο, γιατρέ."

Σήκωσε το όπλο και καθώς το δάχτυλό του κινήθηκε προς τη σκανδάλη, η Σαρλότ παραπάτησε προς τα πίσω. Αλλά το πρόσωπο του Τζόνας παραμορφώθηκε. Έπεσε, μπρούμυτα, με έναν θόρυβο. Το πιστόλι στριφογύρισε στο χώμα. Ο Χένρι ήταν πίσω του, κρατώντας το φτυάρι ψηλά. "Κανείς δεν σε απειλεί, Σάρλοτ. Κανείς".

———

Ο Τρεβ αναστενάζει καθώς διαβάζει το μήνυμα της Σαρλότ. "Πότε θα ακούσει; Λέει ότι είναι ασφαλής και ότι πρέπει να σταματήσει τους μπετονιέρηδες. Αυτές οι φωτογραφίες βρίσκονται μόλις λίγα μέτρα μακριά από τον Τζόνας, οπότε δεν είναι ασφαλής".

"Σχεδόν φτάσαμε."

"Θα την κλειδώσω μέσα".

Ο Μπράις γέλασε δυνατά.

"Το εννοώ. Αν της συμβεί κάτι..."

"Φίλε, είναι εντάξει. Η Τσάρλι μας είναι έξυπνη και θα μείνει κρυμμένη, οπότε επικεντρώσου στη σύλληψη του Τζόνας και όχι στη φίλη σου".

Οι φωτογραφίες ήταν ακριβώς αυτό που χρειαζόταν ο Τρεβ για να συλλάβει τον δήμαρχο.

"Εκεί είναι το αυτοκίνητο της Σάρλοτ. Και φαντάζομαι ότι αυτό είναι του Χένρι;" Ο Μπράις δεν μπήκε στον κόπο να σταματήσει, αλλά μπήκε στο δρομάκι, επιβραδύνοντας ελάχιστα. "Έχω ξανάρθει εδώ για να πάρω συνέντευξη από τον Σιντ και τους συνεργάτες του".

Αν η Σαρλότ και ο Χένρι δεν ήταν στο δρόμο, πού ήταν; Εκτός αν είχαν πάει στη φάρμα με τα χριστουγεννιάτικα δέντρα. Αν και σίγουρα η Σάρλοτ θα του είχε στείλει μήνυμα. Έλεγξε ξανά. Τίποτα.

"Θεέ μου. Φαίνεται ότι ένας μετεωρίτης εξαφάνισε τα δέντρα". είπε ο Μπράις.

Το φως του ήλιου έλαμπε σε ένα φτυάρι στο έδαφος... και ένα πιστόλι. Τρεις άνθρωποι ήταν στο έδαφος. Ένα παγωμένο θραύσμα έσκισε την καρδιά του Τρεβ και ήταν το μόνο που μπορούσε να κάνει για να πάρει ανάσα.

Καθώς ο Μπράις επιβράδυνε για να παρκάρει, ο Τρεβ άνοιξε την πόρτα και πήδηξε έξω πριν το αυτοκίνητο σταματήσει.

"Έι, ηρέμησε, φίλε!"

"Σάρλοτ! Τσάρλι!"

Ο Χένρι σηκώθηκε και βοήθησε τη Σαρλότ να σταθεί στα πόδια της. Όποιος κι αν βρισκόταν στο έδαφος δεν είχε σημασία γιατί η Σαρλότ γέμισε το όραμα του Τρεβ καθώς έτρεχε. Και τότε τα χέρια του την αγκάλιασαν και εκείνη βρέθηκε πάνω στο σώμα του. Ζωντανή και αναπνέουσα.

"Είναι εντάξει, Τρεβ. Σιγουρεύτηκα."

Η Σαρλότ έλεγε κάτι στο στήθος του, αλλά τα χέρια του δεν την άφηναν. Όχι ακόμα.

"Τρεβ, είναι λίγο ταραγμένη". Ο Χένρι μίλησε ξανά. "Αλλά μπορεί να έχω σκοτώσει τον Τζόνας".

Αυτό ήταν αρκετό για να χαλαρώσουν τα χέρια του Τρεβ και η Σάρλοτ ξεγλίστρησε. "Δεν τον σκότωσες, Χένρι. Αλλά καλέσαμε ασθενοφόρο".

Ήθελε να γυρίσει και να επιστρέψει στον Τζόνας, αλλά ο Τρεβ της κρατούσε το χέρι και δεν το άφηνε. Η Σάρλοτ κοίταξε πάνω από τον ώμο της και χαμογέλασε. "Σου είπα ότι είμαι εντάξει. Τα πόδια μου έγιναν χυλός αφού ο Τζόνας έπεσε στο κατάστρωμα".

Ο Τρεβ τράβηξε απαλά το χέρι της και εκείνη επέστρεψε κοντά του, με τα δάχτυλά της να φτάνουν στο πρόσωπό του.

PHILLIPA NEFRI CLARK

"Συγγνώμη που σε ανησύχησα. Αλλά ο Τζόνας κυνηγούσε τον Χένρι, οπότε τον κράτησα να μιλάει μέχρι... καλά, μέχρι που έπεσε κάτω".

Ο Μπράις γέλασε και ακούμπησε το φτυάρι με το δάχτυλο του ποδιού του. "Έπεσε".

"Να το όπλο του." Ο Χένρι έδειξε. "Έρχεται."

"Αφήστε τον. Θα αναλάβω εγώ, ο Χένρι κι εσύ πήγαινε κάπου να καθίσεις". Ο Μπράις έλεγξε τους σφυγμούς του Τζόνας. "Θα ζήσει."

"Σας είπα ότι είναι καλά. Πιθανόν να έχει πάθει διάσειση. Μπορεί κάποιος να σηκώσει το όπλο;" Η Σάρλοτ έριξε μια ματιά στον Χένρι καθώς πήγαινε προς το πλησιέστερο κομμάτι σκιάς. "Δεν θα έχει πρόβλημα, έτσι δεν είναι; Ο Χένρι σταμάτησε τον Τζόνας όταν μου επιτέθηκε".

"Σου επιτέθηκε; Σε σημάδευε με το όπλο; Τι σκεφτόσουν όταν προσπάθησες να τον καθυστερήσεις; Ω, Τσάρλι".

"Ναι. Μέχρι που τον σταμάτησε ο Χένρι. Κι εγώ τον κρατούσα να μιλάει. Και είπε κάποια ενδιαφέροντα πράγματα τα οποία κατέγραψα στο τηλέφωνό μου. Δεν ξέρω αν αυτό είναι νόμιμο, αλλά το έκανα. Παραδέχτηκε επίσης ότι ήταν πίσω από το θάνατο του Σέσιλ. Θα ήθελες λίγο νερό; Θα ήθελα να καθίσω".

Οι σειρήνες πλησίασαν και όλοι γύρισαν όταν το περιπολικό, με τα φώτα να αναβοσβήνουν, εμφανίστηκε μέσα από τα δέντρα.

"Έπρεπε να το κάνει." Είπε ο Τρεβ.

Αφού πάρκαρε δραματικά πλάγια, ο Κόμπι σχεδόν πετάχτηκε έξω από το αυτοκίνητο, με το χέρι στη θήκη του. Το πρόσωπό του έπεσε καθώς συνειδητοποίησε ότι είχε χάσει τη δράση.

"Κλειδιά, νεαρέ."

"Πρέπει να βεβαιωθώ ότι ο Χένρι είναι καλά". είπε η Σάρλοτ.

"Ο Χένρι είναι μια χαρά." Ο Τρεβ πήρε τα κλειδιά του περιπολικού από τον Κόμπι. "Μείνε εδώ και βοήθησε τον

Μπράις. Μάζεψε το όπλο και κάνε το σύμφωνα με τους κανόνες. Έλεγξε τον Χένρι, φέρε του λίγο νερό και διαβεβαίωσέ τον ότι δεν έχει πρόβλημα".

"Πού πας, αφεντικό;"

Ο Μπράις χαμογέλασε. "Θα κλειδώσει τη Σάρλοτ μέσα".

Η Σαρλότ έριξε ένα βλέμμα έκπληξης στον Τρεβ. Εκείνος την κοίταξε κι εκείνος. "Έλα."

"Μα…"

"Τηλεφώνησέ μου αν με χρειαστείς. Αν με χρειάζεσαι πραγματικά." Ο Τρεβ συνόδευσε τη Σάρλοτ στο περιπολικό και άνοιξε την πόρτα του συνοδηγού. "Και εσύ έχεις τη χαρά να συλλάβεις τον Τζόνας, Μπράις".

Έκλεισε την πόρτα και πήγε στην πλευρά του οδηγού. Ο Τζόνας βογκούσε, πράγμα που δεν έκανε τίποτα για να τον συμπαθήσει. Ο Κόμπι ήταν με τον Χένρι. Και ο Μπράις είχε ακόμα ένα χαμόγελο στο πρόσωπό του.

ΚΕΦΆΛΑΙΟ 17

Ο ΤΡΕΒ ΧΡΕΙΆΣΤΗΚΕ ΜΕΡΙΚΈΣ ΠΡΟΣΠΆΘΕΙΕΣ ΓΙΑ ΝΑ ΣΤΡΊΨΕΙ
ΤΟ ΠΕΡΙΠΟΛΙΚΌ ΠΡΟΣ ΤΗΝ ΑΝΤΊΘΕΤΗ ΚΑΤΕΎΘΥΝΣΗ, χάρη στη
δημιουργική τεχνική παρκαρίσματος του Κόμπι. Η Σάρλοτ
κοίταξε κρυφά το πρόσωπό του. Τον είχε ανησυχήσει. Η καρδιά
της βυθίστηκε. Πάρα πολλές φορές της είχε ζητήσει να μείνει
μακριά από κινδύνους και να σταματήσει να κάνει ντετέκτιβ,
όμως να 'μαστε πάλι εδώ.

"Δεν κινδύνευσα". Τόλμησε να πει καθώς το περιπολικό
ανέβαινε προς το δρόμο.

"Άσε με να το κρίνω εγώ αυτό." Ο τόνος του δεν ενθάρρυνε
περαιτέρω συζήτηση.

Χρειαζόταν μια στιγμή. Το ίδιο και εκείνη. Και αν ο Τρεβ
ήταν θυμωμένος ή απογοητευμένος με τις πράξεις της -και
πάλι- τότε πώς θα προχωρούσαν; Είχε μόλις διακινδυνεύσει τη
ζωή της για τον Χένρι, μόνο και μόνο για να χάσει το μέλλον
της με τον άντρα που αγαπούσε;

Τα χέρια της έτρεμαν. Η καρδιά της πονούσε και ο κόμπος
στο λαιμό της δυσκόλευε την κατάποση. Αδρεναλίνη.

Ή καρδιοχτύπια.

Επιστρέφοντας στο δρόμο, ο Τρεβ κατευθύνθηκε προς την
πόλη. Η Σάρλοτ άνοιξε το στόμα της για να επισημάνει ότι το

αυτοκίνητό της είχε μείνει πίσω. Μαζί με την τσάντα της και τις δωροκάρτες. Αλλά το έκλεισε. Δεν πρέπει να το είδε. Κι αν επρόκειτο να την αφήσει στο βιβλιοπωλείο και να της πει ένα τελευταίο αντίο;

"Θα με κλείσεις μέσα;" Η φωνή της έβγαινε σαν τσίχλα και ο Τρεβ έριξε μια ματιά. Η έκφρασή του μαλάκωσε λίγο. Εκτός κι αν σκεφτόταν ότι είχε μετανιώσει που τη γνώρισε ποτέ.

"Θα έπρεπε."

"Ω."

"Ω, πράγματι. Τι να κάνω μαζί σου, Σαρλότ;"

Ήταν αρκετά σίγουρη ότι αυτή ήταν ρητορική ερώτηση και έτσι παρακολουθούσε το τοπίο, ενώνοντας τα δάχτυλά της.

Όταν έφτασαν στην πόλη, ο Τρεβ σταμάτησε έξω από ένα από τα καταστήματα με φαγητό. "Μείνε εδώ. Το εννοώ".

Εξαφανίστηκε μέσα. Πού θα πήγαινε, τέλος πάντων; Δεν έχει κλειδιά. Ούτε αυτοκίνητο. Και αν η συμπεριφορά του ήταν κάτι που θα μπορούσε να θεωρηθεί, ίσως και κανένα αγόρι. Ένα λεπτό αργότερα επέστρεψε με δύο μπουκάλια νερό.

"Πιες."

"Ευχαριστώ."

Στη συνέχεια, έφυγαν και πάλι. Ένα μεγάλο ποτό βοήθησε. Αν νοιαζόταν αρκετά για να την ενυδατώσει, θα έπρεπε να την αγαπάει ακόμα και θα την πήγαινε σπίτι της για να την αφήσει να ξεκουραστεί. Είτε αυτό είτε έκανε σαν παλιός σερίφης σε ταινίες που είχε δει και ήταν έτοιμος να την αφήσει στα περίχωρα της πόλης και να της πει ότι δεν έπρεπε να επιστρέψει ποτέ.

Ένα χαχανητό βγήκε με τη βία.

Ο Τρεβ την κοίταζε με αυστηρό βλέμμα.

"Συγγνώμη. Αδρεναλίνη". Κατάφερε να μην ξεσπάσει σε γέλια. Ή να δακρύσει.

Προσπέρασαν το βιβλιοπωλείο και λίγα λεπτά αργότερα, ο Τρεβ επιβράδυνε το περιπολικό και μπήκε στο πάρκινγκ προς τους καταρράκτες. Κατεβάζοντας τη μηχανή, κοίταξε για λίγο μέσα από το παρμπρίζ. "Είσαι καλά, Σάρλοτ;"

"Είμαι."

"Όχι. Είσαι πραγματικά καλά. Δεν σε πείραξε;"

"Δεν το έκανε."

Ο Τρεβ άνοιξε την πόρτα του. "Έχεις όρεξη για μια σύντομη βόλτα;" Βγήκε από το αυτοκίνητο και πήγε στην πλευρά του συνοδηγού χωρίς να περιμένει απάντηση. Βγήκε έξω και δοκίμασε τα πόδια της. Πίσω στο φυσιολογικό.

"Γιατί είμαστε εδώ;"

Με ένα απογοητευμένο κούνημα του κεφαλιού του, πήρε το χέρι της και ξεκίνησε με γρήγορο ρυθμό. Εκείνη συνέχισε με τη δύναμη της θέλησής της και την άρνησή της να αφήσει το χέρι του, τώρα που το είχε πάρει.

Δεν μπορώ να σε χάσω.

Τον είχε ωθήσει πολύ μακριά; Τον τρόμαξε μια φορά παραπάνω; Το χτύπημα της καρδιάς της δεν οφειλόταν στην αδρεναλίνη ή στο ρυθμό της βόλτας. Ήταν ο φόβος μήπως χάσει αυτόν τον άντρα.

Ο βρυχηθμός των καταρρακτών πλησίασε και στη συνέχεια η διαδρομή άλλαξε πορεία και άνοιξε προς το παρατηρητήριο. Ήταν έρημο εκτός από ένα ασυνήθιστο θέαμα. Ένας παπαγάλος στο κιγκλίδωμα. Πέταξε μακριά καθώς πλησίαζαν, κάτω στην πισίνα από κάτω. Αλλά κάτι άλλαξε. Ο Τρεβ χαλάρωσε και τράβηξε τη Σάρλοτ στην αγκαλιά του.

Κοίταξε το πρόσωπό του. "Συγγνώμη που σε ανησύχησα".

"Ο Μπράις μου είπε ότι θα είσαι μια χαρά".

"Αλήθεια;"

"Αναρωτιέμαι αν η Ζόι έχει τις τάσεις σου για ντετέκτιβ".

"Δεν το νομίζω. Είναι πολύ πιο λογική".

Ο Τρεβ πέρασε το χέρι του από τα μαλλιά του. Αφηρημένος. Και όταν κοίταξε τη Σάρλοτ, είχε την πιο περίεργη έκφραση στα μάτια του. Όχι ανησυχία. Όχι για την ανησυχία της, τουλάχιστον.

"Αναρωτιέσαι γιατί είμαστε εδώ;" ρώτησε.

"Έχω φανταστεί μερικές πιθανότητες." Δάγκωσε το κάτω χείλος της.

"Είμαστε εδώ, γλυκιά μου, γιατί όσο κι αν ήθελα να συλλάβω τον Τζόνας, υπάρχει κάτι πολύ πιο σημαντικό να κάνω. Εσύ κι εγώ είχαμε πολλά να αντιμετωπίσουμε τους τελευταίους μήνες και η τέλεια στιγμή διακόπτεται συνεχώς".

Το τέλειω... ω...

"Όχι άλλη αναμονή. Ή τώρα ή ποτέ". Ο Τρεβ χτύπησε τις τσέπες του και γέλασε. "Τώρα, γιατί να κουβαλάω ένα δαχτυλίδι αρραβώνων στη στολή μου; Δεν πειράζει."

"Τρεβ;"

Έπεσε στο ένα γόνατο, με τα δύο χέρια της Σάρλοτ στα δικά του. Αυτά τα ευγενικά του μάτια ξεχείλιζαν από αγάπη και η καρδιά της σταμάτησε εντελώς. Ήταν σίγουρη ότι είχε σταματήσει.

"Σε ερωτεύτηκα από τη στιγμή που συναντηθήκαμε σ' εκείνο τον επαρχιακό δρόμο στο Ρίβερς Εντ. Πήδηξες από το αυτοκίνητό σου κρατώντας έναν οδικό χάρτη, με δάκρυα να τρέχουν στο πρόσωπό σου, και ήξερα από τότε ότι ήσουν μπελάς. Και ακόμα είσαι. Αλλά είσαι το είδος του μπελά που θέλω να περάσω τη ζωή μου μαζί του". Της φίλησε τα δάχτυλα. "Σάρλοτ Ντιν, θα με παντρευτείς;"

Κατά κάποιο τρόπο, ήταν γονατισμένη τώρα και μετά βίας μπορούσε να δει τον Τρεβ, γιατί τα μάτια της ήταν θολά και η καρδιά της είχε αρχίσει πάλι να χτυπάει τόσο γρήγορα που με δυσκολία ανέπνεε.

Φαινόταν χαρούμενος. Ίσως δεν έπρεπε να γονατίσει κι εκείνη, αλλά δεν της είχε γίνει ποτέ πρόταση γάμου και το ένιωθε σωστό.

"Δεν έχω ιδέα γιατί επέμεινες μαζί μου, Τρεβ. Όλα τα προβλήματά μου και το να τρέχω μακριά και να κρατάω ένα φράγμα για τόσο πολύ καιρό. Με κάποιο τρόπο, τα έκανες όλα σωστά, όλη την ώρα. Και δεν μπορώ να υποσχεθώ, *δεν θα* υποσχεθώ ότι θα μείνω μακριά από κινδύνους". Η φωνή της έσπασε λίγο. "Αλλά υπόσχομαι ότι θα σε αγαπώ μέχρι το τέλος του κόσμου".

"Αυτό είναι ναι;"

"Ναι. Ναι, Τρέβορ Σίμπριτ, θα σε παντρευτώ".

Αφού στάθηκαν ξανά στα πόδια τους και ο Τρεβ την είχε φιλήσει πολύ καλά, στάθηκαν δίπλα στο κάγκελο, αγκαλιασμένοι. Ο μικρός παπαγάλος προσγειώθηκε εκεί κοντά, με το κεφάλι του να γέρνει από άκρη σε άκρη σαν να ρωτούσε γιατί βρίσκονταν εκεί.

Η Σαρλότ ήξερε. Ήταν εδώ επειδή η αγάπη ήταν αρκετή.

ΚΕΦΆΛΑΙΟ 18

Η ΠΛΑΤΕΊΑ ΣΤΟ ΚΙΝΓΚΦΊΣΕΡ ΦΟΛΣ ΔΕΝ ΉΤΑΝ ΠΟΤΈ ΤΌΣΟ ΓΕΜΆΤΗ ΧΑΡΆ ΌΣΟ ΚΆΘΕ ΠΑΡΑΜΟΝΉ ΧΡΙΣΤΟΥΓΈΝΝΩΝ. Ήταν σαν ολόκληρη η πόλη να συγκεντρώθηκε για να γιορτάσει με φαγητό, δώρα, μουσική και γέλιο. Φέτος δεν υπήρχε κακία προς την οικογένεια Φόρεστ, ούτε κακία από τις κυρίες της λέσχης βιβλίου, και παρόλο που η Μαργκερίτ ήταν παρούσα, φόρεσε ποδιά και βοήθησε να στοιβάζουν τα πιάτα με τα εορταστικά εδέσματα.

Αρκετά μακρόστενα τραπέζια στενάζουν κάτω από το βάρος των χριστουγεννιάτικων τροφίμων και λιχουδιών, δωρεά της ίδιας της κοινότητας. Οι άνθρωποι εξυπηρετήθηκαν από εθελοντές και κάθε παγκάκι ήταν κατειλημμένο.

Η χορωδία, περιφερόμενη στην πλατεία, τραγούδησε αγαπημένα χριστουγεννιάτικα κάλαντα. Η Ρόζι και ο Λούις είχαν πει νωρίτερα ότι θα κρατούσαν αυτή τη βραδιά, την πρώτη τους μαζί ως παντρεμένο ζευγάρι, αλλά και την πιο πρόσφατη από τα πολλά χρόνια που τραγουδούσαν μαζί στη χορωδία. Η Σάρλοτ δεν τους είχε δει ποτέ τόσο ευτυχισμένους και τράβηξε πάρα πολλές φωτογραφίες.

"Σάρλοτ!" Ένας ανεμοστρόβιλος μικρού προσώπου

προσκολλήθηκε πάνω της σαν σαύρα. "Δεν είναι η καλύτερη νύχτα που πέρασες ποτέ;"

"Γεια σου, Λάτσι. Και ναι, είναι υπέροχη!"

"Μπορώ να το ξαναδώ, παρακαλώ;" έκανε ένα βήμα πίσω.

"Ω. Εννοείς αυτό;" Η Σαρλότ άπλωσε το αριστερό της χέρι. Του είχε δείξει το δαχτυλίδι των αρραβώνων της αρκετές φορές την τελευταία εβδομάδα, αλλά εκείνος εξακολουθούσε να είναι γοητευμένος.

Κι εγώ το ίδιο.

Το δαχτυλίδι είχε κάνει την εμφάνισή του λίγες ώρες μετά την πρόταση γάμου του Τρεβ. Τον είχαν καλέσει να επιστρέψει στη δουλειά του για το απόγευμα και άφησε τη Σάρλοτ στο αυτοκίνητό της με την πρόταση να κρατήσουν τα πράγματα μεταξύ τους μέχρι να μιλήσουν με τη Ρόζι, τον Λιούις και τη Ζόι. Η Σάρλοτ είχε αναλάβει να τους συγκεντρώσει όλους μαζί για δείπνο, κάτι που δεν ήταν δύσκολο, καθώς ήθελαν να γιορτάσουν τη σύλληψη του Τζόνας Καρμάικλ. Η Ρόζι επέμενε ότι έπρεπε να γίνει στο σπίτι της.

Ο Τρεβ παρήγγειλε παράδοση στο σπίτι από την Ιταλία, αλλά πρώτα ζήτησε από όλους να τον συναντήσουν στο σαλόνι. Με την οικογένειά τους τριγύρω, ανακοίνωσε επίσημα ότι ζήτησε από τη Σάρλοτ να τον παντρευτεί, και στη συνέχεια γονάτισε ξανά, αλλά αυτή τη φορά με το δαχτυλίδι.

Η Ρόζι έκλαιγε χαρούμενα για τουλάχιστον δέκα λεπτά και ακόμη και ο Λου είχε μια λάμψη στα μάτια του. Η Ζόι είπε ελάχιστα, αλλά αγκαλιάστηκε πολύ. Χύθηκε σαμπάνια και έγιναν προπόσεις καθώς όλοι, ειδικά η Σάρλοτ, θαύμαζαν το πανέμορφο μονόπετρο διαμαντένιο δαχτυλίδι. Και κατά τη διάρκεια του δείπνου, ανάμεσα στις ερωτήσεις της Ρόζι για το πότε θα γινόταν ο γάμος και που ήθελε όλες τις λεπτομέρειες της αρχικής πρότασης, ο Τρεβ τους είχε μιλήσει για τον Τζόνας.

"Είναι στο νοσοκομείο υπό φρούρηση. Διάσειση, τίποτα περισσότερο. Δεν θα απαγγελθούν κατηγορίες εναντίον του Χένρι, αλλά πολλές εναντίον του Τζονας. Φοβάμαι ότι θα γίνει άλλη μια δικαστική υπόθεση, αλλά πιστεύω, και ο Μπράις με στηρίζει σε αυτό, ότι ο Τζόνας δεν θα ξεφύγει από αυτές τις κατηγορίες".

Τώρα, η χορωδία περνούσε και ο Λάτσι σταμάτησε να κοιτάζει το δαχτυλίδι των αρραβώνων. "Σάρλοτ, το δέντρο σου είναι ευτυχισμένο;"

"Πιστεύω ότι είναι."

Ο Λάτσι αναστέναξε. "Αγαπητή Σάρλοτ, τα πεύκα, ως επί το πλείστον, είναι και αρσενικά και θηλυκά. Επιμένεις να εξατομικεύεις τα χριστουγεννιάτικα δέντρα σου".

Του έδωσε μια μεγάλη αγκαλιά. "Ναι, ναι, τον αγαπώ. Και τώρα πρέπει να πάρω κάτι να φάω γιατί πεινάω".

Αφού γέμισε ένα πιάτο, το πήγε στον Χένρι. Βρισκόταν στη σκιά, θέλοντας να συμμετάσχει στις γιορτές της πόλης, αλλά φοβούμενος ακόμα την υποδοχή. "Φαίνεται ότι σου φέρνω φαγητό αυτές τις μέρες", πείραξε. "Παλιά μου έφερνες φαγητό".

"Σε ευχαριστώ. Έχω κάποια νέα που μπορεί να σου αρέσουν". Ήταν ένας πιο ευτυχισμένος άνθρωπος. Το να κάνει κάτι για να αλλάξει την πόλη και να προστατεύσει τη Σάρλοτ, είχε επαναφέρει πολύ από το παλιό του πνεύμα. Ακόμα διστακτικός σε στιγμές όπως η αποψινή, ο Χένρι προσπαθούσε να αποδεχτεί ότι αν και κάποιοι άνθρωποι δεν θα τον αντιμετώπιζαν ποτέ ως ίσο, πολλοί τον αντιμετώπιζαν. Και δεν γνώριζε από πού εμφανίστηκε μια συγκεκριμένη δωρεά, χάρη στη Ρόζι.

"Λοιπόν, πες μου τα νέα σου. Μου αρέσουν τα καλά νέα." Η Σαρλότ πήρε ένα μικρό ψωμάκι.

"Ο Ντάρσι και η Αμπι ήταν απίστευτα γενναιόδωροι. Νομίζω ότι ο αρραβωνιαστικός σου είπε μια καλή κουβέντα, αλλά ανεξάρτητα από αυτό, αφού έκανα μια εβδομάδα βοηθώντας τον Ντάρσι με τα δέντρα, μου πρόσφεραν τη διαχείριση του κέντρου εκδηλώσεων. Ξεκινώντας από τον Ιανουάριο, θα δημιουργήσω μαζί τους ένα όραμα για το μέλλον του".

"Ω, Χένρι, αυτό είναι υπέροχο!" Η Σαρλότ τον φίλησε στο

μάγουλο, γεγονός που τον έκανε να χαμογελάσει. "Θα τα καταφέρεις."

"Και οι πρώτοι μου πελάτες, ελπίζω, θα είναι ένα συγκεκριμένο ζευγάρι σε αυτή την πόλη. Για την ακρίβεια, σε αυτή την εκδήλωση απόψε".

"Στην πραγματικότητα", συνέχισε η Σάρλοτ. "Ένας από αυτούς είναι ακριβώς μπροστά σου. Λοιπόν, νομίζω ότι είσαι ασφαλής να έρθεις να μας μιλήσεις κάποια στιγμή του χρόνου".

Η Ζόι και ο Μπράις περνούσαν χέρι-χέρι και είχαν βυθιστεί σε συζήτηση, όπως όταν η Σάρλοτ και ο Τρεβ τους είδαν στην πλατεία την άλλη εβδομάδα. Η Ζόι δεν είχε πει ακόμα τίποτα για την εκκολαπτόμενη σχέση τους, αλλά είχε έναν μανδύα ήρεμης ικανοποίησης γύρω της.

"Θα μπορούσα να δω πού είναι ο Τρεβ, αν είσαι εντάξει;"

"Πήγαινε να βρεις τον αρραβωνιαστικό σου. Είστε τέλειοι ο ένας για τον άλλον".

Πρέπει να συμφωνήσω.

Η Έσθερ και ο Νταγκ ήταν κοντά στο σιντριβάνι, με άδεια πιάτα και πλατιά χαμόγελα.

"Λοιπόν, Τσάρλι", είπε ο Νταγκ. "Θα πρέπει να είσαι πραγματικά περήφανη για τον πρώτο σου χρόνο στη μικρή μας πόλη".

"Περήφανη; Χμ. Δεν είμαι σίγουρη αν έκανα τα πράγματα καλύτερα ή χειρότερα". Εντόπισε τον Τρεβ και τον χαιρέτησε. "Μπορεί να υπάρχουν ένας ή δύο άνθρωποι που πιστεύουν ότι είμαι υπεύθυνη για τη θέση τους στο σύστημα δικαιοσύνης".

Ο Νταγκ γέλασε. "Όπως είπα, θα έπρεπε να είσαι περήφανη".

"Και αυτό που έκανες για να αυξήσεις την εμπιστοσύνη των καταναλωτών σε εμάς τους εμπόρους είναι σχεδόν θαύμα". Η Έσθερ τη φίλησε στο μάγουλο. "Το πρόγραμμα Δέντρο Δωρεάς μας έδωσε όλη την ώθηση που χρειαζόμαστε και ολόκληρη η κοινότητα έχει επωφεληθεί. Χάρη σε σένα ".

"Τι σκαρώνεις, Τσάρλι;" Ο Τρεβ έβαλε το χέρι του γύρω από τη μέση της.

"Δέχεται τον έπαινο και τις ευχαριστίες μας για όλα όσα κάνει. Και τώρα, ο Νταγκ και εγώ πρέπει να πάμε να βεβαιωθούμε ότι υπάρχει αρκετό φαγητό από το Ιταλία σε αυτά τα τραπέζια".

Ο Τρεβ χαμογέλασε στη Σαρλότ. "Είχες μια μεγάλη χρονιά".

"Τα δεύτερα Χριστούγεννα μου στο Κινγκφίσερ Φολς."

Πιασμένοι χέρι-χέρι, κατευθύνθηκαν αργά μέσα από την πλατεία προς το σημείο όπου η χορωδία έκανε διάλειμμα.

"Πήρα μια απόφαση. Σχετικά με την ψυχιατρική".

Το χέρι του Τρεβ έσφιξε και σταμάτησαν για να αντικρίσουν ο ένας τον άλλον. Άγγιξε το πρόσωπό της με το δάχτυλό του. "Και;"

"Και έμαθα πολλά για τον εαυτό μου φέτος. Έμαθα να εμπιστεύομαι τον εαυτό μου. Ότι έχω καλή κρίση".

"Ως επί το πλείστον."

"Μην διακόπτεις, Τρέβορ".

"Εντάξει", φίλησε την άκρη της μύτης της. "Δεν θα το κάνω, Σάρλοτ".

"Δεν ήξερα ποτέ τι είναι οικογένεια πριν έρθω εδώ. Τώρα έχω τα πάντα. Περισσότερα από όσα ονειρεύτηκα ποτέ. Και περισσότερα από αρκετά για να βάλω την καρδιά και την ψυχή μου". Πήρε μια ανάσα. "Επιλέγω το βιβλιοπωλείο. Η ψυχιατρική με άφησε να βοηθήσω πολλούς ανθρώπους, αλλά για κάθε καλό κομμάτι υπήρχαν και κακά. Και τα συναισθήματα γύρω από τις κακές στιγμές δεν μου κάνουν καλό".

"Είσαι σίγουρη;"

"Εγώ είμαι. Τρεβ, επέλεξα τη δουλειά μου με τη Ρόζι. Ή χωρίς τη Ρόζι μια μέρα. Επιλέγω να φτιάξω μια ζωή μαζί σου. Και ίσως τη δική μας οικογένεια".

Τα μάτια του Τρεβ έλαμψαν. "Θα μου άρεσε πολύ αυτό".

"Πάμε να μοιραστούμε τα νέα; Είμαι σίγουρη ότι υπάρχει μια συγκεκριμένη κυρία εκεί πέρα που περιμένει πάρα πολύ καιρό να μάθει ότι μπορεί κάλλιστα να γίνει γιαγιά μια μέρα".

"Ξέρεις ότι θα θέλει να έρθει να δει σπίτια".

"Μπορεί. Μόλις εσύ και εγώ βρούμε αυτό που θέλουμε".

Συνέχισαν να διασχίζουν την πλατεία.

"Και πώς ταιριάζουν όλα αυτά με την ανάγκη σου να είσαι ντετέκτιβ;" Ο Τρεβ ακούστηκε σαν να αστειευόταν μόνο κατά το ήμισυ.

"Θα μου αφήσει πολύ περισσότερο χρόνο, νομίζω".

"Τσάρλι."

"Υποσχέθηκα ότι θα προσπαθούσα να μείνω μακριά από μπελάδες. Αλλά όπως είπες τις προάλλες, ήξερες ότι ήμουν μπελάς από την πρώτη μέρα".

Ο Τρεβ γέλασε. "Δεν είμαι σίγουρος ότι αυτό είναι το καταφύγιο για το οποίο μιλούσε πάντα ο πατέρας μου. Αλλά δεν θα ήθελα να γίνει αλλιώς".

Ούτε εγώ θα το έκανα, αγαπημένε μου Τρεβ. Ούτε εγώ.

Αγαπητέ αναγνώστη,

Ελπίζουμε να σας άρεσε η ανάγνωση του *Το δέντρο της Δωρεάς*. Παρακαλούμε αφιερώστε λίγο χρόνο για να αφήσετε μια κριτική, ακόμη και αν είναι σύντομη. Η γνώμη σας είναι σημαντική για εμάς.

Με τους καλύτερους χαιρετισμούς,

Η Phillipa Nefri Clark και η ομάδα του Επόμενου Κεφαλαίου

ΒΙΟΓΡΑΦΙΚΌ ΣΥΓΓΡΑΦΈΑ

Η Φιλλίπα ζει λίγο έξω από μια όμορφη πόλη στην επαρχία Βικτώρια της Αυστραλίας. Ζει επίσης στους πολλούς κόσμους της φαντασίας της και αποθηκεύει ιστορίες δίπλα στο φορητό της υπολογιστή.

Γράφει από καρδιάς για την αγάπη, τα όνειρα, τα μυστικά, τις ανακαλύψεις, τη θάλασσα, τον κόσμο όπως τον ξέρει... ή όπως θα ήθελε να είναι. Λατρεύει το αίσιο τέλος, την αγωνιώδη αγωνία και τους χαρακτήρες που μένουν με τον αναγνώστη για πολύ καιρό μετά την τελευταία σελίδα.

Με πάθος για τη μουσική, τον ωκεανό, τα ζώα, το διάβασμα και το γράψιμο, βρίσκεται συχνά στον λαχανόκηπο να σκέφτεται μια νέα ιστορία.

Το δέντρο της Δωρεάς
ISBN: 978-4-82415-187-2

Εκδόσεις
Next Chapter
2-5-6 SANNO
SANNO BRIDGE
143-0023 Ota-Ku, Tokyo
+818035793528

24 Σεπτέμβριος 2022

CPSIA information can be obtained
at www.ICGtesting.com
Printed in the USA
LVHW030433081122
732536LV00005B/258